春潮NOV+

回到分歧的路口

荒墟归人

那多 著

图书在版编目（CIP）数据

荒墟归人 / 那多著. -- 北京 : 中信出版社，
2022.6
　　ISBN 978-7-5217-3967-1

Ⅰ.①荒… Ⅱ.①那… Ⅲ.①长篇小说－中国－当代
Ⅳ.①I247.5

中国版本图书馆CIP数据核字(2022)第020175号

荒墟归人

著　　者：那　多
出版发行：中信出版集团股份有限公司
　　　　　（北京市朝阳区惠新东街甲4号富盛大厦2座　邮编 100029）
承 印 者：北京盛通印刷股份有限公司

开　　本：880mm×1230mm　1/32　　印　张：12.75　　字　数：200千字
版　　次：2022年6月第1版　　　　　印　次：2022年6月第1次印刷
书　　号：ISBN 978-7-5217-3967-1
定　　价：69.80元

版权所有·侵权必究
如有印刷、装订问题，本公司负责调换。
服务热线：400-600-8099
投稿邮箱：author@citicpub.com

献给父亲赵长天

自序

父亲去世已经八年。

在父亲生病疗养期间，我与他散步时常常谈及正在创作的小说构想。在他去世后，我为他做了一场佛事，夜色中法事近末，木鱼笃笃，诵经声似未散尽，我感觉身处天与地、生与死的夹缝中，忽然就知道了小说该如何结束。那部小说是《十九年间谋杀小叙》，近些年许多读者认得我，是从这本小说开始的。在这之后，我陆续又写了《骑士的献祭》《人间我来过》，我晓得，这些也都是我父亲会喜欢的小说。但我原本并不是这样的，我的老读者知道这点。

我父亲是现实主义作家，但我打小爱看的是武侠和科幻小说，所以二十多年前初入行，写的是些轻科幻的故事。那时我几乎不请教父亲关于写作的问题，偶有问及，他耐心回答之后，多半会补一句，说其实并不懂得这些。这可能是实话，当我在人间浸润了三十年，才刚开始对现实题材发生兴趣后，他第一次参加了我的新书发布会（那已经是我出版的第十几本书了），并发言说，我终于有了一本在他看来像样的小说。那本小说只是转向之初的探索，这条路走到《十九年间谋杀小叙》才方堪驻足打量，只是身边的人已经从父亲换成了太太。有一次在影院里看《山河故人》，剧中人说"一个人只能陪你走一段路"，光影间，黑暗中的我潸然泪下。

到如今，我每年会去他的微博下说一两句话。墓地他生前不曾去过，微博却是常去的，有他亲手留下的痕迹，这比墓碑和塑像更易于我追索往昔。这个习惯我不知还能保留多久，我想微博总不可能永远运营下去，虚幻之物与可触及的墓碑一样，终究有荒弃消失的一天。当我徘徊在虚幻之地，思绪巡梭于往事与未来之间时，有一些念头异常强烈地跳动，于是我写了《荒墟归人》。这是我科幻小说脉络的延续，是在我进入父亲熟悉的文学领域几年之后，以他并不熟悉的方式对他进行的纪念，也是在我以犯罪小说作家的面貌出现之后，突然对读者抛出的另一颗球。这是我的彼面，也是我的此面，这是一颗新球，其实又是一颗旧球。人生就是这样一次次的交错，若有一天回望，这些交错便是一个个锚点，让我们寻见来时的路。

荒墟归人

目录

序章　　　　　　　　　004

汉丰湖底的人　　　　　013
大梦　　　　　　　　　037
寻找一个不存在的人　　059
神秘旅人　　　　　　　077
不一样的活佛　　　　　095
与你同在　　　　　　　117
消失的工厂　　　　　　137
两个秘密　　　　　　　157
终极迷宫　　　　　　　179
对"过去"的投资　　　　203
莲花生大士的伏藏　　　221
逐渐崩解的神秘面具　　245
"科学之神"的执念　　　263
永不消逝的时间　　　　283
意料外的盟友　　　　　317
当时明月　　　　　　　337
灯塔　　　　　　　　　359

尾声　　　　　　　　　379

我从黑暗群山一路行来。

当我终于停步回望,

来路渺渺。

正当此时,

一座座灯塔渐次亮起,

在天上的群星与地上的荆棘之间,

照亮归途。

三峡清库最后一爆拉响，千年开县古城完美谢幕

今天下午，三峡库区清库最后一爆在重庆开县老县城炸响。这座经历了1800年风霜的古城在3.5秒的爆破声中完美谢幕。

15时，随着一声声巨响，开县城区一栋栋大楼应声倒下，掀起漫天烟尘。随后专业应急处置组和爆破工程队立即进场检查，确认爆破安全实施后报告指挥长。随即，爆破指挥长宣布拉响解除警戒警报，警笛鸣响15秒后，这座久历风雨的老城终宣告退出历史舞台。

重庆开县旧县城所在的汉丰古镇面积2.5平方公里，属三峡工程全淹全迁范围，受淹房屋面积达250万平方米。按照三峡蓄水清库要求，该县城应全部拆除。据悉，重庆市因三峡工程需搬迁八座县城（城市），截至目前，仅剩下开县尚未搬迁完毕。因此，开县旧城爆破是三峡库区最后一次爆破拆除。

……

中新社重庆2007年11月15日

这篇那多手记，和这则新闻有着非常密切的关系，你们且耐心看下去，要不了多久就能明白。事实上，这部手记所记录的巨大事件，和我们的日常生活有着千丝万缕的联系，真要列举的话，相关新闻数不胜数。当你们看完我所经历的一切，再次点开新闻网页，刷新当日的各种新闻时，或许会有另一番感受。

序章

喂食者协会事件后的几年里,我极少参与到奇异事件的冒险里去了。倒不是说我忽然之间就和神秘世界绝缘了,那么多年的冒险生涯之后,这个世界的灰色部分与我有着千丝万缕的联系,我的朋友、伙伴乃至于敌人,许多都出入于常人视而不见的阴影地带。只是我自己的情况有了极大的变化,我对世界的旺盛好奇心,在两件事的打击下行将熄灭。

其一是我父亲的去世。我动用了所有的关系,拜托了能找到的一切能人异士,都没把他从绝症中拉回来。深切的无力感在很长一段时间里萦绕不去。我曾经以为没有什么事情是不可改变的,如今我知道命中注定是什么意思。

其二是何夕的失踪。

从 2013 年秋天起,我就再也没有收到过她的任何消息。这并非爱人间的不告而别,而是极其诡异的全方位消失。何夕性子淡漠、心思莫测,哪怕再是热恋的时候,她心底里都有一块地方,是我从不曾进入过的。对此我并未强求,我觉得每个人都可以在心灵中保有一块完全属于自己的私地,但她失踪之后,我却只恨自己对她了解不够细致,以至寻迹无门。

她的消失比她出现在我生活中更为突兀。不再去警局上班,住处搬空,与此同时没有对任何人留下任何口信。她的同事毫不知情，朋友……她并没有什么朋友，家人——她养父已死，我也一直无法与她的哥哥取得联系。

曾经有一段时间我疯狂地找她，也担忧她遭遇不测，然而所有认识她的人（主要是她的同事）都对她的事情三缄其口。我本来以为这是由于她神秘的背景，她并不是经由正常途径调任法医的，也许大家出于保密等级的原因不愿多讲，可后来我发现并不完全如此，似乎她在世间的痕迹被某种不可知的力量一点点抹去。几个月后，甚至有明明认识她的人却记不起她来了，这并不似作伪。而我，也慢慢恍惚起来，到了两年之后，有时候甚至疑心自己是否真的认识过何夕这个人，还是我自己的臆想。她的容貌在记忆里模糊，手机里的相片无故损毁无法打开，她与我相处的细节如同梦境般远离，以至于我必须不停地重访我们曾经留下深切记忆的地点——某座我们曾深夜徘徊的铁桥，某处我们时常光顾的烧烤摊，某个我们最初相识的小区，非如此，不足以使她在我心中永存。

这实在是极其不寻常的事情，仿佛何夕这个人不是仅仅消失在了我的面前，而是全方位地从这个世界远离。我与梁应物讨论过此事，觉得她或许是卷入了某个超乎常人认知的事件中，并不是普普通通的不告而别或者失踪。这样的推断并不能让我好受，但我却全然帮不上忙。继我父亲的离世之后，这是另一桩让我觉得无能为力的切身大事。

我为寻找何夕所做的各种努力，由于和现下要说的这件事并无关系，或者说，到目前为止还没有发生关系，为了行文不过于琐碎,唉,就先略过不提吧。(虽然我知道熟悉我过往经历的读者们是极其关心的。)

总而言之,这几年来我的状态相当消沉。但时间就像一贴万能的狗皮膏药,不管什么事情都能糊一糊。加之梁应物劝了我几次,最后一次他想出个让我觉得有些道理的理由,即如果何夕的消失是某种神秘力量所为,那么我更应该像从前那样,积极地介入到各种神秘事件中去,没准哪一次就碰上相关线索了呢?好吧,即使这算是大海捞针,我也领了老友的好意吧。

然后,我就遭遇了大事件。

大事件说的不是场面,十几年来我见过太多大场面,没什么能镇住我的了。

我说的是本质。

以往我的那些经历,无非是碰到一些奇怪的人类,或是奇怪的人类组织,或是奇怪的非人类,或是奇怪的非人类组织……而已,而这一次,我也不太有把握,直觉上来讲,应该是接触到了世界本质的一部分。从哪里来、到哪里去,诸如此类。这种形而上的哲学性问题,本应看不见摸不着只存于思辨中,最终竟能铺陈到你的面前。那种震撼,不是碰到些奇人异士,或破解某个组织的阴谋可以比拟的。

事情的发端,和以往大多数情况一样,起自我的记者职业。

说起来,我沉沦的这几年,也是我供职的晨星报社沉沦的几年。整份报纸的销量,较之最高峰,已经下跌了70%,并且必将继续下跌。当然,这不是《晨星报》一家报社的问题,也不是中国报社的问题，全球的纸媒同呼吸共命运，只有惨和更惨的分别。到了现在，几乎每个月都有同事离职，大多是去新媒体闯荡。不过我倒是没有挪窝的打算，主要是我不靠报社的这点工资吃饭。从前那些冒险经历写成的书（当然会隐去些关键部分，免得自找麻烦），销量一直都不错，版税收入已经是数倍于报社工资了。作为见识过这个世界真正模样的人，我深知财富的局限，尤其是没有沉淀的财富，所以，钱只要够日常花销就可；再说，有着报社的平台和国家发的记者证，出去采访也比在新媒体要容易得多。

日薄西山之时，社里对于稿件的要求更是严苛，然而精英四散，新进员工的质素又大不如前，每次重大选题的讨论，于人于己都是折磨。我作为首席记者，又负责带教新进记者，类似的场合很难逃开。

前一周的选题会，一个进报社三个月、还在实习期的记者提了个挺有意思的采访方向。她说上海的发展速度这么快，全国各个城市也都在迅速变化，太多旧的事物消失不见了，但人的记忆还在，有许多值得怀念的东西。她想写一组上海城市里的废墟——已经被掩盖的废墟、即将被掩盖的废墟，以及就要变成废墟的城市一角，代表着城市飞速变化之时的人文情怀。大家一听都赞这个想法，这其中，也有着即将成为废墟的纸媒的戚戚焉吧。

作为指导老师，我多加了个意见，让她不要只注重实体的变化，也看一看网络上的废墟。当时我说这话，心里想到的，其实是我父亲的微博，曾经会每天发布消息、与朋友互动的那个微博，已经永远停留在那个日子了，只有我还会在他的生辰忌日或父亲节时去看一眼，以作缅怀，这自然也是一个废墟了。而类似的微博废墟，必然有许多。会上我并未举这个私人的例子，而是说，曾经红极一时的人人网、开心网，如今已经没落荒芜，今天的微博和微信，未来没准也是这个下场，在虚拟社会与实体社会中交互探寻，才能写深写透这个选题。小记者得了指点回去准备，原本这一周要再讨论一次纲要，然后正式开始采访及写作。

然后就在这个上午，国庆节的前一天，我忽然被蓝头叫去。他先是大赞一通这个选题，然后又补了个新角度。

这是蓝头偶然在网上看见的真实事件。有个外国的游戏玩家，8岁时候父亲得癌症死了，10年后他搬家时发现了父亲当年玩的游戏机，上面还插着游戏卡带。那是个赛车游戏，玩家可以和赛道上的历史最好成绩保持者比赛，后者会以一辆幻影车的形式出现在赛道上，按照他当时打破纪录的轨迹行驶。玩家发现其中一个赛道的纪录保持者是他父亲，此后他整整玩了这个游戏半年，终于有一天，他第一次超过了爸爸。他看着自己的名字把爸爸的名字盖掉，那辆幻影车再也不会出现，不禁泪流满面。

蓝头说这个故事的时候，我也不禁红了眼眶。时隔几年，这种情感我仍感同身受。

"这个废墟选题可供挖掘的东西，实在是太多了，也非常容易引起读者共鸣，是吧？我们就处在这样一个时代，过去的东西不断被推翻被覆盖，新生事物飞快到来，但总有一些东西是永恒的。我觉得废墟至少可以做四个版,你往大里做,最多我可以给到八个版!"他很有气势地挥了一下手。

"你先等等,领导,为什么是我?"

蓝头瞪大眼睛看着我:"这么重大的选题,整个晨星报社,除了你那多,还有第二个人能驾驭吗?你来告诉我,有第二个吗?谁?"

我可不吃这一套,瞪起眼珠反问他:"你这是让我去抢一个新人的选题吗?"

"不能这么说嘛,她自己放弃了。"

"自己放弃?"

蓝头挠了挠头,只好坦白:"那个,小朱啊,她昨天辞职了。"

又去哪个新媒体了?这是不打算在《晨星报》这座即将变成废墟的旧楼里沉沦了?我看蓝头的表情,识趣地没有问个究竟。

所以呢,这篇关于废墟的深度报道,就落到了我的头上。

这个稿子,报社没有给我限定时间和方向,任我发挥,算是给我这个残留下来的最资深记者的信任。不过三天后我向蓝头申请出差重庆的时候,他还是吃了一惊。

"做这个选题,还需要跑到重庆去?"

"是啊。"

"这个……不是有相当一部分内容,做的是虚拟世界里的废墟吗?"

"但是现实中的也要结合不是吗?我考虑这个报道,从现实切入,会更有感觉、更扎实一点,网络上的放到后面。"

"可是上海不也有许多可以采写的地方吗?"

我叹了口气:"不是说怎么做这个报道我说了算吗,还是要我把前前后后的因果都和你汇报清楚?还是说社里没钱付出差经费?"

蓝头期期艾艾起来:"倒不是说没这点钱,唉……好吧好吧。"

我算是听出来了,的确就是费用的原因。

"我说领导,总是想着这里省一点那里省一点,拿什么去和新媒体拼呢?还不就得靠扎扎实实的稿子吗?"

蓝头瞪着我:"是吗?靠扎扎实实的稿子吗?"

我愣了一下,看着他的脸。这不是当年刚入主报社时,年轻气盛的那个男人了。曾经不懂业务的外行,已经变成这阵地上的老鸟了啊,不是能随便糊弄的人了呢。

"在其位,谋其职吧。"

蓝头神情落寞,挥了挥手,说:"是啊,在其位谋其职吧。"

我有些不忍与他对视,转身走出社长办公室。面对整个纸媒时代的落幕,一张报纸的振兴,与几篇优秀报道已经关系不大了。如何才能挽狂澜于既倒,我不知道。这种感觉,就像热兵器时代到来之后,刀剑铸造得再好、保养得再好,可以削金断玉吹毛断发,也不会再成为战场的主角了。

以这样的心情,去做这样的一篇报道,我想,真是有一种悲剧的切合呢。

父亲的离世,爱人的离去,行业的落幕,报社的最后挣扎,猛然间,我感受到了时间,感受到了自己的老去。

人间五十年,这一刻我想。

汉丰湖底的人

国庆假期的第五天,我在重庆万州区的一家火锅馆子里见到了此行的同伴。

没错,这次的废墟实地考察不只我一个人,我甚至都不算是主导者。

当我刚听小记者说起废墟选题,甚至当我此后在社长办公室里对蓝头大肆规划采访方向的时候,我还觉得这是一个特别新奇的点子。而后当我开始做调研的时候,单只网上一搜,就发现太阳底下果然没有新鲜事。在豆瓣小组里,就有那么一个"废屋环游组",几万个组员,天天在上面讨论各种鬼屋鬼城。这上面所谓的鬼屋鬼城,和我概念中的废墟,是基本一致的。他们并不指望能在这些地方撞上什么灵异事件,而是迷恋此类场所展现出的末世感。

一些核心成员,时常会在小组里发起冒险邀约,用他们的话讲叫"组团刷副本",约定一个时间地点以及大概预算,凑足基本人数就成行。这次打动我的,是千年古城开县的探索邀约。

这个开县,指的是开县老城,和今天地图上的重庆市开州区是两个概念。它再一次拓展了我对废墟的理解,原来还有这样的地方!其实我在日本南相马市见识过沉没之地,一个是海一个是湖,非常相似,但大约是我太长时间没有经历过奇特事件,从前的冒险经历都仿佛被记忆封存,没有点拨,压根儿就没想起来。

所以在看到这个帖子的第一时间,我就决定要"入团"。

今天地图上已经没有开县老城,在同样的位置上,是一片人工湖泊。中国的三峡大坝是个世纪工程,巨大水利奇迹的背后,是沿线一百多座大大小小城镇的永久淹没。其中不乏历史名城,比如大昌、涪陵、秭归,同样有着千年历史的开县老城,也是其中之一。

通常在放水淹没城市之前,会把城市的建筑都炸毁,但据发帖者"走路带风"讲,开县老城并没有炸干净,只是把较高的多层楼房和大桥炸了,那些原本只有几米高的一层或两层老楼还留了一些,现在,它们都静静地待在十几米深的汉丰湖底,成了"森森鬼域"。

开县老城冒险有四人报名,我是第四个,刚好凑够了最低下限。因为小组里的一万多号人分处天南海北,像这次能凑齐成团人数的刷副本活动,其实并不多。由此也能看出水下老城的魅力。除了食宿之外,"走路带风"负责租借下水所需的设备和船只,摊下来每人是1500块钱。这部分钱,我根本没和报社提,就自己负担了。其实本该是每人3000,但"走路带风"说从小组的组长那里申请到了一笔赞助金,条件是把冒险经历完完整整地发到组里。现在有钱人的爱好真是各式各样,这也算是一种另类的直播打赏吧。

在万州火锅店里网友见面,"走路带风"在桌前站起来左右一拱手,说初次见面,两位叫我阿走就行啦,接下来这两天大家要精诚合作，因为要去的这个地方可不简单呀。说出来的开场半文不白，在我这个专业文字工作者听来不免有点滑稽。说实话，我没想到"走路带风"真人会是这副样子，名不符实之极。

说起来，这段半古半白的手势话语，算是有"走路带风"风格的，但说话的这位，身高一六五，面白肤嫩，翘鼻尖小雀斑，柳腰窄臀微微胸，不折不扣小姑娘一个。我哪里会想到，这位组团刷废墟的团长，居然性别和我不一样？至于坐在我旁边的另一位伙伴，给我的意外程度完全不亚于"走路带风"。他的网名叫"再睡一发"，这么老司机的名字毫无疑问来自男人，他出乎意料的地方不在于性别而在于人种，他居然是个棕色头发蓝色眼珠的法国人。后来他告诉我们，本来想起名"在水一方"，但重名了，一个中国同事给改了个谐音，告诉他字面意思是睡在沙发上，意为客居他乡的人。他说的时候笑得比我和阿走都欢，我估计他回过味来以后还挺喜欢这名字的。

"咱们这次的人就算到齐啦。"阿走说。

我和一发面面相觑，不是应该有四个人吗？

阿走说另一个网友临时放了鸽子，所以这个团就只三个人了。相应地，每个人的费用要多700块，主要是租车租船的费用不会因为少一个人而下降。照理这变故不该现在才通知，因为我们三个都不在重庆本地，这有点木已成舟强制上车的意思，我觉得阿走对这次探险似乎有些执念。但我当然是无所谓多这700块钱的，一发也没问题，这事就揭过去了。

这顿见面饭上，大家都大概把自己的情况说了，算是彼此有个初步的了解。我没有隐瞒自己的记者身份和采访意图——又不是当卧底，没什么见不得人的。一发是个法语老师，来中国三年，中文说得很溜，他年纪和我相仿，去过许多国家。

"我从来没有见过任何一个别的地方像中国这样，有这么多的废墟，法国、英国、德国，整个欧洲或者美国，都不可能见到。这是中国速度背后的东西，从前的一切被急速地淘汰和覆盖，人们看到的什么都是新的。旧的东西被排除在视线外了，比如开县老城，它沉在水底下了。我还去过玉门老城，去过知子罗，太多了。我打算把这些写本书，我打赌它会畅销的，就像《江城》。我该起什么名字呢?《中国废城》?"

我一时分辨不出一发是否有恶意，也许未必有，只是汉语不够好导致口不择言，但多少仍有些不快。

"我想那是因为你没去过苏联，切尔诺贝利就不说了，远东有大量完全废弃的城市呢。"我嘴上这么说，但心里觉得，一发说得没错，中国剧烈的社会变化造成的大量废墟，是在西方国家见不到的。

"切尔诺贝利，好想去!"一发和阿走同时瞪大了眼睛，发出向往的叹息。

好吧，是我想太多。

阿走没说她是干什么的，年纪她是最小的，看上去大学刚毕业，从她打扮来看，估计家境颇优。这女孩子号称是专业的鬼城鬼屋探险者，一发说的知子罗她去过，惊悚电影《京城81号》的原型建筑朝内大街81号她去过，千岛湖下的古城她也去过。

和她比起来,我这个资深记者在鬼城见闻这方面算是孤陋寡闻了。一个女孩竟然有这种爱好,还真是不知该说什么好。阿走说她最大的遗憾就是没有真正撞过鬼,连在那么多人撞了邪的81号她都没感觉,大概是自己"阳气太旺"。

我听着阿走说起这些事情,心里总觉得哪儿不对。这个疑惑很快就得到了解答。饭吃到一半,阿走的小脸就已经变得通红,这里面自然有火锅的热气和麻辣的原因,但也许还有其他的因素。

阿走红着脸,仰脖把剩下的半瓶酸梅汁一口喝光,把空瓶子往桌上一放,说:"要说,这水底下的城市,我千岛湖下面沉了几十年的古城都去过了,你们知道我为什么还要组团刷开县老城吗?我这儿有可靠的内部消息,这地方可不简单。"

我们两个都做出洗耳恭听的样子。

"有人在这片地方撞过鬼的。就在百度贴吧的重庆吧里,还有说起的帖子。有人看见了10年前已经炸掉的老县城,有人划船一小时都近不了岸像鬼打墙,还有人发了疯呢。现在当地人都不愿意去湖上了。怎么样?我选的地方,一定带劲!"

阿走一副邀功的模样看着我们俩,像是在说:"快来夸奖我!"我和一发纷纷发出感叹,都表示了对此行的期待。阿走的表情顿时变得轻松了许多,她刚才分明是故作姿态,其实心里担忧我们提出异议。她在小组里发帖时只说是水下古城冒险,没提灵异事件,因为灵异并不是废屋环游小组的主题,末世感才是。到了现在,再不说就明显是故意隐瞒了,说了又怕我和一发打退堂鼓,所以才这副患得患失的样子。看得出来,她真是冲着"撞邪"去的啊。

我这么些年见过的事情太多,这点灵异传闻根本不算什么,既不会被吓阻,也不会特别期待;而一发,我瞧他是压根儿没往心里去,只当是没根据的流言,配合一下饭桌气氛而已。从这点上说,这个法国人还挺中国的。

吃完饭,我们上了阿走的车,她租了一辆大众 SUV,需要用到的水下装备都在车上。阿走比我们早一天到重庆,已经打好了前站。就这件事,她这个召集人挺合格。

我们住在开县新县城一家三星级宾馆里,到的时候近晚上 10 点了,把装备留在车上,各自开房休息,约定了次日早 8 点半大堂集合。这儿离老城,也就是汉丰湖不远,阿走说开车就 20 分钟左右。

第二天早上 8 点去吃早餐的时候,阿走和一发已经吃了一半了,两个人明显比昨天热络了许多,也许昨晚我回房之后他们另有活动?

自助早餐的内容相较于其他三星级宾馆,算是相当丰盛了。考虑到要下水,我只吃了个八分饱。阿走和一发吃完先走了,我卡着时间,还够再喝一杯咖啡。

服务员把咖啡端上来的时候,我和她聊了几句天。

"你是本地人吗?"

"是啊。"

"那你知道汉丰湖吧?"

"知道啊，以前的老城，后来修三峡沉到水底下啦。"

"听说汉丰湖总是出怪事？去那儿容易撞邪？"

服务员愣住了。

"这个不清楚呀。你去那里？"

我点点头。

"那里风景是蛮漂亮的。"服务员说完这句，冲我笑笑，端着盘子走开了。

我觉得她的笑有点意味深长，喝完咖啡走出餐厅的时候，她还特意看了我一眼。

汉丰湖现在是4A级景区，也许以后升成5A的时候，就要收门票了。湖面有15平方公里，平均水深近20米，算是非常大的人工湖了。

阿走在开车过去的路上才想起来问我们会不会游泳，好在我们都会，然后她再问有没有潜水经验。这并不是一项常见技能，不过对我来说还真不在话下，最夸张的一次，是2011年在太平洋的不知名小岛，我从水下的秘密通道潜入喂食者协会总部，见识到了奇迹般的空中城市。一发则表示，上个月刚从马尔代夫潜水回来。

阿走对我们两个的"质素"表示赞赏，我忍不住问她，那要是我们都不会该怎么办？她回头冲我一笑，说现学咯，又不是多大的事。

这种事情应该先问清楚的吧，我开始觉得这女孩做事不太靠谱了。

车子开到城南故津附近,沿着湖开了一段,可以看见有些地方修了步道等供游客观湖赏景的设施,但更多的地方还是野地状态。阿走放慢了速度,然后在一片邻水的荒地停了车,指着一艘岸边的船,说那就是为了这次水下探险租的。

这是一艘七八米长的游湖用小型客船,船老大站在船舷上抽烟,见我们到了,把烟一弹,冲我们招手。

我们每人背着自己的装备——脚蹼、呼吸器和氧气瓶上了船。没有整套的潜水服,也许是因为水深还好,所以阿走没有备这么齐全。

船老大是个肤色黝黑的光头中年汉子,自我介绍叫阿成。

"你们自己要小心一点啊,不要弄出事情害我啊。"他一边把船驶离岸边,一边反复提醒我们,"你可没说这儿还有外国人啊。"

一发用普通话和阿成打了个招呼,把阿成吓了一跳。

"放心吧,我们都是有经验的老手了,"阿走说,"也不是多危险的事情,而且我们会绑绳子的,安全得很。"

"行,那你说去哪边?"

"去老城啊,老城里没炸干净的那一片。"

"老城大着呢,最早说九井十八巷,后来又一圈一圈扩了好多。至于哪些地方没炸干净,我又没钻到水底下看过,也摸不清楚啊。反正我只管船,你说去哪儿我去哪儿。"

阿走哪里说得上来,她拧着眉毛想了想,问:"你说的那个奇怪的人,就是天天下湖里潜水的那个,今天来了吗?"

"应该是吧,他天天都下湖里去的。"

"那就他去哪儿我们去哪儿。"

"好嘞。"阿成调整方向,往湖心驶去。

"什么怪人啊?"一发问。

"昨天阿成告诉我的,有个人来了有快半个月了,在湖边搭了个帐篷住着,自己弄了一条小船,每天去湖里潜水,不知道他在水底下找什么东西呢。我猜不管他找什么,多半是在老城范围里面,所以就拿他来定位咯。"

"阿走,你说的那些奇怪事情,都是网上看来的吧?问过阿成没有,他怎么说的?"一发问。我本以为他不信这些,没想到还是没憋住开口问了。依我看,虽然早上餐厅里那个服务员的表现有些古怪,但从船老大阿成这儿是得不到什么劲爆消息的,他要是真相信湖里有鬼,还敢在这湖上开船吗?先前提醒下水的安全问题时,似也没有言外之意。

"阿成大哥,你给说说呗,这儿的奇怪事情不少吧?"阿走微微仰起脸看着阿成,满是憧憬之色。

"嗐,每个地方都有每个地方的传说呗,都是没根没据的事情,反正我自己是没有碰上过。"

这话一说,我和一发都没什么,阿走的脸直接就耷拉下来了。

"不过嘛,最近奇奇怪怪的来湖上的人倒是不少。"

"哦?除了那个住在湖边每天潜水的人,还有别的?"我问。

"一个人,一辆车,一艘船。人嘛就是那个潜水的人,车嘛……"

阿成用手一指。我们顺着看过去，只见那个方向的岸边，停了一辆稀奇古怪的车。

距离有点远，我没认错的话，那是一辆野马皮卡。这车在国内本就少见，还明显经过了改装，载货的后厢套了个方罩子，像个小号集装箱，箱子上还有个大天线，和卫星转播车上的玩意有点像。

"这辆怪里怪气的车来了有快一个月了，绕着湖跑，今天停这里，明天停那里，一停就是一天，你们说怪不怪？还有艘船，和这辆车一起来的，簇簇新的一艘，一不打鱼二不载客，有的时候嘛和车停在一起，有的时候嘛湖上晃几圈，搞不懂是干啥的。"

"像是搞科研的？"我问。

"不知道，反正不是我们本地人，都神神鬼鬼的。"

我们不免又多瞧了"卫星车"几眼，当然也瞧不出什么异常。

"阿成，你看我们都已经上了你的船了，这单生意你是做定了。这妹子也是真的对灵异的事情感兴趣，你要有什么知道的，说出来给我们听听呗，就当消遣了，吓不跑我们的，你放心。"我说。

阿走恍然，连忙在旁边附和。

阿成沉吟了一下，说："我是真没碰到过，但是我一哥们儿撞见过怪事。"

阿走的眼睛亮得像星星。

"那是七八月份的事了，我那哥们儿和我一样，做游湖客船生意的。那天四五点的时候,他接了个电话,有一单生意,他想着趁天还亮,再拉一回。把船开到地头发现人没来,以为被放了鸽子,就把船开走了,结果又接到电话让他回去接客人,开回去还是没人。他连跑了三趟。第三趟他接到人了,那人说只给他打过一次电话,而且是准时在那儿等他的。我那哥们儿算算时间,也的确只够他跑一次的,要真跑三次,太阳都下山了。可他后来和我赌咒发誓,他明明白白地记得自己折返了三次。你们说这事情怪不怪?"

我鸡皮疙瘩都起来了。

"说起来,8年前这水淹的,可不光是炸平的老城呢。这千年的坟地啊,都在水下了呀。"

阿成说完这些,看看我们,说:"怎么,怕了?"

"哪有!"阿走说,不过她的脸色的确有点发白。

船行湖上,群山环抱,晨雾已经散尽,湖上小岛星罗棋布,岛边水面上有水鸟回翔。这些岛,原来都是一座座小山头呢。

阿成的故事让船上的气氛忽然冷了下来,好在没过多久,视线里就出现了一艘小舟。

"就是那艘船了。"阿成说。

那是艘老式的乌篷船,船头船尾不见人,不知那个天天潜水的人,现在是潜在了水里呢,还是在船篷里。

"靠太近不好,那我们就在这里吧。"阿走说。

现下的气温不到20度,下水还是比较冷的。我们几个做了套热身,把关节都活动开了,避免抽筋。阿走刚才白了的脸现在又红了回来,她还是很兴奋的。

阿成搬起锚哗啦啦沉下去,把船大体固定住。

热身做完,我们戴上脚蹼,背上氧气瓶,戴好潜水镜,开始固定挂在腰上的牵绳。到这个时候一发终于忍不住问,咱们就这么下去了?

我知道他在问什么,阿走却不太明白。

"我们得有个程序,首先下去以后先别急着往下沉,适应10分钟水温,然后我们下沉到10米左右,稍微停几分钟,再到底。"一发说。

他还真是有潜水经验的。

"啊我知道,适应一下水压嘛。嘿嘿我太兴奋忘了说。这样啊,我们每人有两个氧气瓶,每个能用一小时多点,基本上今天上午的目标呢,是找到核心下潜目标,然后下午换瓶继续潜。明天要不要继续,看今天潜的情况。"

沟通了水下的基本手势,我们一个接一个下饺子一样从船两侧分别跳了下去。

这个形成不到10年的湖,基本没有受到污染,水质相当清澈。我们适应完水温,开始下潜到10米左右的时候,水底的情况已经可以大概看到了,相当平整,并没有完整或者较完整的建筑。这种情况在意料之中,哪里有那么好的运气,一下子就找对方向呢。

整个上午,阿成的船不停地挪动位置,我们前后下潜了五次,后来我和一发都解掉了牵绳,以便可以更大范围地在水下搜索。到快 12 点时，我们总算望见了一片较完整的遗迹，有的可以看到屋顶，有的则是半拉墙垛。这下大家都兴奋起来，回到船上去吃午饭，打算下午再次下水探险。

上午的搜索颇耗体力，加上在低温的水里泡了这么久，上了船被风一吹非常冷。我们尽量把身体擦干，贴上暖宝宝，披上干浴巾，大口地喝热汤。吃过饭，不管睡得着睡不着，我们都还是假寐了一会儿，到下午两点，再次下水。说起来，我们最终确定的位置，离上午那个独行潜水客的位置很近，但他的船早已经离开了。

变故大概是在下水后 25 分钟左右发生的。

水深在 18 到 20 米，我们慢慢降落下去，仿佛进入了另一个世界。

这是一片没有被炸毁的街区，范围不会太大，大约有十几二十幢外观相对完好的两层小楼，以及数量略多一些的残破楼宇。水草很少见，鱼虾则完全见不到。我特别兴奋，有些后悔此行没有去借水下相机，这一刻我开始体会到废屋环游小组里那种对末日感的狂热追逐从何而来了。

这本该是一条街道吧，曾经这里人声鼎沸、鸡犬相闻，充满了市井烟火气息，也许有各种小吃摊，一楼沿街许是烟杂店或服装店，二楼及更深处的屋舍里则住着老城居民。这里千百年来发生了数不尽的故事，也有着一段段已经无人知晓的恩怨情仇。我试着走在这条街道上，但做不到，我只能斜斜地，以一种特别奇幻的方式漂浮在街道上，漂浮在重重楼宇之间。这座城市被湖水淹没、充斥之后，发生了难以言喻的改变，似能触碰又永不可及。

当潜水员第一次进入泰坦尼克号的沉船残骸里，是怎样的感觉？我想。

所有的门洞都是大开着的，其中许多已经不见了门。窗户也是。我特别想找一幢屋子进去，不过那样的话，就需要把背上的牵绳解开了。关于解绳子，我是毫不担心的，下水之前也有过约定，确认安全时可以解开绳子。我想和两个同伴打个招呼，以免他们担心，但是四下张望，却发现这两个人并不在视线范围内。

刚才这一段时间，这座水下城市的神奇魅力把我俘获，我沉浸在复杂难名的情绪里，无暇他顾。但无论如何，我们几个人身上都是牵着绳子的，再怎样都不会相隔太远，除非他们已经先我把牵绳解开。

现在看来，似乎也只有这个解释了。

有那么几秒钟，我想过要不我也解开牵绳，自己走自己的，反正氧气还有一大半呢，可是这片湖区的灵异传说毕竟还是给我留下了印象。算了，先把同伴找到稳妥。

这片残存的建筑群毕竟规模有限，我想自己一眼没看见阿走和一发两个，只是因为我待在水底。这是个水下城市，和陆地不同，我是可以"升空"的。

我摆动脚蹼，打算升到六七米的高度，那就足够我俯瞰全局了。

照理说，这湖水相当平静，没有潜流没有漩涡，我手脚并用,几下子也就升起来了。可是刹那之间,仿佛电流刷遍全身,不是强烈的刺激抽搐,而是轻轻的,却透进了神经骨骼,深入了大脑和心脏,像有张细筛,把我通体筛了一遍。与此同时,我听见了声音,这声音既非震耳欲聋,也非轻柔绵密,与我听过的任何一种音都不同。从音量上,甚至可以说是没有,但又绝非一片寂寂,而是至大至广至深,在这方水中世界里一掠而过。

我再缓过神来的时候,已经跌落湖底,脸即将触到街面上铺着的那薄薄一层水底泥沙。我用手撑了一下,让自己上身重新抬起来,这才意识到自己刚才竟失神失力,整个身体短暂脱离了意识的掌控。

这毫无来由的震撼,几乎要让我怀疑,它是不是我身体上神经性的错觉,一种神经痛或肌体抽搐?然而我立刻否定了,那是如此真切的感觉,瞬间在我的心灵上留下了深刻的印记,绝不可能是虚妄!这片湖区,或者这片水下城市,绝对有异常之处。然而现在不是探究的最好时机,我真切地担忧起两个不见人影的同伴来。

我向上游到六七米高的样子,往下张望。刚才的莫名震荡,竟没有激起半点水底的泥沙,湖水清澈,视野良好。

我一眼就瞧见了一发,其实他就在离我不远处,只间隔一两幢屋子。刚才被挡住了,现在我居高临下,一目了然。

可是阿走呢?

我心里刚生起疑惑,就见一发急冲冲游进了一间屋子。

那间屋子里怎么了?我觉得有点不妙。就在我降下去的时候，一发拽着阿走重新出现在视野里。

两个人的姿态非常不对劲，一发是拉着阿走的胳膊，把她从屋子里拖出来的。阿走手脚乱动，像在挣扎。离得近了我看得更明白，阿走的样子居然像是呛水了，一发正在帮助她把呼吸器塞回嘴里。我心里大奇，下水以后咬住呼吸器是最基本的，而且很快会成为下意识维持生命的动作，究竟是什么状况让阿走把呼吸器松开了？

这时我已经落到了两人的身边，阿走依旧没有镇定下来。这种情况非常危险，阿走现在已经变成抱住一发的腿了，整个人的神志都不对。他们的牵绳全都解开了，我握拳用力砸了一发两下，示意我们得迅速升到水面。

于是阿走抱着一发，一发一只手抓着阿走，一只手抓着我，我拉着牵绳，使劲摆动脚蹼，三个人成一串往水面升。

也就二十来秒的时间，我们浮出了水面。

阿成伸出手把我拉了上来，然后我把一发和阿走也拉上船。这时候阿走已经回过神来，不复水底那般中了邪似的挣扎，却是剧咳了一阵，把呛进去的水都咳了出来。

"什么情况？"我问一发。

一发摊手说："我不知道啊，她进了那间屋子，然后不知怎么忽然就呛水了。"

阿成问我们还下不下，我说不下了，回去了，得快点回宾馆洗热水澡去。

我们把所有的毛毯都扔给阿走，她犹自脸色发青地在船舱里瑟瑟发抖。这副样子，不单单是冻到了，更是吓到了。

我问他们有没有听见那声音，一发听见了，他当时的反应和我差不多，也失控了几秒钟，但阿成则什么都没听见，也许是因为在水上。

"你是听见这声音，所以被吓呛水了？"我看阿走稍好些，问她。

阿走听了我的问话，怔怔地想了一会儿，慢慢摇头。

"不急不急，"我说，"你休息一下，咱们回城里好好吃一顿火锅，我看你需要出点汗。"

阿走死死地抓着身上的毛毯，骨节发白。

"我是撞鬼了。"她轻轻说。

这个世界上，哪里有什么鬼？

我十几年来踏遍十几个国家，经历数十宗现阶段科学谱系之外的事件，见识了诸多超凡力量的存在，但就是没见过什么鬼。

别说是鬼，就是许多研究中推测的灵魂力量，我也没有接触过。

以我的经历、经验，几乎可以做出论断，这世界上，是没有传统意义上的"鬼"的。

但是此刻，阿走以这样的神情、这样的语气说出这样一句话，还是让我背上一阵恶寒。

阿走什么也不再多说了。我和一发相互看看，都觉得她还没有恢复过来，不便立刻追问。

下船的时候，阿成问明天还是老时间吗，阿走魂不守舍没回答。我看她是吓得不轻，明天来不来还不知道，但船钱是付了两天的，我就先答应了下来。

回程是我开车，原因显而易见。先回宾馆洗过了滚烫的热水澡，在大堂会合的时候，阿走已经好了很多，但还是微微低着头，笑也是勉强挤出来的。我们在街上随便找了个火锅馆子坐下来，味道居然很不差，更胜过昨天接风宴的那一家。

阿走却吃得不多，一言不发。我和一发天南海北地聊着，活跃着气氛。这么尴尬地吃了大半个小时，阿走忽然问我们：

"你们是不是觉得我很可笑？吵着要来探险，真撞了鬼却变成这副样子。"

既然她开了口，我们当然就追问当时究竟发生了什么。

发生的事情，其实并不曲折，几句话就能说完。

阿走解了牵绳，一个人游进屋子去探索。屋子里光线很差，湖水再怎样清澈，阳光经过十几二十米的折射，已经无力把屋子照亮了，里面昏昏沉沉的。阿走拧开携带的水下电筒，顺着光束，打量屋内的情形。

具体屋子里是什么模样，阿走已经不记得了，也并不重要。或许有一些破败家具残骸，或许什么都没有，只是些泥沙。阿走还是比较谨慎的，她说自己在屋子进门的位置，手持电筒缓缓照了一圈四周。一圈照过，没有什么值得注意的有趣东西，自然更没有异常。因为在水中，身体旋转的惯性还在，又多转了小半圈的时候，她看见了一张人脸。

这一幕画面给阿走留下了堪称惊心动魄的印象，是以每一个细节,她都记得清清楚楚。

那是一个满脸褶皱、下巴前突的老太太。她头发稀少,一缕缕垂在肩畔,穿了一身灰布衣服,光脚半跐着一双黑布鞋,坐在一张竹质的靠背小椅上,离阿走不超过两尺远,就这么定定地看着阿走,慢慢地笑起来。她笑的时候,整张脸都皱了起来,下巴像是要把额头包住似的。

在这样荒寂的水下老城中,在如此一间水底沉屋里,甚至连鱼虾都见不到一条,明明已经照过了一圈屋子,却猛地在眼前出现这样一个人,阿走当时魂都吓没了,拼命尖叫起来。声音没发出来,倒是把呼吸器给吐掉了。如果不是在外面的一发发现不对,游进去把她给拉了出来,阿走这样神志昏昧地呛水下去,后果不堪设想。

"可是我进去的时候,什么都没看到。"一发说。

"你有看见竹椅子吗?"我问。

一发摇头。

阿走把撞鬼经历说出来以后,脸色又青白了几分,几小时前的震骇仍在。我心里想,这可真是叶公好龙了啊。

阿走这宗撞鬼经历,其实只是看见了一幕画面,没有任何的互动,也无后续,在市井流传的类似故事里,可说是不值一提。但我却真正觉得有意思了起来,因为这不是孤立的事件,这事一出,就说明阿走原本说的那些传言,以及阿成友人的遭遇,都不是无稽之谈。如此集中的灵异事件,呈现上又各有不同,我此前从未得闻。

联想到那水下的宏大之音，这之间会有联系吗？

"你看见水中老太，是在听见那种声音之前，还是之后？"我问阿走。

"之前吧。"阿走说。

她想了想，又说也可能是之后。她确定不了。那一阵子的记忆，除了老太，其他都变得模糊不清了。

在我自己的体验里，那声难以名状的宏音，印象深刻之极。以它为坐标，怎么会事情发生在之前之后都分不清了呢？但看阿走眉宇间隐藏的惶惶然，怕是她的整个世界，到现在都还没有安稳下来。

我知道以现在阿走的情况，最好是不要加深她的恐惧记忆为妙，可我还有另一宗疑惑，实在没忍住，问了出来。

"你当时是拿着水下手电筒的吧？"

阿走点头："可惜心急慌忙下，手电筒也扔在那间屋子里了。"

"那个老太，你是用手电筒照到她的？"

我这么一问，阿走却是愣住了。

在阿走的描述里，老太是突然之间出现在离她极近的位置上。如果她是持电筒照着老太，那么电筒离老太不会超过一尺的距离。在这个距离上，光束会很集中，就像许多恐怖电影里表现的画面一样，光圈正照在一张人脸上，完全顾及不到其他细节。可是，阿走对老太的整体形象又看得很清楚，穿什么衣服、坐什么样的椅子，甚至连布鞋都看到了。这是在光线良好的室内环境里才能看到的细节，绝不是当时暗室环境里能用手电光在近距离看清楚的。

阿走愣了半晌，竟回答说："我不知道。"

一发也奇怪了，说："这你怎么会不知道的？"

"好像……好像不是手电。我看到她了，看得很清楚，但不是手电光。"阿走困惑地说。

"像是正常光线，我现在回想起来，她忽然之间就出现了，就被我看到、出现在我视线里了。那种清晰程度，好像都不是在水底下了。那个，撞鬼这种事情，本来就不能用常理来解释的吧。"

她这么一说，我和一发也只能哑然。

这顿饭的后半程，阿走话多了一些。她甚至笑称，这下回去有谈资了，终于撞了一次鬼，算是没有白来。只是最后我问明天还去不去，她的脸色立刻又发白了，摇头说够了不去了，这次已经圆满了。阿走半途退出，一发马上也表示探险已足够精彩，可以到此为止了。

我却心有不甘。

我是抱着采访目的来的，这次水下探访，是整次深入报道的切入点，非常重要。今天好不容易找到了地方，结果要深入的时候，却因为阿走的变故提前结束了，就这么回去，稿子根本就没有几两干货啊。

这样的灵异事件，可以吓退阿走和一发，可以让他们满足于今后茶余饭后多了一点谈资，但反倒勾起了我浓浓的兴趣。

水底的宏音、突如其来的微笑老太、三次折返的船夫、一座沉在水中的古城。我隐隐看到，有一条隐秘的线，把它们串在一起。

于公于私,我都不能让自己就此打道回府。

"钱已经付了,如果你们不愿意继续,那我明天一个人去吧。"我对他们说。

大梦

"怎么就你一个,他们呢?"阿成第二天问我。

"他们玩够了,我还没有。反正我们付了两天的船钱,对吧?一个人三个人,对你都一样。"

"我又没所谓咯。那么今天去哪里?"

"昨天的地方,你还记得不?一模一样的位置。"

阿成应了,解绳开船。

"这么说昨天是有发现咯?"阿成问。

昨天我们回程一直缩在船舱里,阿成并不知道阿走在水底下撞见了什么,但他是老江湖,瞧我们的神情,也会猜到一定是有事情发生的。

"真有发现,那两个也不会不来对吧?"

昨天阿成说了,这汉丰湖最近有三怪,一人一车一船。其实我们也算是行径古怪,他多半是觉得,我们和那些人一样,是来湖里捞宝贝的,所以我就随口敷衍了一下。

阿成笑笑,他看出我没说实话。

船往湖心去,我站在船舷边,看着太阳光把湖面打得波光粼粼,心想今天阳光和昨天一样好,水下的能见度应该也不错。

四下眺望的时候,却注意到了某处岸边与昨日不同之处。

"昨天那车不见了啊。"我指着昨天改装野马停的地方,那里空空如也。

"挪窝了。昨天我们回来的时候就已经挪了,你们没注意呀?"阿成指了个方向,说车现在停在那儿,却是在我们的视线范围之外了。

"不单是车,还有那艘船,昨天后来一直在湖上转,听说半夜都在湖上。你知道它在哪里转?"阿成这句问话意有所指。

"在哪儿?"

"就在你们昨天下水那一带。喏,就是你现在要去的地方。"

阿成用眼瞟我,显然是认为我和他们一样,都有不可告人的图谋。

我一笑置之,也不去申辩。他怎么想于我并无意义,也许转过头,他也会去弄套潜水装备,下湖底去看看到底有什么宝贝呢。就算找不到,领略一下湖底古城荒凉的异境之美,也不亏,不是吗?

但是阿成说的那一车一船的异动,却不由得我不多想。

时间上如此之巧,地点上也完全重合,抛开阿走一个人见到的水底老太不提,我们三个人都听见的那一声宏音,和一车一船的异动有没有关系?

事后想起来,任何常规的声音,先不提造成声音的缘故为何,单就声响而言,不管是多大频率,只要是在水中发出的,那么传导到我们耳中,都不可能形成那样的由肉体到精神全方位的震撼感。说得玄乎一点,那是灵魂层面的撼动呵,而日常经验里,水里的声音,可都是闷闷的含混不清的呢。但要说不是水中发出的声响，岸上的阿成怎会一无所觉？

所以，这声令人神魂战栗的宏大之音，由何而来，因何而发，细究之下，就有无限的可能与想象空间。哦，其实用更准确的话来说，是有着想不到任何可能性的巨大神秘感！那辆车上的天线状装置，是不是接收到了这道声音波动呢？这个声音，是否之前也曾出现过多次呢？那艘在同一水域逡巡的船，是否也派了潜水员下水呢？

一车一船有异动，那个古怪的乌篷船上的人怎样了？

很快，我重新见到了那艘乌篷船。

阿成把锚抛下的时候，我们和那艘乌篷船大概只有十来米远，比昨天的距离更近得多。

"我们昨天就在这里？"我问阿成。这里四下都是水，毫无参照物，天知道他是怎么定位的，不会看乌篷船在哪里就往哪里开吧？

"你放心，相差不会超过一米，我这里装着GPS，有数着呢。"阿成指指自己的脑袋，说出让我非常怀疑的话来。

我谢了他一声，望向站在乌篷船头的那道人影。

那人着一身黑色潜水服，侧对着我们站着，身形瘦削挺拔。我们的接近早惊动了他，他转头往这边扫了一眼，面无表情，视线也并不停留，似对我们连续两天的接近并不关心。他已背好了氧气瓶，做好了下水的准备，这时把呼吸罩往口鼻处一拉，往前一步，水花轻溅，便消失在了我们面前。

那是一张生着陡峭五官的惨白的脸，加之漠然的眼神，英朗却少生机。这便是一瞥之间，此人留给我的印象。

一会儿下水，应该会再次看见他吧，倒是可以瞧瞧他在水下做些什么。一个独来独往、每日潜水的人，既不像游客也不会是阿走这样走马观花的探险者，他的目的，是否和那一车一船相同呢？

活动开身子，换好装备，我没绑牵绳，在阿成的注视下跳入湖中。

我没有动作，在清冷寂静的湖水中直直沉下。总共不到20米的水深，这点水压变化，对我其实没什么。

下沉到10米左右，我减缓了速度，开始观察水底的情况。在我下方，是一片残垣断壁，并无完整房屋。昨天去过的房子当然不可能一夜之间就塌了，只是没有找对地方。为了保持较好的视野，我停留在十几米的深度，四处游动逡巡。

湖水尽管清澈，我也没办法看清楚数十米外的情况，只能以目前所在位置为中心点，一圈一圈往外绕。游出去10米，绕了小半圈，我就望见了那片建筑群。阿成的确没有瞎说，误差不到一米是夸张了点，但我下水的位置，离昨天不过误差了20多米，算是很精准了。

先前那人，此刻应该在这片水底古城里吧。我一边向下游去，一边暗自想着。

这下面应该是古城的一处街道，最外沿的建筑都已经只剩下残砖碎瓦，往中心一点，是倒伏的屋宇，再进去多是剩了半截的残屋，像是大地震后的模样，只有最里面那一小圈，几十间屋子,还好端端地立着,等待我去探索。

说来也怪,正常的浅水湖湖底,会生长着许多水底植物,汉丰湖的大部分也是如此,不知是环卫部门特意投放的,还是自然生长出来的。然而,靠近这片湖底建筑的地方,水草却变得非常少,以至于我沉得过深了,脚蹼带动水流,把湖底淤泥翻卷起来,一片浑浊,极大地影响了视线。而真正到了中心圈,也就是昨天我们活动的小小区域,淤泥就变得少了很多,贴着湖底在建筑间游动,也依然有足够的能见度。不知道是不是因为这些建筑的存在,湖底的水流与别处不同,淤泥不易积聚。但说实话,给我的第一感觉,就是这片街道、这些房子,像是一直有人在打扫着似的。

从外围游入废墟,再游入保存完整的建筑群中,是个由混沌到有序的过程,卷起的泥沙落下,一切变得越发清澄,而生机却是逐渐地远离了。刚下水时还能听见一些声响,沉到水底之后,所有的声音都沉寂下去,随之而来的孤独感慢慢浸透我的全身。就在附近还有另一个人在活动,我安慰着自己,虽然不知他到底在什么位置。

相比昨天,此刻我有充足的时间来打量这片遗迹。核心区是围绕一段宽不过五米、长不足百米的石板路街道展开的。街道的两边,各有几条巷子,巷子弯弯曲曲,把所有的房子都连在了一起。在这片不规则状区域里,有近半的房子都保持完整,其他的也都留存了大半的建筑轮廓,只是少了块屋顶或者缺了几堵墙。

我的首个目标,当然是阿走遇鬼的那间屋子。这儿的每幢房子，都是露柱砖墙结构，顶是一色的悬山，看起来区别不大。我找到了昨天我最初所在的位置，那儿靠近一处巷口，巷口还立了块字迹模糊的石碑，比较好认。我仿效昨日，往上升了几米，居高临下地朝两侧后排的屋子看。当时我看见一发，他位于我的左下方，但我不记得是面朝哪边了。几番端详之后，还是锁定了两处房子，打算都进去看一看。

运气不错，往下游到第一处目标，就瞧见一只潜水手电掉在进门处。毫无疑问，阿走就是在这幢楼里看见的老太。

昨天阿走说出她水底所见的时候，我并无什么感觉，让我好奇的更多是亲身经历的神秘宏音，但现在看见这只遗落的手电，想起阿走昨天在这里的惊恐挣扎，突然一阵恐惧袭上心头。

经历了这么多年的冒险，居然还会临阵犯怵。我在心里好好嘲笑了自己一番，调整好心态，慢慢自敞开的门口游了进去。

我是带了只潜水电筒的，原本是一发的装备，给我收购过来了。下水之初我并未使用，今天阳光充足，水底的些微迷蒙更增神秘感，打手电未免破坏空蒙之意境。现在要进入水下的建筑，可不能再管什么意境不意境了，安全要紧。

我在门口处稍停了几秒，白亮的手电光透过水波一圈圈映射出去，照亮了小半间屋子，手腕一转，整间水屋便都在眼下了，没有异常，这才进入。

这间屋子约30平方米，墙皮都已经不见，立柱间的砖墙裸露在外。顶高3米多，我浮在屋里，不用太担心撞到头。几管白炽灯安在天花板上，灯管都还在。沿街有排大窗，玻璃几乎都没有了,还有几扇整个掉了下来,躺在地上腐朽,估计是放水淹城时被冲坏的。

屋子一角面朝下倒了个木橱。会留在这里没被带走的家具,必然原本就是破败到失去价值的东西,经过了这么些年的湖水浸泡,还能看出个形状就相当不容易了。我游过去,想把橱柜翻过来,一用力,木板就被我扒拉下来,一片片散了架。我在这堆烂木头里大概翻拣了一下,有几团纸浆、一些碎碗瓷片、一个小小的铜香炉,再无其他。我本来还想着能不能看见个相框,里面说不定还有一张老太太的照片,真是想多了。就算有照片,也一样成纸浆了。

这样的一间堂屋里,原本应该还摆有桌椅才对,现在空空荡荡,自然是被搬走了。手电再次四下扫射时,在另一个角度发现了堆杂物,游近了发现是破碎的竹片。我心里一动,仔细整理摆弄了一番,发现这原本应该是把小竹椅子。以这张椅子分崩离析的程度,在水淹之前就应该已经坏掉了,看不出原本的造型;看得出也没用,因为我也不知道阿走看见的老太太坐着的那张椅子是什么模样啊。尽管无法确认,这堆碎竹片还是让我后背心一凉,赶紧用手电筒再四下照一圈,看看会不会有一个老太太突然出现在哪个角落里。

并没有灵异事件发生,我穿过堂屋,往深处去。穿过个有楼梯的过道,是灶间,我扒在灶间门口用手电照了照,地上有口破锅,灶边有口大缸,许是放米用的,碗橱门关着,一眼看去别无他物。回到楼梯口,我推了推楼梯扶手,居然就这么推塌了一截。我有点犹豫要不要上楼,这房子的腐朽程度挺厉害,原本的用材和结构看来都不怎么样,别回头整个塌下来把我埋住。

最终还是决定上去瞧一眼。我顺着楼梯盘旋而上,尽量不去触碰任何东西。楼梯间毫无光线,幽闭感强烈,我把手电举在前面,双脚微微摆蹼,顺着惨白的光,在这条斜向上的甬道中缓缓漂行。有那么一瞬间,我觉得自己像在穿越一条千年的时光隧道。

上到二楼,左右房门都关着。我推了推左边屋子的门,不动,又去拧锁,锁着。看起来这就是道薄木板门。我双手按在门上,使劲推到第二下就松动了,再发力推了一下,这扇门缓缓向后倒下。

水流动荡,扬起木屑和少许泥沙。我往后退了退,等门造成的动静平复下来,用手电往里照。

这是间朝南的大房,里面留下的陈设还真不少。一张床架子贴墙放着,敞开的窗户下面有张写字桌,桌旁斜着张铁椅子,另一边墙角有一堆东西。我正要游过去翻看,忽然之间,原本开着的窗户,其中一扇竟缓缓地关上了!

是刚才房门倒下产生的余波?不可能,那样窗户也是被推开,而不会像现在这样关上。

难道我也见鬼了?

手电光一阵晃动,然而除了那扇自动关闭的窗户,其他并无异状。

我急速游到窗边,这是扇还留着玻璃的窗,我复把它推开,然后扒着窗框，把头伸出去张望。

一道黑影在我的视线中一闪而没。

就是先前那人，刚才他从外面游过，脚蹼带动的水流推动了窗户。

我双腿急摆，从窗户里游出去。窗户太小，我忙乱间控制不住动作，脑袋和肩膀狠狠撞在窗框上。我护着背上的氧气瓶不被挂住，上半身出去了，大腿和小腿却又在窗框上接连剐了两下，一阵钝痛，显见是刮伤了。我顾不得许多，把蹼打起来，跟在那人后面。

游出去两米，耳朵里听到动静，回头一瞧，窗框连同那面墙一起，正慢慢地垮塌下来。砖块纷纷坠落，顶上的屋檐也在往下沉，有瓦片滑落。我几乎以为这幢屋子会在连锁反应下整个垮掉，好在最终还是稳住了，否则这么大的动静，前面那人尽管已经游出去挺远，也一定会听见的。

我关了手电。那人在我前面20米，水底这样的距离，只要他不回头看，我不敲锣打鼓地作死，他是觉察不到我在追踪的。

他悬浮在巷子的一个岔口，往一侧看了很久，然后一摆腿往那里去了。

我游上去，在同样的岔口，却没看见他的身影。以他的正常游速，怎么都不可能游出我视线才对，这么想来，应该是进了两侧的某幢屋子里。

难道真的是来寻宝的？我暗自嘀咕。

我在转角等了会儿，没见他再次出现，便贴着小巷一侧，慢慢游向前去。每经过一扇窗，我都小心翼翼地往里面张望，希望可以发现他的踪迹。要不要每一幢房子都进去看一下呢？这似乎不是个好主意，如果正面撞上，就很尴尬了，毕竟我对他的身份意图一无所知。

其实我现在的所作所为，和采访报道已经没什么关系了，纯粹是好奇心作祟。

这样偷偷摸摸地游了一小段，那人再一次出现在我的视线里。

他站在我斜对面屋子的二楼。那幢楼并不完整，上半部分像被剃过头，屋顶没了，二层的墙也塌了好几堵，使得二楼房间暴露在外。那人双脚落地，就站在二楼的一片废墟之中，侧对着我，缓缓转头，似在四下打量。

我急忙察看四周，想要找一个可以快速躲起来的地方。还没等我闪进旁边的房子里，那人就把身子转到了我这一面。他应该是在仔细观察身边环境，原本视线焦点是集中在几米范围内的，我如果站着不动，说不定还不会被发现，可偏巧我刚打起脚蹼往一侧游动，一下子就把他的目光吸引了过来。

没什么好躲的了，在这汉丰湖底 20 米的深处，在冰冷的湖水中，我们两个隔着潜水镜四目相对。

我们都戴着氧气面罩，看不清对方表情。我着实有些尴尬，举起手摇了摇，算是打了个招呼，心里想，要不要游过去呢？水底下没法说话，游过去干吗，用手势交流？可就这么拍拍屁股扭头各奔东西，又有些不甘心。

就在此刻，天地颠覆！

昨日之宏音，再次席卷而来。

已经是第二次经历，震撼却丝毫不减。我甚至同样很难分辨，这究竟是怎样一种声音。不，应该说至少明确了一点，我并不是真正听见，而是感受到它的。

感受到声音，这是不是很难理解？

我曾经采访过一起车祸事件，一个少年被大货车碾轧，当场身亡。我很快就赶到现场，几分钟后，我看见孩子的母亲冲过来，她在离尸体还有三米的地方就支撑不住跪了下来，半张着嘴。我想是因为她喉部的肌肉当时完全痉挛僵硬了，把声带卡住，并没有发出声音，但我却分明感觉到了她正在歇斯底里地痛号着。这就是感受到的声音。

又或者，假设你乘坐一种时空器回到过去，可以看见过去发生的事情，但其实你与它们不在一个时空维度，所以无法相互干涉，你也无法有视觉外的其他感知。当你回到几千万年前的白垩纪，恐龙灭绝的那一刻，巨大的陨星自天外而来。在你的视野中，一颗庞大火球压入大气层，似缓实快地遮天蔽日而至。你感觉不到烈烈的热风扑面，你闻不到空气中焚尽一切的焦灼气息，你听不见万兽在末日到来时的惊恐嘶吼，可是，当天地大冲撞的那一刻，世界在你眼前崩陷，你是不是会觉得有一股巨音冲进脑中、撞在心头，让你神魂战栗？

那便是了。

这撼动自外而来，又从我心底里迸发，横扫一切，在这湖底世界一掠而过，闪电惊鸿般疾逝，却留下无形的深深印痕。整片湖水、整片大地，都仿佛在袅袅余韵中颤动，而我只是其中一颗无足为道的微尘。

第二次经历，同样没有任何抵抗力，我失去了对身体的控制，漂坠至湖底，潜水镜磕在一块残砖上，这才清醒过来，手掌按在地上，用力一撑，双腿摆动，让自己重新回正。仰头去瞧对面那人，他也正努力跌坐起来，与此同时，那幢残楼摆动起来。

我瞪大了眼睛，看着面前发生的一切。我的天哪！

我平生所见之奇景，无论是惊涛骇浪中阿米巴原虫自海水下升起，还是第一次见到喂食者协会总部位于海岛地下的天空之城，又或是印度洋大海啸后进入马哈巴利普兰的海底神庙，都无法与此刻相比拟。这完全是无法用语言描述的景象，哪怕古往今来最伟大的作家齐聚，亦无法原原本本把这一幕在纸面上还原出来。我只能竭尽所能，试着传递我感受的一二，如果有颠三倒四、词不达意之处，还请见谅。

我先看到的……应该是砖石的漂起。有那么一瞬间，我以为是刚才的宏音带动了震颤，这座楼要塌了。随即我意识到绝非如此，因为砖石不是自上而下跌落，而是自下而上地升起。然后，我发现不是一两块砖，是整幢楼在升起。再之后，呈现在我面前的，是整条街、整座城、整片湖区的升起。

砖石瓦片从湖底升起来，不，散落在湖底的绝没有那么多砖瓦，那些砖瓦自虚空中生出，从无到有，从时空的另一端跨越而来，如倦鸟投林，如远行的游子归家，回到了它们原本所在的地方。

不仅是碎石砖瓦，还有桌椅床柜、杯碗瓢碟，各种摆设，一并归位。有巨梁自湖底支起，整片的屋顶飞来，原本被抹平的墙瞬间组合成形，随后墙漆浮现出来。我所处的街道如快速倒放的电影，并一直延伸出去，于是整座城市复苏了。那些墙后，被一重又一重屋宇挡住的，原本应该隔绝视线的地方发生的变化，不知为何也被我看在眼里、映在心头，完全违背常理。可是眼前的一切又与常理何干？

屋顶整齐的灰瓦开始泛起光泽，那是阳光照射在上面。多少亿吨的湖水不知何时消失无踪，那些街上的大树也拔地而起，树叶在风中摆动，有一两片飘坠下来，落在树下乘凉的汉子肩上。

街上所有的行人都回来了，屋子里面的人也各行其是。是的，我看见了，那栋屋子门边坐在小竹椅上的老太，她愣愣地看着门口照进来的光亮，似痴似呆。我看见了，对面屋子的二楼，一对男女拥抱在一起，深情地相吻，他们倒在床上，黑暗里翻云覆雨，汗液滴落在女子的乳尖；他们一同在厨房烧菜；女子靠坐在床头读书，男子在电脑前作画。

是的，我看到的并不仅仅是过去的某一段时光，并不是时间倒流那么简单、那么容易被理解。眼前的世界是重叠的，许多段时间里发生的事情同步上演，或者说像是俄罗斯套娃，一个套着一个，重重叠叠不知套了多少个，数都数不清。巨量的信息奔涌而至，我大脑的神经元超负荷运转，转眼就被淹没，信息无法接收，无法处理，但一切依然滚滚而来，在我身上碾过。我近乎失神地看着无穷无尽的世界在面前重叠、分裂、旋转,它们套在一起,又花瓣一般绽放展开,那可不是牡丹玫瑰,而是向日葵的千百朵叶片,滚成一团绣球,被风一卷,变作翻滚的龙卷,那龙卷中上下纷飞的每一片花瓣,都在弯曲、折叠又复展开,而每一片花瓣,都是一整个世界!

我不知道过了多久,也许是一秒,也许只有千分之一秒,哪怕只是万分之一秒,这无穷的世界叠加在一起,也如经历了万年之久。我觉得自己下一秒钟就要被撑爆,变成一个傻子。

就在这个时候,铺天卷地的世界龙卷中,有不速之客闯入。

这不速之客甫一出现,我面前复杂到难以言喻的景象,就浮现出了一层底色。或者说,是出现了一片大地,承载着世界龙卷在上空旋转变幻的大地。那就是原本的湖底古城。它又浮现出来,作为背景存在着。这并不能说是真实的世界浮现出来了,而覆在上面眼花缭乱的无尽世界只是幻觉,我明显地感知到,绝非如此。

不速之客是枚小球,拳头大小,闪着微光,不知自何处而来。这小球无声无息地在水中行进,显然其中有精密的机械构造。小球在古城上方盘旋了两圈,似是寻到了目标,直直射向了我前方的小楼。

我本被眼前的世界奇景震撼,魂都被摄住,整个人被无穷无尽的信息撑到,无法有任何动作。这枚小球的到来,以及湖水和古城废墟的重新浮现,像是打破了我原本的"梦魇"。只是当本我意识刚开始回归,还没来得及思考自己接下来要怎么办,更勿论有什么动作时，新的变故又至。

一艘小型的水下潜艇蓦然出现。

我从未见过这样子的小潜艇。它只有三四米长，中间鼓两头尖，像一片柳叶又像一只纺梭，非常漂亮的流线造型，极具科幻感。

这艘潜艇可比小球快得多了，标枪般自远处激射而至，然后速度骤降，悬停在我不远处。中腹舱门打开，鱼雷一般抛出两个黑衣人。这两人入水之后，背上的喷射推进器便开始运作，助他们加速向前游去。

要知道，无论是小球、潜艇还是两个黑衣潜水员，都只是在纷繁世界底色上的一点痕迹，他们与正变化着的无穷世界相互交叠相互穿越，像是处在不同的次元。此种奇妙景象，未亲见者，只有凭借最出色的想象力，才可能设想一二。

我没办法把注意力一直集中在底色上的这些不速之客处，干扰的信息太多了。我该怎么办？眼前的世界龙卷，我是该深入，还是该退出？深入要如何深入，退出又该怎样退出呢？

彷徨的念头方兴，眼前的天地陡然又一个翻转。

说来也怪，原本面前就有无数个世界万花筒似的在变幻着，本不该再有翻转之感。但这说的只是我的一个感觉，就好比一只托着许多五光十色弹珠的手掌，一下子翻了过去，只剩了手背，先前的那些光彩全都不在了。

的确都不在了。这样一个天地翻覆，让我的感知有一个明显的顿挫，然后所有的世界如梦幻泡影般烟消云散，亿万吨湖水重回,眼前只剩了沉在湖底多年的残破老城。

两个黑衣人从我前面小楼的二层废墟里出来,其中一人手里捧了个晶莹璀璨之物,向我这里望了一眼,然后往潜艇游去。

我下意识地跟着游,想看清楚些那是什么。可这两个人背有推进器,速度比我快得多。眨眼的工夫他们就游到了潜艇下方,然后舱门打开,把他们包笼进去,随后潜艇启动,急速上浮。

我拼命摆着脚蹼,跟着升到水面上,却见到一艘船正在远去。那不是阿成的船,比那艘更大更新。毫无疑问,这就是阿成口中"一车一船一人"里的"一船"了吧。刚才那艘潜艇,也许正挂在这艘船下,也许在水下随船同行,总之必然是一伙的。

他们到底从湖底的废墟中取走了什么?

我有一种感觉,那神秘的宏音,那千万重世界交叠的奇景,随着那晶莹璀璨之物的离去,再也不会在汉丰湖底出现了。

氧气瓶里还有许多氧气,但我却对再次返回水下丧失了兴趣。

阿成一把拉我上船,上上下下地打量我。

"找到什么好东西没有?"

"我这一身像能藏得下东西的吗?"

他摇摇头,一脸遗憾。

我用手指指远处湖面上的小黑点,说:"就是有东西,也被他们拿走了。刚才水底下有艘潜艇,估计是他们的。"

"潜艇?"阿成眼睛发直,"这湖里有潜艇?搞得这么大?"

"不是你想的那种,就小小的一条。我在水下待了多久?"

"半小时都没到,你自己不知道时间啊?"阿成奇道。

20多分钟。那幕让我感觉经历了漫长时间的奇景，果然只有短短一瞬。

"你刚才在船上，觉得有什么动静吗？"

阿成摇头。

"你刚下水，那艘船就来了，停了会儿就又开走了，这算动静吗？可没想到水底下动静这么大，潜艇都出动啦。下回我要是再瞧见这艘船，可得靠紧点，看看上面究竟在要什么。"

如我所料，不管是那宏音还是后来的奇景，都是有一定影响范围的，大抵不会出水下世界。

"我看你是瞧不见这艘船了。你信不信连船带潜艇，马上都会装车运走？他们的目的应该达到了，汉丰湖三怪，估计也不会出现咯。"我拍拍他的肩膀，有些唏嘘地说。水下的那幕奇景，我毕生难忘，可惜关键之物被取走，恐怕是再难明白其中究竟了，对我这样一个好奇心极重的人，可谓是大遗憾。但要让我继续去追查那艘船的来历，又没有足够的介入理由。好奇心重也要懂得适可而止，世界之大之奇，永无尽头，不分青红皂白就去冒险，容易自取其祸。

阿成一拍大腿："不知道是什么宝贝被这帮家伙给偷走了，哪怕给我瞧上一眼啊。你瞧清楚了吗？"

我摇摇头。

阿成唉声叹气了一会儿，仿佛是自己家的东西被偷了，然后忽然又问我："你说什么汉丰湖三怪？第三怪是什么？"

"不是你说的吗，一车一船一……一……"我突然卡住。

"对啊，一车一船，两怪啊，哪里来的第三怪？"阿成问。

明明只有两怪，为什么我会脱口而出三怪呢？

忽然之间，我觉得记忆有一点模糊。有一些似是而非的东西，浮现在脑海中。

依稀有那么点印象，一车一船，还有一人，合起来才是三怪，可那"一人"又是什么？阿成说过吗？似乎并没有呢。

"不知道为什么，我会有三怪的印象，一车一船一人。哈，大概我是和什么弄混了吧。"

"一人？"阿成皱起眉头，"还有一人？好像……嗯……"

看见阿成的表情，我不禁悚然而惊。

明明是现实中没有的事情，只是我的口误，我不知从何而来的错乱记忆，为什么阿成的模样，像是也对三怪有了印象？

这种感觉……

脑海中那些忽隐忽现的片段和画面，是记忆、梦境，还是错觉？

"刚才我是一个人下水的吗？"

"是啊。"

这明明是一个肯定的回答，我却从阿成的语气中听出了一丝游移。

"你见过乌篷船吗？"我抓住那不知从何而来一闪而过的碎片，问道。

"乌篷船？"

阿成反问我，他的眉头开始皱起来，像是在回想什么。

"一个乘着乌篷船在湖上游荡的人?"

阿成张开嘴,喃喃道:"有吗?"

一股难以言喻的恐惧袭上心头,我整张后背都凉了。

阿成和我一样,对三怪是有印象的!

我的记忆明明白白地告诉自己,阿成和我说的是二怪,我是一个人下湖的,今天没有见过乌篷船,也没有另一个下湖潜水的人,可是,脑海中那些一闪而过的东西是什么呢?如同昨夜的梦境,在清晨醒来时迅速远离。

并不是只有我一个人有这样的幻梦,阿成同样也有!

难道说,我们都被洗掉了记忆?

我拿出手机,在备忘录里把所有能想起来的梦境片段写下来。

一个怪人,经常下水,沿湖而居,乌篷船,挺直的鼻梁,苍白的皮肤……

这些支离破碎的词语,组成了一个并不完整的形象。

我把它拿给阿成看。

"奇怪……我是在哪里见过吗?有点印象,但是具体怎么想不起来了呢?"阿成一脸困惑。

10分钟前,我还打算就此回到上海,继续废墟稿件的采访和写作,可现在,我已经改变了主意。

我有了足够的理由,把湖底发生的所有事情搞清楚。

这一切,和何夕的消失,和她在我世界中的逐渐淡去,何其相似!

就如大梦一场。

寻找一个不存在的人

"我看，咱们是撞了邪了。"

回去的路上，我一直这么吓唬阿成。

其实也不算是吓唬，我们两个脑中不约而同地出现了一些现实中没有过的记忆画面：那个独行湖上的怪人、那艘漂泊不定的乌篷船、那顶淡色的三角帐篷……

尽管阿成听说过他朋友的灵异遭遇，但听故事和自己碰到完全两码事。当我开始把那人——就叫"梦中人"吧，把关于梦中人的零星碎片记忆告诉他，他发现自己竟然也有印象！可这印象到底从何而来，阿成却完全没有方向。人的恐惧，往往来自未知，阿成和我一点一滴地把梦中人的图景拼凑出来，他的脸色也随之越来越难看。

我没工夫去安抚他的心情。整理碎片的难度很高，梦境正在远去，尽管我们相互印证了记忆，但也如水中捞月。在我们的记忆中，梦中人本就不曾出现过，他就像漂在海中的浮冰，往往我们捞起一块，很快就会在阳光下化为乌有。

我在采访本上整理梦中人的信息。我把它们分成两类：一类是我和阿成有共同印象的，可信度较高；一类是只有我或者阿成单方面有印象的，可信度低，没准是我们过度想象出来的，只能用作参考。

"你说咱们这是撞的哪门子邪?"阿成问我,"从来只听说过鬼打墙啦,收到冥钞啦,看见死掉的人啦,可哪有咱们这样的?给我的感觉,倒像是……倒像是……科幻片里,记忆被洗过一样。"

被洗掉记忆,这么说的确更像一些。可先不说这样的技术,就连在喂食者协会里都不曾听闻,完全超出了人类现阶段的水准,就算真有这样的技术,他们又怎么还会让我继续保留那段湖底奇景的记忆呢,给我置换一段普普通通的记忆岂不免去了麻烦?

我不打算这时候和阿成提湖底的所见所闻,只说:"但我们并没觉得记忆缺失呀。如果是抹掉记忆,那还得完美地给我们填上一段记忆才行。要不这样,你还有什么在这湖上跑船的朋友?问问看他们对梦中人有没有印象。"

阿成立刻连打了三通电话,这三个人的反应非常相似,先是说汉丰湖只有二怪,一车一船,哪里来的一人,可经阿成提点几下,就又模模糊糊地泛起了点印象,有的印象深些,有的印象淡些,最终我采访本上的第一类信息和第二类信息分别又多了几条。

"这样子看来,被人为洗掉记忆的可能性就不大了,因为涉及太多人。又要清洗又要替换,工程量太大。"

"那是咋回事?"阿成直愣愣地看着我。

这时候早已过了午饭时间,我邀阿成一起去吃顿饭,边吃边聊。我的想法是,尽可能地去走访对梦中人有模糊印象的人,让他的形象清晰起来,然后,把这个人从现实中找出来,如果现实中真有这个人的话。

这是个大海捞针的活儿,但除此之外别无他法。

没想到阿成拒绝了我。

"这事我不想掺和了,我还是好好地跑我的船,有这个人还是没这个人都和我没关系。我看你也算了吧,这事儿背后就算真有什么,也不是咱们普通人能碰得起的。"

阿成的话是老成之言,我谢过他,就此分别。他看出我不会就此罢休,欲言又止,终是没有再说什么。

作为一名出色的社会新闻记者、一个有多年特异事件调查经历的人,我最擅长的就是抽丝剥茧顺藤摸瓜,可这一次,我要做的是把一个不存在的人,从人们不存在的记忆里挖出来。而且,我可能并没有太多的时间,如果拿梦境作比的话,刚醒来的一刻对梦境的记忆最深,过了一天,大多数的细节就会被忘记。原本梦中人在相关人心里的印象就极淡漠了,要不了多久就会烟消云散。所以,我给自己划定了一个时间极限——一周。

既然时间紧迫,我就没有去正正经经地吃饭。在小超市里买了盒饼干和水后,我把自己关在酒店房间里,用一个多小时整理出了大概思路。

一切都是以梦中人以某种形式在这个世界上存在过为前提的。我做了几种设定:一,梦中人是高维投影,以半虚半实的形态投影到我们的时空,他的所作所为可能没有对这个世界造成实质改变,但却给相关人士留下了精神印象;二,梦中人身处平行宇宙,有人假想我们的世界每时每刻都在分裂出新的平行世界,那么梦中人所处的世界就是不久之前分裂出去的，在那个平行世界中他来到了汉丰湖而在这个世界里没有，这两个世界在汉丰湖有某种形式的接近甚至交叠；三，梦中人是一个时空旅行者，在曾经的时间线上来过汉丰湖，但出于某种主动或者被动的原因，这段时间不存在了，一座新的没有他的汉丰湖被填补了进来，近乎被"年"吞噬（然而经历了"过年"事件之后，地球上应该再没有这种时空生物了才对）；四，梦中人的确来过汉丰湖，只是所有人的记忆都被修改了。

前三种假设，其实并没有坚实的科学理论背书，只是科幻式的狂想。但既然发生了不可思议的事情，要继续走下去，也就只能甩开常识开脑洞了。再者，科学这件事，本就是大胆假设，小心求证。

要怎么求证呢？四个假设各有不同，但都有一个共性，即梦中人以某种方式在一些人心中留下了痕迹。那么，如何寻找这些人就成了关键。在此，我大胆做了另一项假设：如果梦中人真实存在，那么他所接触过的人，都会留有印象。我、阿成、阿成那些湖上跑船的朋友，之所以会对梦中人有印象，是因为如果梦中人真的存在过，那么我们都该见过他。依此类推，我甚至可以找到一些和梦中人有更密切接触的人。

我在本子上写下第一个关键词——"日用"。梦中人自带帐篷，沿湖居住，但他决计做不到完全自给自足。他要吃要喝，这些从何而来呢？他在买食物和其他日用品时，必定是会和人接触的。

梦中人这顶帐篷是竖在哪里的呢？为此我又给阿成打了个电话。没想到他第一句话就是警告我。

"兄弟啊，别怪我交浅言深，湖上这档子事，真的是不太好碰。我本来还不相信，刚才打听了一下，那艘船和那辆车，果然都不见了。船是被几台吊车吊上大货车运走的，听说装车只花了二三十分钟，飞快跑了，真就被你给说中了。我问了水域管委办的朋友船是什么来路，照理船入湖都要他们给发个证的，结果人家让我别管那么多，一点口风不露。你说这艘咱们记得的船都这样，咱们莫名其妙给忘了一大半的人，背后的水还不知道有多深哪。"

这本就是我预料中的事，现如今只不过是印证了而已。我还可以进一步预言，如果顺着这条线查下去，想要弄清楚是谁取走了水底之物，一定会遇到非常大的阻力。不过，现在于我最重要的是梦中人，万一到了梦中人这条路走不通的时候，我才会考虑调查怪船，看看能否"曲线救国"。

"这船和人是两档子事情嘛，我现在只查人，不管船。"我这样对阿成说。

问到梦中人帐篷的确切位置，阿成是完全记不得的，因为本就没有记忆。我换了个方式，用排除法，让阿成把"应该不会是在那里"的地方都列出来。剩下的就是梦中人可能的竖帐篷的地方了。

"我怎么觉得，他不是只待在一个地方的呢？"阿成有点疑惑地说。

挂了电话，过了20分钟阿成又拨回来，说他问了之前交流过的几个朋友，总结下来，梦中人可能搬过一次地方。但显然，为什么搬，从哪里搬到哪里，他们都是说不出来的。

追寻这样一个虚幻的形象，遭遇这样的困难，一点都不让我奇怪。

所以我得先磨一磨刀，让这个形象变得稍稍真实一些。

在给阿成打电话之前，我就联系了上海公安局特事处郭处长（如果你没听说过这个特事处是再自然不过的事），不到一小时，他就把事情办妥，给了我一个人的联系方式。我有好几年没有和郭处打过交道了，换言之，也就是有好几年没给他添过麻烦。很明显他觉出这一次我又卷到了某个特异事件里，但语气里居然很高兴的样子，还真是奇哉怪也。好吧，我承认略略有些心暖。

我的运气不错。郭处帮我找到的人，是重庆公安的一个老刑侦，干了20多年一线，居然一转身去做画像了，还干得非常出色，在全国公安系统里都是排得上号的。

老刑侦叫欧阳智达，在市局。等我的车子开到重庆市区，已经是晚上了。他还在市局的办公室里，单独的一间，非常整洁。这点令我讶异，我印象中的刑警，都是身处乱七八糟且烟雾缭绕的办公室里的。

欧阳智达白面戴副眼镜，望之如四十许的书生，仔细一看，才能在眼角瞧出些风霜的纹路来。一双小眼睛隔着镜片玻璃看着我，总有一种耐人寻味的审视感。不是那种被一眼看到心里的洞察感，而是他明明坐在对面看着你，你却觉得被包围，被从四面八方、头上脚下地盯着看。

郭处只和他说了我要找他画像，见了面，自然要问更具体的情况。要命的是更具体的我也说不出来。

我要找一个群体发梦梦见的人，而这人现实中并不存在……我能这样说吗？我要是这样说了，尽管有郭处的介绍，欧阳智达也非把我赶出去不可。但我也不能吹牛，对警察吹牛是不明智的，尤其是对老刑警。

"麻烦您了，是这样的，我想要找到一个人。我本人并没有见过，目前搜集了一些关于他的外貌信息。"

"是从其他目击者那里搜集的吗？"

"呃……算是吧。"

被审视的感觉忽然强烈了一些。

"其实如果有一些目击者的话，现在的监控布得很密了，像素也清晰，要不要我索性帮你从监控去查？"

"监控肯定没有拍到，不然也不用劳您大驾了。"

欧阳智达点点头，从抽屉里拿出张白卡纸铺在桌上，忽然问："你自己没见过，也没有监控，只有些间接的信息，你不会是自己也不确定这个人是否存在吧？"

我吓了一跳，一时间不知该如何回答。

欧阳智达摆摆手，说："没关系，我就随便一问，不方便也不用回答。郭处长特意介绍的人，哈，我是知道他打交道的人，都不寻常。"

我把梦中人所有的外形信息都告诉了他，因为有一些信息是不确定的，他给我画了两幅图。

"实在是非常感谢，后续我还会继续搜集这个人的信息，所以应该还会再来麻烦您一到两次。"

"没关系的，越多确切的信息，画像可以完善得越准确。我这也是门就要没落的技艺了，监控探头越来越发达，很多时候案犯直接就被拍到了。"

"但也总有拍不到的时候吧。"

欧阳智达一笑："现在电脑画像已经在研究中了，到时候把信息输进去，电脑自动生成画像，只会比人画得更好。"

话说到这份上，我也不知道该怎么安慰他了。

欧阳智达画出来的，是个发际线略高、眉毛稍淡、高鼻深目薄唇、脸颊狭长的年轻男子。两张画的五官区别不大，但看上去一张神情忧郁，另一张更沉毅犀利一些。

其实再好的嫌犯画像，拿来和真人照片比对的话，五官上都会有些出入。比五官相似更重要的是气质吻合。我们平时看一个人，如果只是一个照面瞧个一两眼，根本无暇分辨五官的具体形貌，只是看一个感觉。画像把这种感觉画出来，就成功了。

有了这两幅画像，梦中人至少有一只脚从虚幻中跨出，踏入了现实。

回到开县，已经是深夜了。次日一早，我重回汉丰湖边，把阿成圈定的梦中人宿营区域都转了一圈，进一步把范围缩小到4处。这靠的只是简单的推理分析：沿湖看似处处可以搭帐篷，其实不然，土地是否平坦、周围是否离游客区有一定距离等等，都是搭帐篷选址的参考要素，而这也会帮我作出进一步筛选。

我重点走访每个可能宿营点周围的超市、餐厅、菜场及其他或许能看见梦中人的小业主和居民，把两幅画像给他们看，询问是否有印象。下午两点多，我排摸到第三个宿营点的时候，终于有了第一个正面反馈。

那是一个便利超市的营业员，他看了那幅偏忧郁的画像一会儿，迟疑地说可能见过，但是每天见的人太多了，不确定到底是什么时候见的。另一个营业员也凑过来看了画像，表示好像她也见过。这让我非常振奋，觉得自己终于抓住了那条虚无的尾巴。

在之后的 3 个小时里，我在周边询问了不下 50 个人，其中又有 3 个人对画像有反应。我让这 5 个人针对画像分别做了进一步的修正。如果没有这样一幅画，让他们说出梦中人的长相几乎是不可能的，但比对画像，再进行更细致的描述，就要简单许多。我收集到了 20 多条对画的修改意见，比如眼睛应要更细小些、耳垂较大、上唇更厚等等。晚上我又跑了一次重庆市局，欧阳智达根据这些意见重新画了一稿，画上的人不仅形象更逼真，还有一股子憔悴抑郁的气质。第二天我把画拿给最先的那位超市营业员看，他一拍巴掌，说没错，这张画比昨天那张眼熟多了，真是奇怪，这么眼熟的一个人，怎么就是想不起来是啥时候来店里的呢？

我写在本子上的第二个关键词是"装备"。潜水需要很多装备，潜水服等装备还有可能是自带的，但是氧气瓶肯定会有一个出处。在阿成的印象里，梦中人经常潜水，必然要有一个更换氧气瓶或者充氧的地方。

这比第一个关键词"日常"指向性更明确,可事情往往就是会在这种地方起波折。接下来的两天里,我跑了开县大大小小9处提供充气或换瓶服务的点,包括潜水俱乐部、气体公司甚至医院,却没有一个人对画像有明确的反馈。是因为我没找对地方,还是过了几天后印象衰减到无法分辨,又或是梦中人自带了充氧设备,无须外求?

我决心不在这上面继续浪费时间,赶紧转向"装备"的另一个层面——船。

梦中人往来湖上的交通工具是一艘乌篷船,这是阿成等人共同的印象。梦中人孤身一人,不似三怪中的另两怪,背后明显有着组织支持,要说乌篷船是他用货车拖来的,这可能性太低。所以,乌篷船应该本就在附近水域,是被梦中人临时租用的。如能找到乌篷船的主人,他很可能会对梦中人留有较深刻的印象,毕竟租船是一组复杂动作。

如果要租一艘船,难免会留下身份信息。事实上,如果梦中人真的来到开县,有太多地方可能留下身份信息,就算他不住宾馆,乘坐火车或者飞机也都是需要身份证的。可这些都没有意义,因为现实中梦中人并没有来过开县,尽管他以某种不知原理的形式给相关人留下了印象,这种印象不可能清晰到对方连他的身份证号都背得出来。还是以梦境做比喻,你会发现,在梦境中出现的文件、书籍,哪怕只是扑克牌的牌面,都不可能在梦醒后记清楚。

所以我对接下来的行动，并没有特别高的期待值。最理想的结果，当然是哪个对梦中人有印象的相关人士，会说出一个能让我直接关联到梦中人现实身份的细节，一步到位。如果撞不了这样的大运，我希望至少可以得到对梦中人外观新一轮的细节补充，让欧阳智达再画一次。那样的话，肖像和真人必然就非常接近了，我可以拿给郭处，拜托他在警方的数据库里做照片比对。这就是我的计划，并不高妙，但一定有效。

要找乌篷船，免不了又得阿成帮忙，我打电话给他的时候都有点不好意思了，因为他原本说好是不掺和的。阿成却还是很热心，说在湖上漂着的乌篷船大多是渔船，有多少艘他基本心里有数，他可以帮我去问。我加了他的微信，把梦中人的画像传给他，心里想，阿成表示不掺和是理智，但其实还是很有好奇心的。

过了大半天，他发了一行字，"都问过了，全没印象"。

我心里一沉，这怎么可能呢？难道说，过了这几天，原本有印象的人，也全都因为时间彻底淡忘了吗？

梦醒了无痕。

这和调查刚开始时的顺利形成了强烈的反差，仿佛有一把无形的刀，在我快接近真相的时候，强行把一切联系全都斩断了。

我把颓丧按下，再次询问阿成，是否水域管理部门有更全的船只名单。阿成肯定了我的猜测，但他说自己无能为力，因为他在管理部门的熟人，早已警告过他不要介入。阿成还说，和汉丰湖相连的其他水系上，也会有一些乌篷船，一些小的河道里尤其多，但他只熟悉汉丰湖，别的河道就得靠我自己了。

公安系统我可以通过上海警方打招呼，水域管理部门我是一点关系都没有，剩下的就是土办法了。从网上下载一张重庆地形图，一条河道一条河道地走，看见乌篷船就上去问，或许还可以塞点钱，拜托船主向同一条河道上的其他乌篷船主打听。然而这么做工程浩大，一条河道至少得花费一两天，以汉丰湖为中心，方圆几十公里跑一圈的话，怕得半个月以上。我要是开口向社里请那么长时间的假，蓝头非得掐死我不可。

当然，这件事情的重要序列，绝对在我的日常工作之上。到了万不得已的时候，我还是会选择留下来查清楚的。在这之前，我先去拜访了开县的城管。

我采访本上的第三个关键词是"迁移"。阿成曾经提到，梦中人可能搬过一次宿营地。这样的搬迁无非是自愿或被迫两种情形。自愿的话，大约是由于宿营地附近的湖面都搜索过了，没有结果，考虑到搜索其他湖面的便捷性，遂进行了搬迁；而被迫的话，恐怕就与城管脱不开干系，因为在湖边随意搭帐篷宿营，哪怕是无人的野地，肯定也不符合城市管理规定。

直闯城管部门，当然是不可行的，而我的记者身份对于城管也未必管用，甚至极有可能起反作用。不过任何一个地方，城管和警方总是关系密切，我试着打了一个电话给欧阳智达，就说开县的城管里可能有人见过画像上的人，能不能帮我打个招呼，免得让我吃闭门羹。我保证了只是去认画像，没有其他意思，更不会惹麻烦。

"好吧，郭处的面子大。"欧阳智达答应了。

欧阳智达直接给开县的城管大队长打了招呼，大队长给我领到下面的队里，让大家看画像。开县的城管队有40多人，分成三组，我去的时候一多半人都在。

大队长把三队人全都叫到了大院里整队集合，阵势摆得非常大。

"现在，大家传阅这份画像，有印象的人出列。这是市局欧阳探长交代的任务，你们都仔细看好了，努力回忆一下，听见没有？！"

我心里直发虚，欧阳智达到底是怎么和这位大队长说的？说我来查通缉犯吗？

三队人站了三排，第一排还没传完，就有一个黑胖汉子迈步出列，报告说有印象。

"仔细给这位同志说说。"大队长如此要求。

黑汉半张着嘴，眉毛拧了起来，支支吾吾，什么都说不出来。

"怎么回事？"

"就是有印象，但是……队长你让我再想想，再想想。"

队长大概觉得有点掉面子，劈头就一顿骂。我当然知道是怎么回事，连忙拦住，说记不清楚也没关系，就凭印象看看这个画像里面有什么还可以修正的地方。

"行了，解散！"队长一挥手。

我心里一急，还有那么多人没看完，也许还有别人有印象呢。可这队长一看就是权威极重的人，已经这么帮忙了，我反驳似乎也不妥。

黑汉捧着画像努力回想，其他人散了队列，也都跑上来瞧，我指望着其中还有别人会认出来，然而并没有。大家瞅了几眼就散去，只剩黑汉棒槌似的站着。

"感觉这画……是不是画老了？好像要再年轻一点点。"黑汉犹犹豫豫地发表意见。

"呃，这画像上的人不算老啊，也没画上皱纹。你说的年轻，具体是脸上哪里的问题呢？"我问。

"我知道了！"黑汉一拍大腿。

我以为他要说出更具体的问题来，没想到黑汉却说："我想起来在哪里见过他了。"

我愣住。竟然有明确的记忆？这和我的推测不符啊，不会是他认错人了吧。

"得有小十年了吧，老城还在的时候，我在我叔的船上见过他。"

这简直是柳暗花明又一村。

按照他的说法，梦中人 2007 年在开县待过一段时间，其间借过几次他叔叔的船。当时梦中人还有一个女伴，算是租船游河，和他叔叔处得不错。

"你叔叔现在还有船吗，不会是一艘乌篷船吧？"

"是啊，你怎么知道？"

这就对上了，如果梦中人重返开县，需要借一艘船，一定会先问旧识。这同时意味着，他的叔叔极可能与梦中人一直保持着联系。

黑汉立刻帮我联系上了他的叔叔。

他叔叔已经有10年没见到梦中人，近几天却莫名地时时会想起他。10年前梦中人在开县老城住过几个月，同住的还有女友。两个人时常坐他叔叔的船，或出游或垂钓，生意做多了，便成了朋友。所以，我就这样得到了梦中人的名字身份和联系方式。

他叫苟真，是一个小有名气的漫画家。

我在网上搜到了他的照片，和画像对比，几乎一模一样。

根据网上的资料，苟真常住在杭州。沪杭两地只有一小时的高铁车程，我没有直接打电话给他，而是先回了上海，想从侧面了解一下他。

回沪后，我拜托郭处查了苟真的近期动态。我猜他应该就在杭州，并没有去过重庆开县。我猜对一半，他的确没去过开县，但却去了西藏。

我以为他是去旅行或者采风，但我回到上海一周后，他还没有从西藏回来。此时，苟真已经离杭超过一个月了。

我忽然意识到，这个时间点并不寻常。

苟真去西藏的时间点，似乎与那段不曾发生的时空里，他去汉丰湖的时间点是一致的。

如果那是一个平行时空，在那个时空，他选择去了汉丰湖，而在这个时空，他选择去了西藏。

在这个时空他去的地方会不会也另有玄虚？比如说，我在汉丰湖下听见的那声宏音、看见的那幕奇景,是否在荀真目前所处之地也会出现?

我坐不住了,我要去找荀真。

神秘旅人

我告诉蓝头要去一趟西藏的时候，他的表情有点绝望。

毕竟我在重庆待了小一个星期，回来的这几天也只是发了几篇不痛不痒的稿子。当然，就算是这几篇稿子，我也觉得胜过那些标题里都是语病的网络新闻。然而传统媒体就是在这种网络新闻铺天盖地的攻势下不断溃退，因为在现在的时代，要的是在一个小时里试10次错，而不是用10个小时来斟酌求证不出错。自从接了"废墟"这个选题之后，我越来越觉得所处的行业、所在的报社正在成为一片废墟。无关是非，不论对错，我面对的是无可挽回不可阻挡的趋势。有些辉煌灿烂的东西正在成为过去，我却还没准备好拥抱迷迷瞪瞪的未来。

"我现在主要的工作是做大稿子嘛，日常工作是给小记者的文章把把关润润色。这活儿我不在上海也一样能干，放心。"

"那你这回去西藏也是为了废墟这个选题吗？"蓝头问。

我犹豫了一下，还是老老实实地摇摇头。

"主要还是自己的事情。当然，废墟这组大稿子也是可以兼顾的。上海的废墟和拉萨的废墟，完全是两种不同的概念和味道，稿子里加入拉萨的内容，又有之前开县水下古城的内容，整个气势就完全不一样了。而且西藏我全是自费的，用不着社里一分钱。您给看看我还有没有年假吧，要是没年假了就请事假。"

我都这么说了，蓝头也只好准假。

我订了张直飞拉萨的机票，要说这具体的地点，还是我问了郭处好几次才问出来的。涉及公民的私人信息，照理他是不能向我透露的，所以最早的时候，他只说荀真去了西藏，并不肯说具体的地址。后来被我问得急了，我承诺说会欠他一次情，下回碰到事情一定尽力配合他的工作，他这才松口。但哪怕是这样，他也只说荀真住在拉日宁布山下，达孜区德庆镇上。

他的原话是："告诉你这么个范围就可以了，你要去就去。这么大点地方，你要是还找不着……嘿！"

我研究了一下荀真住的这个地方，不可避免地注意到了红布寺（在这里我隐去了寺名，只以红布代称，以免产生不必要的麻烦，但对藏密宁玛派熟悉的人，自然知道我说的是哪一座大庙）。无论是从宗教角度，还是神秘学角度，这都是西藏极重要的一处所在。这座寺庙有1000余年历史，曾是莲花生大士的修行处，西藏隐修地之一。荀真住所附近唯一的殊胜、最具传奇色彩的地点，就是这座地处拉日宁布山间的红布寺了。我打算先搜索一遍德庆镇的旅舍宾馆，如果没结果，就上红布寺瞧瞧。

上海到拉萨要经停成都，前后7个多小时。路上我把所了解到的荀真的情况再次琢磨了一遍，还把下在电脑里的荀真创作的漫画都看完了。创作这件事情，未必能全盘对上作者个人，但作者的许多情绪和想法，甚至许多日常生活中不会表现出的隐性一面，都会在作品中流露出来。

荀真今年33岁，南京人。20岁出头去了日本，先在工学院学漫画，后来给漫画工作室打杂。回国后荀真正式发表了自己的原创漫画，到今天算是小有名气，在微博上有几万的粉丝。他的画功相当扎实，脚本和分镜都不错，作品以长篇为主，有穿越题材的，有人鬼情未了的，有书生遇狐仙的，都有一些想象元素，并非发生在现实生活中。不过，不管这些故事是什么外壳，其实装的都是一个个爱情故事，又纯又虐心的那种。有粉丝评论说，荀真每部作品的女主都很神似，好像在他心里有一个原型似的。我看下来还真是这样，虽然不能说是一个模子里刻出来的，但五官之间的神韵和人物性格都是一致的。关于这种看法，每次荀真在公开场合被问到，都是笑而不答。现实生活中，荀真没有结婚，也从未在微博上和哪个女孩暧昧互动过，这似乎也印证了粉丝们的猜测——荀真的心里永远有一块地方，为某个女孩保留着。

飞机落在拉萨已经是晚上 10 点了，我稍有些胸闷气喘，在市区小住了一晚，第二天一早就没事了。

我搭 6 点半的大巴前往 20 公里外的达孜区，7 点多就抵达了德庆镇。还没下大巴车，我就明白了为什么郭处觉得我找到荀真难度不大。这个镇太小了，看样子人口也就在一万左右，上海一个大点的小区也有这个数了。这么一个镇子，能有几家旅馆？

稍一打听，果然，一共就两家旅馆——这儿叫招待所，没星级。我从比较干净的一家开始找，要我来选住宿，都没星级的话，就只能看卫生情况了。

我拿了张自己和荀真的合影（当然是 PS 的），问底楼的服务员有没有见过。我说这是我弟,和老婆闹矛盾,出来一个月了家里都联系不上。如果是五星级酒店,这一套可能还没么容易过关,但这里纯朴的妹子警惕性低了很多,立刻点头,说这客人就住在这儿。

"我弟他还好吗?跑这儿来待了那么久,都在干些啥呀?他是一个人吧,没交其他女朋友吧?"我半是抱怨,半是唠嗑。

"没有没有,他就一个人。"服务员妹子安慰我,"不过呢,住在这儿的客人,他们干什么我们可不知道,也不能管,您说是吧?"

"那是。"我点头。

"不过你弟倒是有点儿奇怪。刚住这儿的头两天吧,好像是去了红布寺,然后就待在房间里不出门了。"前一句刚说不知道不能管,后一句就把底儿透了,这妹子说话够随性的。

"这么多天都待房里?"

妹子重重点头。

"那我得赶紧瞧瞧他去。"

我问苟真的房号,妹子稍有点犹豫,看看照片,又看看我。

"你真是他哥?"

"亲哥,长得不像?"我反问她。

"挺像的。"妹子笑起来,把房号告诉了我。

苟真住312号房,这里当然不可能有电梯,我一边上楼一边琢磨:前两天去了红布寺,之后就一直闷在房间里,这样的行为极不寻常。听上去,倒像是他在红布寺里发现了什么秘密,至少是有了重要收获,然后闭门研究。

312号房在走廊尽头的拐角处,我敲响了房门,心想,一会儿我不会看见一个蓬头垢面,正在闭关赶画稿的漫画家吧,这就搞笑了。

房间里没有动静,我又一次敲门,还是无人回应。

别是死在里边了吧?我忽然这样想。应该不会的,听妹子的意思,荀真只是没有出招待所,如果真的连续多日不见踪影,服务员一定会开房门看看情况的。

我第三次敲门,就听见急促的脚步声从身后传来。我扭头,看见刚才和我说话的妹子正小跑过来。

"大哥不好意思啊,你弟弟出去了,那会儿我没在,我同事瞧见了。我也没想到他在屋里待了那么多天,今天一早忽然就出去了哈。"

"他啥时候出去的?有说去哪里,什么时候回来吗?"

"7点多吧,去哪里就不知道啦。要不您在楼下椅子上等会儿?"

"这得等到什么时候去啊。"我唉声叹气,"我还是去城里转一圈吧,看看能不能找到他,找不着再回来。谢谢你了啊。"

无论荀真是为了什么来到这座小县城,今天应该都是一个节点。几周来的第一次出门,怎么会没有特殊的意义呢?

我猜不到荀真去了什么地方,但我打算去红布寺碰碰运气。就算碰不到荀真,我也可以打听一下,一个月前荀真第一次去红布寺的时候,有没有闹出啥奇怪的动静来。

50块钱搭了辆三轮车去红布寺,没想到足足蹬了半个多小时才到山脚下。蹬三轮的是个五六十岁的老人，风吹日晒看上去比上海七十岁的都苍老些。我看他半立起来，倾斜着身子往山道上蹬，但哪怕这样车子也比人走得快不了多少，就把50块钱给了他，下车打算步行上山。老人把我拉住，说了一堆话，我听得不是很明白，大意是让我等一会儿。然后他站到路中央，不一会儿给我拦了辆上山的面包车下来，和司机说了几句，便笑呵呵地让我上车去。车上都是去拜红布寺的藏民，我搭上了顺风车，绕了几十圈盘山道才到红布寺，真靠走的话，怕得一两个小时。

我扶着车把手贴门站着，沿路山势雄奇，时有怪石凌空，时有奇树横逸而出，更不乏一步一步绕山而上的虔诚信众。红布寺藏在山腰，千多年前，还只有山壁上的一座座隐修洞窟，后来才倚洞修寺，如今洞寺相合，这番奇景是别处见不到的。

车停在寺口，我道过谢，第一个下车。眼前经幡处处，耳畔隐约有自山间飘来的梵唱，不知名的远处青烟袅袅，空气中满是圣洁安宁的味道。我驻足四顾，等到同车的信徒都走得不见影了，便贴着山壁寻了棵树坐下来，从背包里取了瓶水出来喝，做出一副歇脚的模样，眼睛却望向山道的来处。

先前乘车上山时，寺门前山道上，有个青衣人从眼前一晃而过，像极了荀真。莫非真让我猜对了，他今天又一次来了红布寺？他比我早离开招待所一小时，如果徒步上山的话，差不多正是这个速度。

几分钟后，青衣人在山门出现。他打我眼前走过的时候，我仰脖喝了一口水，视线越过塑料瓶，在他脸上转了几圈。没错，就是荀真。

我站起身,跟上去。

在和荀真直面相对之前,我想要尽可能地了解他。不是纸面资料式的了解,不是根据漫画的暗自揣测,更不是对梦中人的恍惚印象,而是他藏在心里的真正隐秘。了解得越多,拿捏起来就更容易。

红布寺建在山腰处,从山门往里走,道路缓缓爬升向上。荀真走得很慢,但经过那些殿堂和修行洞窟的时候,并不旁顾停顿,和普通的游客信众有很大区别。显然,在他心里是有一个目的地的。

红布寺以洞为主,寺院建筑为辅。它的隐修洞窟并不在一条直道上,而是自半山腰往上,散布在整座山的各个角落。荀真走过了现今香火最旺的洞窟区,再往前,就分出了不同的上山小道,通往各个时代的隐修洞窟,其中有一部分现在还在使用,但大部分已经荒弃了。或者说从隐修的角度并非荒弃,只是当下无人使用。藏传中有伏藏的传统,寻找特殊之地把经书法器等物埋下,几十几百年之后,待它们真正能发挥作用时再取出来,即所谓在错误的时间藏起,正确的时间发掘。红布寺是著名的伏藏之地,山间的洞窟里不知埋下了多少等待应时而出之物,千百年来也挖出了不少,比如莲花生大士的伏藏,松赞干布的伏藏,等等。至于这些伏藏被起出后,发挥了什么神奇的作用,就不是我这样的教外人所能知道的了。红布寺的伏藏传统,山间处于封存与废弃的中间状态的隐修洞窟,以及香火旺盛的山门殿堂,形成了奇特的氛围，倒正是我废墟选题的好素材呢。多少隐修传承，前生后世，经幢烛火，魂魄轮转，曾经的废墟，不知哪一天又有高僧入驻，现在的香火，也终有尘封的那天。

我心中浮想，却不忘忽近忽远地缀着荀真。我的跟踪还是挺有技巧的，始终和他隔着几个香客信众，还时不时往洞里飞快地钻一下，往佛殿里快走几步，小转一圈再出来继续跟着，这样他即便回几次头，也不会注意到我。可荀真始终没有回头，倒显得我这一番做作多余了。

我从一排转经筒后走过，挨个转了一下，再出来的时候，竟已看不见荀真了。我忙紧走几步，赶到荀真先前的位置，就见左侧有一条曲折小道。正路上看不见他的身影，应该是走了小道吧。

我一步两级台阶，上了不到百级就气喘得很了，好在这时候，荀真又一次出现在我的视线里。我连忙停下来。这条小道上并没有别人，荀真稍加留意的话，很容易注意到我。

荀真的速度比先前更慢了，他不像之前那么步履坚定，而是左顾右盼，行止间有明显的犹疑，似在寻找什么。

荀真在一处杂草横生的隐修洞前看了许久，走近又走远地徘徊，然后继续向前。先后经过了三个洞，中间他还坐下歇了 10 分钟左右，就这么他还没有注意到我在后面跟着，除了我运气好之外，也说明他是个没有任何反跟踪经验的人。

荀真重新起身之后不久，又有一个无人的洞窟。因为角度的关系，他往洞的方向走了几步后，就离开了我的视线。我停下等了一小会儿,他却没有像前几次那样稍加观察就回到主道,迟迟不再露面。我心中一动,向上多爬了几步。然而直到洞口完全出现在视野中,我也没看到荀真。

荀真进洞了!从进入红布寺起,他还没进过任何一个洞窟,眼前这个洞就是他的目的地吗?难道他要取某座伏藏?

现在进洞的话,就再不可能隐藏自己,只能和荀真直面相对了。可是在外面等着,又不知会错失什么。我稍一权衡,就抬腿往洞口走去。

走到近前,看清楚洞内的情况,我不由得一愣。

洞口朝南,东边的石壁上挂了一层又一层的布幔,已经破旧褪色了;西边的石壁上有一幅壁画,色泽暗淡,斑驳不全,只能看出大概的佛像轮廓;北边有一块凸出的岩石,上面搁了块木板做案,案上空无一物,岩下挖了一个小洞,应该是烧水用的;洞中央放了张方桌,阳光照在桌面上,现出一层浮灰,从灰尘的厚度,可以看出有些日子没有擦拭过了。但显然,这儿称不上是荒弃多年的洞穴,哪怕是几个月一次,也总归是有人在打理的。

整个洞满打满算也不超过10平方米,阳光照进去一半,一眼可以望尽。荀真并不在其中。

这怎么可能?

我走进洞,把阴影处都看得清清楚楚,甚至还弯腰看了桌底,也看了案下那个只能放下一把水壶的烧火洞,啥都没有。

难道说有暗门吗?

我飞快地敲了一圈四周岩壁,都是实心的没错。我用脚跺了跺地，又抬头看看洞顶，确认上天无路，入地无门。一个大活人就在我眼前人间蒸发了？

我正迷惑不解，忽然听见洞外有一阵奇异的呜咽声。我转身出洞，这声音却又不见了。我四下打量，心里忽然想，刚才苟真在进洞之前，就已经离开了我的视线，莫非他并没有进洞，而是另有去处？

又是一声轻微的呜咽。我循声望去，这才发现洞口右侧不远处有一道岩隙，隙口被藤蔓遮挡，很不明显。那儿仿佛是可以走进去的。

拨开藤蔓，眼前是"一线天"。山壁像是被利斧劈开，中间留出一道最宽处不过一米多的窄缝。这条秘径长逾百米，往尽头望去，只见一线光亮，不知是何去处，而正有一道人影在那里一闪而没。我在石穴里耽搁了有一阵子时间，居然还能瞧见苟真的背影，除了他行路缓慢外，也因为这条道路很陡，近乎45度角向上。我走了几步，为了加快速度，不禁手足并用起来。脚底下的路填了很多的细石子，比较好着力。天然裂开的石隙，底部是不可能如此平顺的，这让我意识到此地虽然隐秘，但确实是一条人工铺设的道路。它到底通向何方？

这是10月中旬的西藏，登山的时候就有朔风扑面，越往上越有冬天的料峭，行走在"一线天"里，风在石壁间穿行，一阵强一阵弱，强的时候如刮面之刀，先前的那些呜咽，就是风声。爬到中间的时候，顶上忽然呜咽大作，尾音久久不散，宛如女妖之泣，在空山间回响。这声音怎么听怎么不吉利，我下意识紧张起来，不由得加快了脚步。

快走到头的时候，我已经做好了所有的准备，以便应付任何突如其来的变故，然而走出"一线天"的那刻，我还是愣住了。

我正站在一处缓坡上，大片大片的不知名野花从脚下蔓延出去，四周冠着白顶的青山围着这一片山谷，对面山上挂了一道小小的瀑布，应该是高山上的雪水。瀑布汇成谷底的小湖，野花从山坡上一直铺到湖畔，烂漫而肆意。

一座精舍傍湖而建，说是僧侣的修行处，外形未免太过浪漫奢美；说是隐士的居所，规模却远超单人独居所需。精舍边建了一座方形的平台，上面有醒目的黄色圆圈标志，如果我没搞错，那应该是个直升机停机坪。

放眼望去，山谷中不见人影，除了那精舍，荀真不可能有第二个去处。脚下的野花和青草之间，有块块青石，直通向谷底，我迈开步子，径直向那充满了仙灵之气的精舍走去。

精舍是用大根大根的原木建成的，估计就是这附近深山中百年以上的老木。通常用这样的原木主材，很容易把房子搭成森林小屋般的原始风格，可是眼前的这一栋，结合了大量的玻璃、石材和钢铁，现代感极强，又能融入周围环境，不显得突兀，显然是优秀设计师的手笔。

整个建筑的曲线是弧形的，顶部的轮廓如波浪般起伏，对着湖的那一侧，也随着湖的形状而呈弯月状，有着大片延伸到湖中的亲水平台，平台上还有一张长长的木桌、几把收起的太阳伞，旁边靠着一艘无人的小船。这座精舍的整体氛围，让我联想到科莫湖边的那些奢华酒店。

前一刻，我还紧张地盯着苟真，担心着接下去会发生不测，此刻向这座湖边精舍漫步走去，嗅着空气中青草和野花的味道，竟有了些许悠然牧歌的况味，可见此处风光之宜人。

正门有拱形的门洞，顶上刻有繁复的图案，远看像欧洲古堡的家徽，其实应该和藏传佛教相关。紧闭的深色木门自带厚重感，门把手是个铜质的象首，雕得威严又慈悲。

苟真是怎么进去的呢？从他之前的行为看，不像是有钥匙的啊。

我在门洞前停了下来，总觉得去敲门是件蠢事。也许我该先绕一圈看看。

这样想着的时候，我忽然听见房子里有动静。有人在叫喊，还有乒乒乓乓的乱响，像是什么东西翻倒了。我往后退了几步，飞速打量四周，看看有什么地方可以让我赶紧藏起来。

但压根儿没有藏身之处，除非我跳进湖里。好吧，也没时间跳进湖里了，我目瞪口呆地看着苟真从精舍正对湖面的那一侧跑出来，也许那儿有开着的门或者窗户，让苟真可以溜进去。苟真就这样突兀地出现在我的视野里。有那么一瞬间他是面向我的，但一转眼就被后面追他的人赶上，按倒在地。

追赶苟真的是两个披着僧袍的壮硕僧侣，体格都胜过苟真。他们死死地压住苟真，用藏语大声地说着些什么。苟真则梗着脖子大喊："我要见活佛，我认识活佛，我要见他。"

他支着脖子喊了几句，因为被按着没办法完全直起身，却忽然看见了30米开外的我,不由得停顿了一下。他这一顿,原本注意力都在他身上的两个僧人,便也注意到了我。

我明白,自己必须得做些什么,不能傻站着。

我得选一边。

我咧开嘴,做出一副震骇莫名的表情,高举着手跑过去。

"荀真,你怎么跑到这里来了?你们这是干什么?快放开他啊。他不是坏人,他就是跑错路了。"

这话一出,荀真瞪大了眼瞧着我,一副活见鬼的样子。

两名僧侣相互看了一眼,手上松了把劲,让荀真可以站起来,但一个人按着他肩膀,另一个牢牢把他的双手反剪在背后,控制着他的行动。

"你们是一起的?"左边的僧人用不太标准的普通话问。

"对啊对啊,我们一起的。"

荀真张了张嘴,却没有发出声音。

"这家伙偷偷跑到呼图克图的住所里偷东西!"僧人怒气冲冲地说,"你们是一起的,你是不是也是小偷?"

我吃了一惊,这所房子竟是呼图克图的居所。"活佛"是汉人的叫法,而藏人则称"呼图克图",这里的"呼图克图",应该就是红布寺的掌管者吧。以红布寺在藏传佛教中的崇高地位,这位呼图克图的分量也必然非比寻常。

"不会啊,我们怎么会偷东西呢?荀真,你跑进去干吗了?"我把问题丢给了荀真。

荀真仍喘息未定,苍白的脸上泛起不正常的红晕。

"我认识活佛,我……来过这里的。还有,你是谁?我不认识你,你为什么要假装认识我?"

他这么一说,两个僧人顿时竖起眉毛恶狠狠地盯着我。如果不是他们正制着荀真,两人恐怕已经要跳过来对我动手了。

我一脸尴尬,没想到荀真在如此被动不利的情况下还不肯配合我。这家伙是属什么的?这么倔!

"胡扯,你还来过这里?什么时候来的?别说我从来没见过你,来这里的都是呼图克图尊贵的客人,有像你这样爬窗户不告而入的吗?"一位僧人先呵斥了荀真,又转过脸来问我:"你是谁?到底有什么企图?你们两个是什么关系?"

行吧,站在荀真这边失败,那就换一边。

"你说你来过这里,你什么时候来的,哪一年?"我不理僧侣的质问,却去帮着问荀真。

"我……我……"荀真一下子卡了壳。

"是不是觉得自己来过,到底什么时候记不起来?"

荀真猛地点头,望向我的眼神从先前的排斥提防,转成了惊讶和疑惑。

"你们两个在这里唱什么戏!你们一个都跑不了!"僧人怒喝。

我印证了自己的猜测,也总算借此取得了荀真的一点信任,接下去得想办法把僧人的情绪抚平。

就在这个时候,天空中传来隆隆的声响,一架白色的直升机从北方较低的山峰间穿过,飞入山谷,在精舍边绕了半圈,悬在停机坪上方，慢慢地降了下来。

　　从直升机出现开始，两名僧人就松开了苟真，双手合十。等直升机开始降落的时候，两人向着直升机的方向跪倒，额头和手掌同时触地，口呼"呼图克图"。

　　我心中一凛，原来是红布寺的活佛，这方山谷精舍的主人到了。

　　转头去看苟真，只见他双目放光，紧紧盯着直升机，充满了期待。

　　难道这就是他来红布寺的目的吗？为了呼图克图？

不一样的活佛

我们坐在长桌边，僧人弯腰奉上热茶。不是酥油茶，却是大吉岭红茶。说实话，我从未想到，会见到这样一位活佛。

我想象的活佛，应该是光头或留着一点点的头发茬，脸上如陕北老农般刻满了皱纹，面容沉凝或悲苦，干瘦的身躯上披着红黄僧袍，胸口和手腕上挂着佛珠，脚踩布鞋或麻鞋。

可是眼前的这位，头顶虽然留着短发，但却没有刨光后自然生长的粗糙棱角，显然是发型师修剪出来的；高高的鼻梁上架着一副黑框眼镜，后面的一双眼睛与其说睿智，用温和来形容更贴切；嘴边留了一圈小胡子，当然也是精心修整过的，轮廓和长短都正合适；身上的装束是运动服配牛仔裤，脚上穿着运动鞋。唯一和我想象相符的，是他右腕上缠着的念珠，珠子极小，每一颗约绿豆大，黑色有木质纹理，中间还嵌了一颗羊脂美玉雕就的如意福珠，使得整串手链的装饰性更强。他的左手手腕上则戴了个苹果手表。他看上去就像位40多岁的时尚圈人士，但注意这绝非西藏人的40多岁，而是大城市里保养得法的40多岁。他从直升机上跳下来的那刻，甚至让我觉得更像个生活在欧美的亚裔富豪。

他下飞机的时候，我和苟真直直站着，与拜伏在地的僧侣形成了鲜明的对比。这位活佛一边信步走来，一边打量着我们。僧侣们迎上去，指着我们说了几句话，我没听清，想来不会是什么好话，正心中惴惴，活佛却忽然展颜一笑说，这是我的客人。于是我们就坐到了这里。

活佛发了话，刚才追逐我们的僧人现在变成了端茶送水的侍者，可心里总归有些想不通，递茶的时候，望向我们的眼神明显憋着火。

"这山谷冷僻得很，能走到这里，都是缘分。偏巧我一来就遇着了你们，那就是客人了。喝几口茶，吃几块饼，慢待了。"

"谢谢活佛。"我和荀真都双手合十致谢。

"叫我图昆就行。"图昆活佛合十回礼。

旁边身形壮硕的那位僧侣看起来火气最大，这时候忍不住说："呼图克图，您可不要被他们骗了，这两个家伙不是好人，他们不是偶然误入这里的。"

他指着荀真说："这小子说从前来过这里，明显是瞎说，图谋不轨。他自己还偷偷跑进屋子了呢。"

图昆双手虚按，制止了僧人继续说下去。

"是善是恶，我还能分辨。倒是你，要多修行，多制怒啊。"

他挥手让僧人先行离开，然后对我们一笑，说："听扎得西这样说，两位来到这里，别有隐情？"

"图昆大师，我是我，他是他，我和他不认识的。"荀真一句话就把我给撇开了。这已经是第二次了，这家伙完全没有因势利导的变通啊，怎么就这么直呢？没听刚才活佛说了吗，咱们两个都不是坏人啊？

"先前我和那位扎……扎大师说，我曾经来过这里，也对也不对。"

如果扎得西此时还在旁边，恐怕又要跳起来，来过就是来过，没来过就是没来过，怎么会有这种模棱两可的说法？可图昆活佛却面不改色，端起茶小饮一口，等着荀真往下说。

"我就是最近忽然有一种感觉，觉得自己来过这里。当然，我之前没来过，我这是第一次来西藏，可我就是知道这里有个红布寺，红布寺后山有这么条小路可以通到山谷，山谷有这么个小房子，而您就住在这里。其实我也知道您叫图昆。这种印象不知道是怎么来的，像是做了一个梦，又不是梦。我也不是在哪一天早上醒过来的时候想起来的，就是一瞬间的事情，好像许许多多的记忆忽然从心底里浮现出来了。"

图昆仔细地端详起荀真，这目光和刚才的打量明显不同，有一些疑惑，又有一些惊喜。

"莫不是夙缘？"他喃喃说道，"也许您和我们红布寺有缘。您还记得什么？除了这个山谷之外，有哪个修行洞是很熟悉的吗？"

"不，不，我知道您的意思，但应该和转世之类的没有关系。我就是记得您，记得来您这里做客过。我刚才……走进去看过，屋里面也和我印象中的相当一致。这不是过去多少年前发生的事，其实也并没有真正发生过，因为您并不记得我，我也没有真的来过这里。这种感觉很奇怪……"

"梦中所见啊。"图昆活佛的手指在桌上轻敲。以他的眼力，自然可以看出荀真并未说谎，那么他所说的事情，即便以这位活佛的见识，也颇觉不可思议。

"是比较像梦见，但我并没有在睡觉。那是一个下午，我在……"荀真停顿了一下，似乎在回忆，又似乎有所犹豫。片刻之后，他继续说："我在翻手机里的照片，又刷了会儿微信朋友圈，忽然之间，有一些画面像从心里苏醒了似的，好像是埋藏在心里的宝藏，一下子开启了。这个过程中我是完全清醒着的，并没有小睡过，前一天晚上也没有做梦。这些画面里，就有关于您的。我来这里，就是想要印证一下，这些脑袋里多出来的记忆，到底是不是真实的。现在看来，说它是真实的不对，但说是假的，也不对。"

"你所经历的、所看见的这个似梦非梦的画面，真是特别有意思。如果不唐突的话，我有两个问题想问，第一个呢，在这些画面或者说记忆里，关于我的、关于红布寺的，还有什么内容吗？第二个呢，听你这意思，应该还有和这里无关的画面吧？方便说一下吗？我们一起来探讨。"

荀真点点头："您是活佛，您的见识肯定远远超过我，而我遭遇的事情，已经在日常经验范畴之外了，所以正想向您讨教。但是……"

说到这里，荀真扭头向我看来："我要说的毕竟是相当私人的事情，而这位先生我是真的不认识。你看起来是在跟踪我？能不能先介绍一下你自己？"

荀真这么一说，图昆活佛也把目光投注到我的身上。

荀真看我的眼神，是充满了警惕的审视，而图昆活佛则一如既往地温和。为着他的平和与信任，我先向他双手合十致礼。虽然初见时为他的装束惊讶，但短短一杯茶喝下来，他所体现出的识人与处世智慧，却无愧于活佛之称。

我对苟真一笑，说："你说的没错，我的确是循着你的踪迹才到了这里。而我之所以这样做，和你来这里的理由其实是一样的，那就是我曾经在一种似梦非梦的情境中见过你。"

我这话一说，苟真发出了"哧"的一声轻笑，显然对我所说大表怀疑。

"同样是离奇的事情，为什么你自己可以碰上，而我这么说你就要表示怀疑呢？你觉得我在说谎？"

"我就是觉得你这个人挺可疑的。"苟真半咕哝着，低声说。

"就像刚才那两位追你的大师觉得你很可疑一样？"

其实我完全没必要这样针锋相对，不过苟真针对我好几回了，我忍不住小小回击了一下。

图昆活佛这时端起茶壶，给我们两个续满杯，我们连忙轻叩桌面致谢。他一句话没说，却平和了场面上的气氛。

"好吧，那你倒是说说看，你那个似梦非梦是什么情况，只要你别说也是在看手机的时候冒出来的画面就行。"苟真说。

"当然不是，我是在开县老城的时候，忽然出现了模糊记忆。"

此话一出，苟真的脸色就变得有些古怪了，他忍不住说："这不可能。你什么时候去的开县老城？现在那里已经在水下了。"

我瞧了他一眼，说："我就是国庆节去的汉丰湖。你说的没错，那里已经被水淹没，是水下了。我潜到了水底。"

"你说……你在水下的开县老城,然后忽然出现了有关我的画面?"荀真的话里充满了难以置信的讶异,却已经没有了先前的抵触。

"荀真,你是不是在来红布寺之前,考虑过去汉丰湖?"

"你怎么知道?"荀真瞪大了眼睛,仿佛见了鬼似的。

见到他这副表情,我就知道自己的推测是正确的。

一瞬间不同的选择,命运就此分叉。

然而分叉的命运、明明并未真正发生的事情,为什么能以恍惚近梦的方式在相关之人的脑中显现?

这与我之前平行世界的假想有着极大的不同。要知道,在标准的平行理论中,选择每时每刻都在发生,所以每个瞬间都会有无数个世界分裂出去。因为再平行也是两个不同的世界,彼此之间怎会以这样诡异的方式有所纠缠呢。如果每个临近的世界都会对人的意识造成影响,那么我们的生活早就一片大乱了。

我觉得这更像影子。

那些不曾真实发生过的事情,和影子很像,不是吗?并没有实体,但又存在于那里。

所有这些在我脑中一闪而过。对荀真的惊讶,我没有丝毫的自得之情。因为这只是通过逻辑链得出的小小判断,于事无补。就像一条大河,我不知其所来,不知其所往,只看清楚眼前的一个小小漩涡,又有什么用呢?

接下来,我用最简洁的话把汉丰湖之行说了出来,包括自己的记者身份和废墟选题,都没有隐瞒保留。如今在场的三人,图昆活佛是地主，荀真是不告自来的潜入者，而我是跟踪潜入者的人，有点螳螂捕蝉黄雀在后的意思。我不把话说清楚，别说荀真，就是图昆活佛也不会安心的。当然，关于何夕的失踪，我没有提。于我来讲，任何细枝末节，只要有一点点可能与她相关，宁可错杀一千不能放过一个，所以才会有对梦中人的调查。但这毕竟是我的私事，没有真正确认这一切与何夕的联系（我心底里知道可能性不高），我是绝不会说出来的。就让他们认为我的动机仅仅是单纯的记者的好奇心吧。

纵然面前的这两位听众一位见多识广，另一位自己也有着巨大的隐秘，听我说完汉丰湖底那番用语言只能描述出十之二三的奇观之后，也是头脑一阵发蒙，双双失语。

杯中的茶水已经凉了，我一饮而尽，润了润嗓子，然后对荀真一笑，示意接下去该他说了。

"感觉像在看漫画，你没吹牛吧？"荀真说。

还没等我回答，他又说："不不，你说的应该是真的。对不起，湖底下的那些事情真的超出我理解了。相比起来，我脑子里多出来的那些东西简直不值一提。嘿，我家里有一顶野营帐篷，如果去汉丰湖，的确可能会宿在湖边；我肯定会联系那个老朋友，向他借船；我也会潜水，家里还有潜水的装备。这些全都对得上，你没说瞎话，如果我去汉丰湖，就会是那样子的。"

说到这里，荀真略一迟疑，然后问我："我在水底下的时候，在干什么呢？"

我摇了摇头："我只觉得你在湖面和水下都出现过，具体的行为,却很难清晰记住。我只能说一下推测。那一个你,在汉丰湖待的时间和你来西藏的时间相仿,都挺长的,估计前半程是在确定开县老城的水下位置,最后那些天找到老城了,应该是要进一步确定老城中的某幢房子吧。我猜你在找什么东西?"

其实,我猜荀真要找的东西,和潜艇上的人带走的东西是同一件,这几乎是显而易见的。这事儿有点敏感,所以我没挑明。

"当然,当然,我是在寻找啊。但我在找的,却不是哪一件东西,只是一种可能而已。故地重游啊,如果那算得上'故地'的话。"荀真用喃喃自语的口气说。

没在找特定的东西?故布疑阵,还是我确实猜错了?他竟和潜艇上的人目标不一致?理性角度说巧合的概率太低了,但感性的角度……面前这家伙性子耿直得很,没这么好的演技呢。

荀真似是沉湎到了某种情绪里,一时之间难以摆脱,呆呆地盯着某处,眼眶开始泛红。

一直听到现在的图昆活佛,忽然向我告了个罪,说:"不好意思,先前您介绍过自己,我没听得太清。您是姓那对吧?您叫……"

"哦,我叫那多。"

"这里那里的那,多少的多?"

我点头。

"您的报社是在上海吗?"

"是的,上海市,《晨星报》。"我向他一笑。我没说过自己是上海的,我的普通话也没有上海口音,图昆这么问,看起来是在他的圈子里听说过我的事情。

图昆微微垂下眼睑，若有所思。

"你这个记者还真是厉害，就凭着这么点模模糊糊的印象，居然能反推找到我。"荀真回过神来，"既然你都说了，呵，还真是让我没想到的答案，那么我也接着说吧。正好，这也是我想向活佛继续求证的，看看我脑子里多出来的那些东西，究竟有多少真实性。"

先前图昆活佛问了荀真两个问题，他顾忌我而没有直接回答，此时没有了再拖延的理由："对红布寺，我倒也没有更多的印象了，但是对活佛您，隐隐约约地，我仿佛见过您不止一次。除了来红布寺拜访您之外，也在其他地方见过。"

图昆眉头一挑："哦，那会是什么地方？"

"在我的一个朋友那儿。您应该和她认识吧？她叫林婉仪。"

"哦，是她。"

荀真紧紧盯着图昆活佛，追问："您的确认得她对吗？我来红布寺拜访您，也是和她一起的。"

我心里一动，从荀真的言语中，能听出他对于自己那段不曾发生的经历，记忆要远比我深刻清楚得多。我的是梦境般如真似幻捉摸不透，而他可以记得通向湖畔精舍的隐秘小道入口，记得湖畔精舍内的布置，还记得同行者是谁。如果把整件事比喻成漩涡的话，他显然处于更中心的位置。所有这一切改变，对他的影响都更深更关键，所以才能有更清晰的记忆画面留存吧。

图昆活佛点点头："我认识林小姐，确切地说，我和她的父亲比较熟悉。"

荀真轻吁了一口气:"果然是这样啊,真能对上。我跑这一趟的目的也算是达成了,非常感谢您告诉我这些。关于您的第二个问题,其实在我脑海中出现的画面,全都是和我那位朋友林婉仪有关系的。之所以会有红布寺,会有您,也是因为婉仪。她是所有画面的核心,算是……事情的主干吧。"

图昆活佛有些诧异,大概他本以为自己或者红布寺才是核心,毕竟他是转世修行的活佛,红布寺千百年来也多有灵异。尽管他为人谦和,但也习惯了一切以自己为中心,不料这一次却只是附在主干上的枝叶而已。

"原来是这样。既然您脑海中的画面是以林小姐为核心的,那么您跑这一次,莫非是来印证与林小姐相关的其他画面的真实性?"图昆活佛说。

荀真笑了一笑,那笑容却是有些牵强与苦涩。

"既然你和那位林婉仪认识,为什么不直接问她,却要千里迢迢跑到西藏来呢?"我不解地问。

荀真瞧了我一眼,咧了咧嘴,竟是没有回答我这个问题。

却是图昆活佛帮他说了一句:"怕是有不方便对外人说的地方吧。"

荀真微微点了点头。

我心中有些不快,汉丰湖下的遭遇我都完完全全地说了出来,结果他却还有所保留。

图昆活佛面前的茶已尽,我帮他续上,见他食指在桌上轻叩，似在致谢，又似在考虑着什么。

待我把荀真的茶也满上，图昆活佛说："两位有这么奇特的遭遇，今天又在这里相聚，的的确确是有缘。其实，这样的情况，和我一直以来的研究，有异曲同工之处。"

"您的研究？"我吃惊地问。这位活佛的研究不应该是佛法吗。

"我的研究，是关于人的前世记忆。我这个活佛称号是转世继承的，当年我也是作为转世灵童被找到的。一个转了九世的人进行这样的研究，很正常吧？"

"可是前世记忆和我们的情况，好像挺不一样的啊。"

"都是不该有的记忆，不是吗？"

我愕然，这么说的话倒也没错。

荀真在旁边听着，并不接话。

"他山之石，可以攻玉。今天之后，两位为着心中的疑惑，还会继续找寻答案，而我关于转世、关于前世记忆的探寻，或许能提供一些思路上的借鉴吧。"

"感谢，洗耳恭听。"我说。

"说起来，不论是在藏教各派，还是本派别里，我都算是一个异数。甚至许多人是在心底里把我当成一个异端的。"

说到这里，图昆活佛手一挥，扫过精舍和停机坪的方向。显然他也很清楚，自己的出行入宿在别人眼中有多么特别。

"然而世界上的东西哪有一成不变的呢？宗教同样如此。佛陀所说的话、所传的经，当然可以说是亘古不变的至理，但是这样的不变,并不真正存在于世间,因为没人可以完全理解完全达到。我们能做的,是不断地接近它,有时候是变换不同的方向去接近,这就有了数千年来佛教各种教派的演变。非但佛教这样,世间其他的宗教也是一样,随着时代而变化着。所以我这样一个异数,放在世间变化之中,也就正常了。我想,在现今的尘世间,想要求真,单只循旧是不行的。万变不离其心,只看求的是什么。"

这番话,似是为他的行止辩解,听来却也十分有道理。

"我呢,在修行的同时,去研究前世记忆,更多的是从佛理之外的角度,或者说用科学的视角、科学的方法去搜集和分析。这就是我此世求真的方式了。"

"前世记忆,和佛法真义有关系吗?"我忍不住问。

"研究前世记忆,有两个关键之处。其一,'前世'是什么?追问下去,本质就是世界是什么,这个世界又分两重,一个是我们所处的现世,另一个是我们死后的归处;其二,'记忆'是什么?追问下去,本质就是我是什么,灵魂是什么。佛法的真义是要解脱,不明白我,不明白它,如何得解脱?

"其实像我这样的修行人,虽然一世一世地轮转,但并非都有前世记忆。大多数时候,我们会表现为对一些事物比较熟悉,比如对经文无师自通,但这和记忆是不一样的。倒是有许多的非修行人,会有很清楚的前世记忆。那先生你是记者,相信也看过不少报道。"

"是的,国内国外这样的情况都不少见。"我点头。

"还活着的人里，至少数百人有前世记忆，其中一部分形成了一个小小的互助团体，我也是其中一员。因此，我接触的案例非常多，也做了大量的验证性调查。可以负责任地说，不论前世记忆是什么原因造成的，它都是无可辩驳切实存在着的一种现象。拥有前世记忆的人，大多数是自有意识起就拥有它，小部分是被意外事故或者其他特殊经历激发，突然想起来的。后者呢，和你们相似，脑海中的画面像是无中生有。所以我想，所谓的转世，并非修行者所特有，而是一种客观存在。这么些年的研究，也算是有了一些收获，总结出一些经验，嘿，在这里就不提了。"

尽管我此行的目的不是找什么前世记忆，但图昆活佛话说一半，还是让我心里痒痒的。你不提那前面说这么一大堆干什么呢？

似乎感觉到了我的怨念，图昆活佛哈哈一笑，说："我总结的不一定对，说出来怕误导你们的思路。前世记忆和你们脑中画面的共通之处，还是值得注意的，我也建议你们从这些方面着手。"

"我和世界？"一直没说话的荀真突然发声。

图昆点头。

漫画家是最有想象力的一群人，也最能创造和理解各种稀奇古怪的世界观，所以荀真比我更快一步领会到图昆的意思。

"你们脑海中的画面记忆，并非是你们在这个世界的经历。你们一定想知道它们来自何方，也想知道它们为什么突然在脑中浮现。我会拿前世记忆来对比，就是因为要解开其中奥秘，恐怕将面对同样的问题。那些记忆里的世界是怎样的世界？和我们生活的这个世界有什么关系？而那个世界的'我'又是怎样的'我'，和两位正坐在这儿说话的'我'是什么关系？这正是关乎世界和灵魂本质的问题啊。"

图昆活佛的话在我心里掀起巨大波澜。汉丰湖底集壮美、诡秘、宏大于一体的世界奇观在我心头打上了永恒的烙印，我曾以为追寻下去，会遇上极了不得的事件。可是后来对荀真的调查，包括此次红布寺之行，虽然颇有意思，却与湖底奇观联系不大，更似踏足一个精巧迷宫，而不是进入皇皇然一个新世界。现在，图昆之语直击幻觉记忆背后的本质，将之上升到了近乎哲学性的高远层面。世界和灵魂，这是何等深邃的命题，自有智慧生命开始，无数智者勤思苦探，从未有过答案。难道说我顺着眼下的线索走下去，居然会与这样的巍峨高峰相遇吗？

"您的意思，说的是不是虚幻与真实？我和那记者的记忆，在虚幻与真实之间，其所涉及的世界，乃至我们现在的这个世界以及我们自身，都是在虚幻与真实之间吗？还是说我们这个世界是设定好的程序世界，而程序一时出了bug，所以不同世界的程序串在一起了吗？我们都只是缸中之脑吗？"荀真问。

"缸中之脑未免太具象了一点，这样的假想既无法证实也无法证否，无论基于我的信仰还是我的研究，都不会支持。我想说的，是前世记忆的存在，和你们当下碰到的状况，都说明这世界远不是我们看见的、触摸到的这么'实'、这么'真'。"图昆说。

"您这说法把我们身处的世界，把这个宇宙上升到一种玄之又玄的存在状态了啊。这让我想到量子被观测之前无处不在的弥散状态。在坍塌之前，量子具备所有的可能性，这不正是在真实与虚幻之间的状态吗？难道我们的整个世界，也会有类似的状态吗，在被进行某种类似'观测'的行为之前，世界也会是许多种状态并存的？"脑子里突如其来的灵感，让我问出了这个自己也不是很明白的问题。

"量子被观测前的不确定性，和整个宇宙世界的存在状态是两回事呵。"图昆笑笑。他的口气仿佛一位物理学家而非转世活佛，不过我可不知道他的教育背景，没准他真是研究物理的呢。

"宏观宇宙根本不是量子力学的研究对象啊，所以把量子观念照搬到宇宙假想中是不成立的。"说到这里，图昆忽然耸耸肩，又说了一句，"不过，谁知道呢？"

这算什么结论？太不负责了啊。

"难道说'我'，难道说一个人的'灵魂'也会存在叠加态吗？一个弥散的无处不在的拥有许多种可能性的叠加态灵魂，一个叠加态世界，天，这想法有点炸裂了。如果我把它画成漫画，肯定是个牛 × 的作品。"荀真说。

他的脑洞真的比我还大。

图昆活佛笑笑："我这里可没有答案，但我倒是很希望你能令我有所增益呢。"

"我？"荀真讶异地说。

"是你们。就像我刚才说的，为了解开谜团，两位一定会继续追寻下去。如果能有所收获，恐怕也会对我的研究大有帮助。"

"当然,若有所得,一定告诉您。就当是报答这一茶之饮。"我笑着说。

荀真面露犹豫,没有立刻回应。他有自己未说出来的秘密。看来真是不会做表面文章虚应故事的人呢。

"荀先生,有一句话,也许是交浅言深了。其实这位那多记者,我是知道大名的,在调查神秘特异现象方面,是极出色的人物。如果你要继续调查,那多记者也有意的话,两位真是可以考虑合作的。"图昆说完这话,冲我微微一笑。

"是吗?"荀真咕哝了一句,狐疑地朝我看了一眼。我这样一个"跟踪者",居然会有活佛来为能力和品行背书,这显然出乎了他的意料。

壶中茶水已尽,我们谈到这里,也到了结束的时候。图昆活佛把他的微信号留给了我们,以备后续的联系。看来他是真的希望我们可以取得进展。

临走之时,我忽然记起一事,分别问两人,有没有听过汉丰湖底那般的神秘宏音。

"大音希声。天地间自有宏音,许多苦行僧入定闭关,都会听到令灵魂震颤之音,但那种般若妙音,肯定与汉丰湖水下的宏音不同。"图昆活佛如此回答。

而荀真则明确表示从未听见过,他脑中忽然出现那些回忆画面的时候,电脑里正放着许巍的《故乡》,在某个刹那,天地间忽然寂静,所有的嘶吼消散,仿佛一切重归于混沌。他不确定这是一时的失神,还是此后神秘回忆画面出现的预兆。

宏音与寂静，看似全然相反，我却觉得背后有着相似之处呢。

别时，图昆活佛走到精舍边，站在花丛旁相送。他并不让人把我们送出"一线天"隐秘小道，因为那样做的话，未免有押送监视之嫌。

他的手掌清瘦嶙峋，有力地一握即放，仿佛通过握手送出了一份祝福。

与我握手时，图昆只是点头微笑，与荀真握手告别时，他却多说了一句话。

"保重身体。"

似是平平淡淡的寻常祝福，却让荀真的表情微微一僵。但他并未多说什么，神色凝重地冲图昆躬身致礼，然后快步从我身边走过。

我看着他的背影。这是不打算与我合作，要自行离开？前前后后说了这么多话，还是没打开他的心防？

我加紧了步子赶上去。

"我想我们该聊一聊。"我跨步上坡，踩烂了好几丛野花，凑到了他屁股后面。

荀真并不理会。

"我知道你没说实话，你来这里的目的不像你对活佛说的这么简单吧，之前几个星期你把自己关在房间里都干什么了？你做的事情自己清楚。"我进一步试探他。

荀真非但没有停下，反而小跑起来，像是想要摆脱我。

他的身影消失在"一线天"小道的入口。

我并不着急,因为那条小径可是没办法奔跑的,只能慢慢走。

我紧跟着进了"一线天",荀真果然就在不远处,正一边用手撑着石壁,一边屈膝躬身往下走。

"那位林婉仪小姐!"我大声喊道。

听见这个名字,他的步伐间明显有一个顿挫。

对路!

"你想求证的是关于她的事情,那些记忆都是围绕着她吧?为什么不直接去问她,反而要来这里找活佛?你有什么不敢面对她的吗?你知道我是记者,有了名字我一定可以找到她,我也可以直接去问她关于你的事!"

荀真恰好走到最窄处,正微微侧过身子,好方便自己走过去。听见我的话,他终于停了下来,不再往前,回头怒视我。

"如果我们可以聊一下的话,我就没有必要去麻烦林小姐了。"我说。

"你这个藏头露尾的家伙!我不知道为什么图昆活佛会说那些称赞你的话,我也不了解你过去做过什么,但你指责我没说实话,不嫌可笑吗?肚子里藏了东西的可不止我一个。每个人都有不愿意告诉别人的事,你为什么对我的私事这么感兴趣?别说是为了采访,你跟踪我真的和那什么废墟的报道有关系吗?为了点好奇心你就要调查我,还跟着来了西藏,你当我三岁小孩子?"

我顿时语塞。

别把人都当傻子啊。

我藏下了心底里最原始的动机不说,觉得那是与此无关的私事,但我想要介入的,好像也是别人的秘密呢。

荀真转回头,继续往下走。

"嘿。"我喊住他。

"我的未婚妻失踪了,我关于她的记忆开始变得若有若无,仿佛这个人从未在世界上出现过。我找了她整整5年,跟踪任何可能的线索,理智告诉我,汉丰湖事件和她相关的可能性只有万分之一,但我不能放弃这万分之一。"我大声说着,然后看着荀真的背影消失在"一线天"小径的出口。

我走出去,见荀真席地坐在隐修洞前。

"到这里的第二天我就感冒了,养了很久才好。"他说。

我一愣,没想到他在房间里闭门不出竟是这个原因。高原上的感冒对一个平原人来说,的确有致命的危险。

"中间有一阵子我以为会死在这里呢,居然挺过来了,我猜自己总还能再有几个月的时间吧。"荀真抬眼瞧瞧我,嘴边露出一缕苍凉的笑容,接着说出一句让我大吃一惊的话来。

"一个急性粒细胞白血病病人,居然在西藏得了感冒还能抗过来,你说这算不算老天爷眷顾?"

与你同在

阿成看见荀真的时候,表情有些迷惑。

"哎,你是那个……我见过你吗?"然后他又看了看我,恍然大悟,猛地一拍我肩膀。

"他是……他是那个怪人吧?哈老兄你行啊居然真的把这个不存在的人给找到了啊。梦中人走进现实了,不过,这是怎么回事啊?"

"人是找到了,事情还远没有搞清楚呢。"我说。

我和荀真上了船,阿成把我们载到湖心,老城之上。我们两个穿好潜水装备,在阿成的注视下扑通扑通跳进水里。

湖水把我浸没。我向下沉,水底废墟慢慢在视野中浮现,令我产生了一丝熟悉感,但对身边的"这个荀真"来说,他还是第一次通过潜水来到这方天地。

记得第一次潜到湖底时,水很清,光线不错,有一种梦幻感。而现在,看上去什么都没有改变,心里却觉得四周幽深恍惚,仿佛置身深渊。

荀真随着我降落到残破的街区上,环顾四周,起初有些无所适从。他端详着街道、两边的小楼、那些只剩框架的窗户和半截屋顶。不用看清楚他的表情,我也知道荀真此刻一定是千般往事齐上心头。

我稍稍落后一些，跟随着荀真，此番重游，只为满足他的心愿。看着他的背影，只觉得这一幕似曾相识，仿佛前一次经历宏音时，也在水下看见过这样的背影，也跟随过他。那些幻梦中的场景，因为荀真的真实到来而散去了几许迷雾。

荀真在一幢破损的小楼前来来回回地游动了几趟。这是一幢没有屋顶，整个二楼暴露在外的房子。我对此处的印象非常深，前次湖底出现世界奇景的时候，我就在这幢楼附近，而从那艘小潜艇里出来的两个人，正是从这幢楼里取走了某件物品，世界奇景也随之消散。此次回来，我本就想再找到这儿看一看，没想到荀真的目的地竟然也是同一处地方，由此看来，这所有事情之间，居然真的是有关联的。我的幻象记忆、荀真的幻象记忆、宏音、怪车、怪船、世界奇景，有一条隐秘的线索，把这一切都串在了一起！

荀真游上了二楼，在那里，他几乎是一寸一寸地看。不光用眼睛，还用手摩挲着残墙，蹲下来审视倒地的橱柜，以及旁边完全垮塌了的床架子。

这是属于他的时间，我在旁边静静瞧着，并不打扰他。我明白，他正在回忆着自己和林婉仪那段并不曾发生过的爱恋。

人之相交，贵在心诚。那日在"一线天"中，我把自己的本心如实告诉了荀真，他便解了心中的芥蒂，将遭遇原原本本地说了出来。

荀真出道近 10 年，称不上大红大紫，但也算小有成就，是业内公认的不拖稿工作狂。他每天工作 8 小时以上，厚积薄发，近几年事业明显走上升通道，加上国内动漫产业正在起飞，未来一片光明，不论是粉丝还是同行，都认为他可以在三五年内跻身一线画手位置。

干这一行，灵感来时如江河，去时如枯井。没有灵感的时候，荀真就慢慢做水磨工夫，灵感来了，就得牢牢抓住，趁热打铁一气呵成。如此一来，作息就不可能规律，画到半夜是常有的事，有时候灵感爆发，会连续作画到次日天明，甚至两三天不睡觉。长此以往，他体质越来越差，常常感冒发烧。就在今年夏天，荀真连续低烧近一个月。烧退之后，他心里有些不安，去做了一次体检，查出血液指数异常，又加做了一整套检查，最后抽了骨髓，是白血病。确诊的时候，荀真的病情已经进入急性期，且是预后极差的一型，也就是做完化疗放疗之后，平均存活期也只有一年左右。医生要求他立刻住院，荀真拒绝了，人生至此，多活几个月少活几个月，又有什么区别？最后的时间，还是让自己活得更痛快一些吧。

那些幻梦般的画面，是在荀真低烧期间的一个下午出现的。

最初，荀真以为那是恍惚间的错觉。

荀真年过三十，有过几段恋情，但都很短暂。他总觉得自己无法全情投入，无法毫无保留地去爱一个人。这也许是因为，在他的心底里，始终有一个人的影子。

那个人就是林婉仪。

荀真读中央美院的时候，在一次联谊活动上认识了林婉仪。林婉仪来自清华物理系。一切好像反了过来：本该是美院出女生资源，清华出男生资源，居然理工男扎堆的地方出了个林婉仪，论容貌，清华物理系上下几届都没有能比较的了，让荀真一见倾心。

荀真给我看过林婉仪发在朋友圈的照片。短发素颜妆，有着长期缺乏充足睡眠形成的眼袋和略暗的肤色（明显没有美颜），却仍然保留着让人印象深刻的姣好容貌。一个明明可以靠脸吃饭的女人，却以内在碾压同辈的时候，散发出的魅力，绝对是致命的。

这种致命魅力却让荀真始终不敢真正发起恋爱攻势，尽管两个人聊得不错，荀真叫林婉仪去看戏时她多半能应约，甚至荀真还画过一幅林婉仪的铅笔素描，但他总是觉得还差一点才准备好。直到两个人毕业，也还是差一点。有时候咫尺之遥，就是永不可及。

两人不久就各奔东西，再没有频繁见面接触的机会。联系当然也还是有的，偶尔到了同一座城市，也会一起吃个饭。这样的关系，放在男女之间其实并不寻常，但也仅限于此了。荀真时常会想，如果大学时自己果决一些，尝试再往前走出一步，会怎么样？他把这份情愫深埋心底，如同一坛永不启封的女儿红。很多年后，当他对男女之事更了解些，终于明白当年的自己曾经有多大的机会。此情可待成追忆，只是当时已惘然。

直到那个低烧的下午。人在虚弱病痛时，总是容易回忆往事，坚硬会变得柔软，深埋的情绪也随之翻起。荀真躺在沙发上，歌声在客厅里回旋，他似睡非睡，恍恍惚惚，任凭关于林婉仪的一切涌上心头，无力收敛。伊人形象似能见到，又似触手可及，这些年的交往，几次见面时的情景，及至大学时的那些青春碎片，走马灯一样晃过。如此迷糊了一阵，荀真忽地清醒过来，这才蓦然发觉，刚才所忆的事情，有许多竟然是自己的空想，并未真正发生过。

荀真只以为是自己病中神智不宁，一时间混淆了真实与想象的界限。毕竟身为一个漫画家，在创作的时候，常常需要把故事画面非常具象地在脑海中呈现出来，仿如在脑中放一场电影，甚至身临其境地进入虚幻场景中。等到自己能看到足够多的细节，有了足够多的情感共鸣，再把一切落到画板上。某种程度上，这也是由虚构到真实的一个过程。也许这样虚构多了，落下了后遗症。

荀真把这些"胡思乱想"搁在一边，不去理会。有时候一些细节在脑袋里冒出来，颇让他脸红耳热，羞愧不已，奇怪自己怎么会一把年纪，还有这样不受控制的念头。

在那之后不久，荀真查出白血病，人生至此进入倒计时。这种疾病会让人慢慢衰弱下去，如果没有引起并发症，或者内脏出血，那么病人会感觉自己处于亚健康状态，并没有太大的痛苦，直到最后全面崩溃迅速死亡。荀真不愿意接受放化疗的原因也正在于此，反正已经没救，就不要让剩下的日子在医院中度过了。

确诊后，荀真想得最多的，是怎么让自己这辈子少些遗憾。这样的心态下，当关于林婉仪的那些并不曾发生过的记忆画面在脑中浮现出来时，他也就不会将之强压下去了。但他仍然以为这是自己的臆想，并没当真。直到有一天，他和一个认识林婉仪的好友聊天，说真希望当年可以勇敢发起追求，哪怕只相处一段时间，也没有遗憾了。那位朋友却回答说，你们两个真的非常适合，我常常有你们曾经谈过恋爱的错觉，你们没有在一起过吗？这句话让荀真上了心，和其他朋友试探着聊起相关话题，居然又有两个朋友有类似的错觉。这本来还不至于离谱到令人怀疑，更有可能是友人之间的安慰，但生命到了最后时刻的漫画家却开始大开脑洞，他问自己，这种不约而同的错觉，真的只是偶然吗？

荀真把记忆中那些与林婉仪相关的生活细节记录下来，试着从中整理出线索。和真实时间线相比，分歧点在大学毕业前夕。荀真决定去日本漫画领域深造，而林婉仪即将去普林斯顿，跟随一名 IAS 的大牛导师。两个人还专门吃过一顿饭，祝福彼此即将展开的人生。那时林婉仪说，在去美国之前，会回家乡住一段时间。因为建三峡大坝，她的家乡将被淹没，等她从美国回来，就再也看不到了。她的家乡，自然就是重庆开县。荀真当时喝了两瓶啤酒，一冲动，说我还没去过重庆，欢迎我去你家乡玩吗？林婉仪嫣然一笑，说好呀，不过开县距离重庆市中心可有不少路呢。醉翁之意不在酒，开县离市中心到底有多远，对荀真来说毫不重要。

荀真在开县待了4天，甚至去林婉仪家的老宅做过客。可惜那几天他酒没喝够胆，心里只想着二人很快就会一个去日本一个去美国，远隔万里，什么时候回国，甚至会不会回国都在未定之中，于是始终没有捅破那层窗户纸。

可是在另一种人生里,他和林婉仪就是在开县老城定情的,不是只待了4天,而是在老宅里一起足足住了一个多月。此后哪怕相隔在不同的国度,距离也没能把他们分开。

荀真决定把这一切搞清楚,到底是自己临死前发了花痴,还是遇到了不可思议的神秘现象?他很想重回一切的开始、交错命运的分岔点——开县老城,可是老城已经沉在了水底,还能够找到多少和幻梦中相符的东西呢?犹豫再三,他最终选择了红布寺,去见现实中没有见过,但幻梦里印象深刻的传奇人物图昆活佛。

与我相遇之后,荀真要求去一次水底老城。其实以他的身体状态,尤其是高原感冒侥幸生还后,再去潜水是极不明智的,现在的水温可比我上一次潜水时寒冷得多。可是荀真的性子我也有点了解了,于是压根儿就没有劝。满足心愿对他最重要,否则保养再得当,他又能多活多久呢?

我们在水底待到氧气将尽才上浮。爬上阿成的小船,进了船舱,我把一张大毛毯扔给荀真,问:"一会儿还打算再下去吗?"

荀真摇头:"缅怀一下就行了,再下去一次,我现在这小身板怕吃不住。"

"你……就没有什么要找的东西?"我问。

"我只在老城待了4天,在婉仪家的老宅喝了一下午的茶,既不曾取走什么,也不曾留下什么,能有啥要找的东西呢?"荀真不解地说。

"可是我现在才知道,这座你不曾真正居住过、对你却意义非凡的房子,正是上次那艘神秘潜艇的目标。这只是巧合吗?那两个人可是在里面找到一件东西并且带走了的。"

"是同一幢房子?你没记错吧?"荀真有些吃惊。

"绝对没错。而且这才更符合逻辑,不是吗?"

荀真原本微微蜷缩的身体一下子坐直,眉头一挑,说:"你以为我有什么事情在瞒着你?如果到现在,你对我还没有一点基本信任的话,我们也不必再合作下去。"

如果不是还在船上,他大概就直接拂袖而去了。

我苦笑:"你这人看着像文弱书生,怎么火药桶似的一点就着?我的意思是,不管是你我的幻梦记忆,还是水底宏音,抑或是世界异象,包括刚才说的神秘船只神秘人,都不是寻常能碰见的事物,这么多小概率事件在同一处地方发生,彼此之间没有关联的可能性太小了,有关联才符合逻辑。"

荀真有些尴尬,讷讷地说:"抱歉,是我多心了。"

其实我刚才的话的确模棱两可,怎么理解都行,就是想逼一下他的反应。由此看来,神秘潜水员带走了什么东西,荀真是真的不知情。

"没事。"我说,"不过就目前看来,林婉仪家的老宅是关键,一切就是从这里开始不同的。我们需要梳理一下,看看你会不会错过什么。"

然后我对着舱外偷听的阿成说:"阿成,这事儿一开始你就是亲历的,没想着瞒你,但你要想清楚了,真要掺和?"

阿成闪身出来,嘿嘿笑着,又一次打了退堂鼓。

我和苟真分析，现在无非两条路，一是直接去查怪车怪船的来历，看看能否顺藤摸瓜搞清楚背后到底是何方神圣；二是结合苟真真实与虚幻的双重记忆，再对照神秘潜水员取走之物的形态，试着把这件关键物品还原出来。

其实还有第三条可能出现突破口的路。我已经憋了很久，明知道提出来会得到什么答案，但这条捷径不试一试总不甘心。

"有没有想过去找林婉仪呢？"我问。

苟真的表情变得复杂。他似在斟酌该如何回答，几次欲言又止，让气氛有些尴尬。这样的表现于他是极罕见的。生命只剩几个月，苟真做什么事情都不再委屈自己，顺心意最重要，何曾这么犹豫？

"我当然想过，一直在想。"苟真叹了口气说。

"但我……不想去打扰她的生活，毕竟我和她发生过的那些，不，其实我和她之间什么都没有发生过，我要去怎么和她说呢？嗨，我和你谈过一场恋爱，可是你自己不知道，也没人知道，只有我自己知道？"

"也许她也知道呢？她也有那些记忆，这是非常有可能的。"我说。

"如果没有呢？我就会被最喜欢的女人当成疯子。我可不想在死前给人留下这种印象。除非我们有所进展，有一些能拿得出手的证据，又或者……走投无路的时候吧。"

原本就是权当一试，苟真话说到这份上，我也只能就此打住。

水底下的那一处房子，只是老城里普普通通的一幢，与周边的其他房子相比，既没有突出的别致造型，也没有可供书写的独特历史。可是它却藏了一宗奇物，怪车怪船皆是为此而来。荀真对此毫无印象，他造访这幢房子的时候，眼中只有林婉仪，那就是全部的珍宝，余者皆同瓦砾。

"那就不知道林婉仪是否知道这件东西了。照理说发生这种情况，那件被取走的物品多半是林家祖传之物才对，总不可能是水淹老城之后，再有人放进去的吧？"

荀真摇摇头："反正你别打林婉仪的主意，我不想现在去找她。"

"也有可能是件看似普通的东西。我试着形容一下外形，你看看记忆里有什么能对上号的。"

我知道当时水下那两人取走之物必定关键，所以事后多次回想，还试着画过几稿简单的外形。我一边把手机里那几张简笔图给荀真看，一边告诉他那东西的模样。

那是一件条状物，圆柱体、梭状体、长方体等都有可能，接近水的颜色，透明或半透明，当时感觉有些闪烁，但未必是这件东西自身在发光，也有可能是反射或折射，因为那两个潜水员戴着头灯。

"总的来说，这是个条状晶体，不是居家常见的东西。你有印象吗？"

荀真没有立刻回答，他睁大眼睛，盯着某个虚处，想必正在记忆深处翻箱倒柜。真实经历里，他只在那幢房子里待了短短几小时，而在虚幻记忆里，他足足住了一个多月。不知道荀真能记得那段似真似假人生里的多少细节。

良久，他长吁一口气，那神情仿佛从一场长梦里醒来。

"应该说，没有什么特别的东西。"

我看他说得有些迟疑，追问说："也可能看起来比较普通，单只形状和材质类似的，也没有吗？"

"有倒是有，但那个和神奇不沾边呀。"

"是什么，你说说看。"

"有个类似的摆件，应该是个纪念品，放在柜子里的。"

我精神一振："什么样的纪念品？"

荀真耸耸肩膀："就是那种开会常发的纪念品，现在比较少了，十几二十年前特别常见。"

我一开始还没明白，又多问了几句，才知道他说的是什么东西。

那是一种有机玻璃制品，通常做成方尖碑式样，在某一面或者内部有金丝勾勒的图案，在上世纪末到本世纪初算是非常流行的纪念品，开会必发。我在上海，所以最常见到的图案是东方明珠和外滩，下面刻着"××××纪念"的字样。还拿过几次大学发的，印着校名和校徽。这玩意刚拿到第一个的时候还挺新鲜，放在书橱里当摆设，后来越发越多，实在没地方摆放，多数都扔掉了。

此类在全国范围内流行了20年的纪念品，总数量怕得以百千万计，在哪里看见都不奇怪。也因为太过常见，荀真才不觉得这东西会吸引神秘人大费周折地寻找。

可是说到外形,又的确与我描述的相符。

"你对这件纪念品的记忆,是来自真实发生过的那几小时,还是没有发生过的那一个月?"我问。

"可能都有吧。"

"那一个月的记忆,你是比较模糊的,这种情况下还会对它有印象,至少说明它是对林婉仪很有意义的一件纪念品,曾经被她提及或者把玩过吧?"

"你可以这样推测,但我真的没有更多的印象了。"荀真双手一摊。

"在没有其他选择的情况下,哪怕再不可思议,我们也只有先把这件有机玻璃纪念品当作怀疑对象了。"我说。

荀真表情古怪,显然觉得很不靠谱。

"行啊,那就把它当作怀疑对象。然后呢,怎么办?"他问我。

"当然是去搞明白这件纪念品的出处。你还记得上面的图案或者刻字吗?"

"不记得。那么多年前的一瞥,还能记得具体模样的人,只有在记忆比赛里才找得到吧。"

"我有个主意,不过你得跟我去一次上海,找一个人。"

"谁?"

"一个也许可以帮你想起来的人。"

荀真皱着眉头瞪着我,然后他像是想明白了什么,问:"是催眠吗？"

我点点头。

在重庆机场等候前往上海的航班的时候，我接到了好友梁应物的电话。

许多对我之前冒险经历熟悉的朋友肯定知道他。简单说来，我这位积年老友是半官方超自然事件调查组织X机构的资深成员（我一直认为应该把那"半"字去掉）。他从来不说自己具体的职位，但想必一定不再是当年的底层研究员了。这个机构的触角极其庞大，扮演着政府处理超自然事件时的智库角色。因为梁应物这个纽带，在过去我帮了X机构不少忙，而他们也帮了我不少忙。梁应物代表X机构和我有过一个约定：当我进行神秘事件调查时，如果愿意在事后提供一份该事件的详细报告，以备X机构存档研究，那么就可以给我一定程度的帮助。X机构的"一定程度"，足以解决许多问题了。

在和苟真来汉丰湖之前，我就请梁应物帮忙调查汉丰湖上怪车怪船的底细。以我之力无从下手，但X机构出面，也许会有所收获。

现在收获来了。

X机构通过自己的渠道获得了水域管委办的配合，怪车怪船都通报备案过，以科学考察的名义。考察方是一个名为ISK的民间环保组织，但实际上，这个组织只是一个空壳，没有项目，没有人员，没有资金。背后的实际控制方和ISK隔着两三层关系甚至更多，以现有线索无法追查到底。所谓的科考船是在8月中旬运到汉丰湖的，在管委办登记了一个国际海事组织（IMO）的编号。然而根据这个编号查到的是一条香港1975年下水的游艇，显然和汉丰湖上的不是一艘船。严格来说管委办有失察之嫌，但这次汉丰湖水下科考是水利局一位领导打了招呼批下来的，这位领导完全不清楚具体情况，只是应他一位商人朋友的请托。至于对这位商人朋友的调查则没有进行，因为那已经超出了X机构"一定程度的帮助"之限度，而且梁应物怀疑很可能和ISK的底细一样，商人背后还有几层关系，要弄清楚不会很容易。

把船运走的动静弄得很大，装船的车来自一个运输公司，这家公司只管收钱装货，根本没有见过委托人。车从陆路一路开出了罗湖海关，到达香港，自维多利亚港出海，不知去向。连那么一大艘船的去向都安排掩盖得这么好，那辆车和神秘潜水员的底细，当然更加查不出来了。

所以，所谓的收获，只不过是印证了我之前的猜测——神秘组织不简单，没那么容易暴露。

我把调查结果告诉了荀真。

"我们好像卷到什么不得了的大事情里面了。"他说。

"我在汉丰湖底下，看见那幕奇观的时候，就已经知道了。"我说。

飞机上，荀真又一次拿出电子画板——来时也是如此，他只要有一段完整的时间，就会开始画画。

可是他在微博和漫画平台上都已经不再更新作品，我忍不住问他在画什么。

"画我的另一段人生啊。"荀真说,"画下来的话,就好像真的发生过一样。我每多画一点,它就变得更像真实记忆,许多东西都鲜活起来,还会冒出点点滴滴的细节。我也不知道那些生活细节究竟是我虚构出来的,还是在那段人生里发生过的。"

"那是一段很长的人生吧。"我说。

"是的,在我死之前不一定画得完。"荀真并不避讳谈到自己的死亡,"但这没关系,听说在那一刻,一生里最重要的事和人会在眼前闪回,我只希望到时能够看到这段人生,哪怕只是一瞬间,也想回到那一段人生里去。你看,我在多么努力地骗自己,哈哈。"

我一时间竟不知道该说什么,心中波澜起伏。此刻我才真切地感受到,林婉仪对于荀真来说,意味着什么。

我闭上眼睛,把头靠在椅背上,何夕的身影渐渐浮现。

飞机到上海时已经入夜,荀真有托运行李,在行李盘边等待的时候,我的手机提示收到一封新邮件。我随手点开,发信人不认识,内容只短短几句话,我一眼扫过,一股寒气从后背直冲上来。

直到荀真取到了行李,我还直愣愣捧着手机看。那些汉字每个都重逾千斤,砸在我脑门上,让我晕乎乎不知所措。

"看啥呢?"荀真走过来说。

"我……收到一封邮件。"我艰涩地说,把手机给他看。

见字如面。

林宅纪念品生产方：昆山锋锐工艺品有限公司。

联系人：钱桂林，电话***********

与你同在。

"看来你有个厉害朋友啊，已经查到那件纪念品的底细了？这怎么做到的？太玄乎了。"荀真咂舌。

"我没这样的朋友，我根本不知道是谁写的信。整件事情我只和梁应物提过，但并不详细，更何况"神秘人取走的关键物品可能是有机玻璃工艺品"这个猜测，是不到24小时前我们两个才讨论出来的，我没和别人提过。如果你也没有的话，这件事本该不会有第三个人知道才对。"

荀真愣住了："我也没和别人说过，这件事情我根本无人可说。我看到这上面写'见字如面'，还以为是你朋友。"

他忽地压低了声音："那么我们是被跟踪监听了？"

我摇摇头，默然无语。这其中难解之处，哪里是一句"跟踪监听"就能说得清楚的？

我和荀真是在宾馆的房间里讨论关键物品的，严格说来当然有被窃听的可能。在这个社会保守秘密越来越难，手机随便中个病毒就会暴露所有隐私。可就算偷听到了，怎么可能在不到24小时里，就把生产方和联系人调查清楚呢？就连我们自己，也要等催眠师翻出荀真的深层记忆，搜集到这件纪念品的更多信息之后，才能制订下一步的行动计划。我们自己离找到生产方，都还差着好几步呢。

通常监视者总是不怀好意的，可现在这个发信人的意图莫测难明。是在帮助我们吗？

第一句"见字如面"就让人摸不着头脑。这是句书信时代才会用到的话，通过书写的笔迹字体，描述的具体内容，加之修辞手段，合并而成的意境，是可以勾勒出写信人形象的，所以才有所谓的"见字如面"。现在一个陌生人，电邮了一封仿宋体信件，内容干巴巴毫无文笔可言，任何一方面都不可能"见字如面"。但是，说它是一句拙劣的误用，又未免看轻这位神通广大的发信人了。而最后一句"与你同在"，更是让我有许许多多的联想，不禁汗毛竖起。

原本只觉得自己在向着一团庞大的神秘未知前进，没想到不知不觉中，已经被另一只巨手笼罩。这处境简直比向着风车怪物挑战的堂吉诃德更糟糕。并不是所有的帮助者都会让人心情愉快，一个目的不明、神通广大、不露头尾的帮助者，让我觉得事态正在逐渐失控。

"起码还是有好消息的。"苟真忽然说。

"你是说这封信里提供的线索？"我摇摇头，"我可不敢就这样轻信。"

"不，我是说，看起来你选对了方向，如果这位发信人真像他展现的那样神通广大。既然他提供了线索，那么被潜水员取走的闪烁梭状物，也许真的就是那件有机玻璃纪念品。"

"我想，它只是看起来像纪念品而已。"

消失的工厂

我与荀真达成一致，把那封来路不明的邮件暂时"封存"起来。香饵背后都是钩子，贸然咬上去绝不是好主意。还是稳妥一点，先照原本的计划行事。同时，我把我们两个的手机连夜送到了行家朋友那儿，从软件到硬件查了一遍，并没有发现木马或窃听装置。这不算什么好消息，反而更添疑云。

荀真在我家睡了一晚，第二天，我带他去找一位催眠大师。

催眠是心理医生的必修课。一般认为，不是每个人都能被催眠，有相当比例的人会产生天然抗拒，再怎么配合都无济于事，但我带荀真去拜访的这位欧明德医生，是国内催眠界大拿，号称没有他催眠不了的人。这当然只是号称，据我所知他至少失败过一次。2004年我探访曹操墓时被墓道的符号影响，不停想要自杀，请他用催眠来帮我解除心理暗示。结果他非但没有成功，还险些自己被带进沟里去，弄得非常狼狈。但那次我的情况太特殊，最终证明根本不是现代心理医学可以解决的问题。与那次相比，催眠荀真的难度系数要低得多，欧明德一定可以办到。

当然成功的前提是荀真还拥有关于此事的深层记忆。人类大脑之神奇，现代脑科学还远不能解释全部。一个人走进陌生的环境，如果看一遍就退出来，那么只能描述出新环境里给他印象最深的东西。可是被催眠之后，却可以说出多得多的细节来，就好像脑子里藏了张照片似的。每时每刻大脑都在接收信息，这些信息来自视觉、听觉、嗅觉、触觉和味觉等。面对如此纷杂的信息，大脑只会优先处理有意义的部分，这些被筛选留下的信息，就成了我们真正意识到的东西。而那些没意识到的、被大脑筛掉的信息，并不会被立刻遗忘，而是存储在深层记忆中，压到了箱子底下。通过催眠唤醒深层记忆，就像在翻箱子。

欧明德的诊所在一幢黄金地段的写字楼里。作为诊所的灵魂，他名义上已经不看病人了，只接受各路高朋或权贵的请托。所谓买不到的才是最好的，他的商业手段和催眠手段一样高明。欧明德很给我面子，还到办公室外稍微迎了迎。他看上去有明显的老态，10多年前我们第一次见面的时候他还是中年人的样子，不知道是不是用脑过度。

把大概情况介绍了一下，欧明德就引我们去诊室。那是间十几平方米墙刷成淡蓝色的小房间，放着轻柔的背景音乐。我问欧明德我是否需要离开，他自信地一摆手，说无所谓，如果苟真不在乎，留着没关系，不影响催眠效果。

苟真坐在一张看上去很软很舒服的单人沙发上，欧明德坐在他对面，我则站在靠门口的角落，在苟真视线之外。欧明德和苟真聊了几句他喜欢的音乐，在这一过程中背景音乐不知不觉变得轻了些，光线也慢慢暗下来。欧明德的声音低沉宽厚，仿佛能引起共振，有种特殊的磁性，让人的情绪舒缓放松下来。我靠着墙，觉得有点犯困，连忙掐了自己一把，心想这家伙的本事越发厉害了。

欧明德开始指引着苟真回到10多年前，他在林宅的那几个小时。欧明德的语速有种特异的节奏感，声音也很有韵律，有时一句话里会有几个字轻到若有若无，想必这都是催眠里的高深技巧。

"你在一片乳白色的大雾里，雾气有清甜的青草气味，虽然看不清楚方向，但让人觉得安心。我就在你的前面，你可以看见我隐隐约约的背影。跟着我走，我带你回去。你在向着过去走，雾气就是时间，在你两旁滑过。雾气慢慢散了，现在你停下来，停在一扇门前面。你把手按在门上，门没有锁，只要一用力就可以推开。你知道，那里面就是林家老宅的二楼，你想要回去的地方。现在深呼吸，做好准备，慢慢用力推。门打开了。

"现在，你回到了那个房间里。你最先看到的是林婉仪，她是你视线的中心。但是这一次，你先不忙看她，向四周看一下，告诉我都有哪些东西。"

"窗户前面有一张木桌子，嗯，有沙发、茶几，茶几上有个花瓶……"苟真一件件说过来，最后说到了一个橱柜。

通过事先的沟通，欧明德知道要回忆的那件东西应该就在柜子里，这时就指引苟真走到柜子前。

"现在你可以很清楚地看见这个柜子。它有门吗，还是敞开着的？"

"没有门。"

"柜子里放着什么？"

"有几本书、一个香炉、一个玻璃的纪念品、一个瓷马摆设……"

"你把目光集中到玻璃纪念品上面,告诉我它是什么样子的?"

我一颗心不禁提了起来,用心倾听荀真的回答。

"它是弯曲的,有S形的曲线弧度,竖放着比一本书更高一些,黑色的方形底座。"

这个确切的外观形状,是荀真在清醒状态下没有提到的。

"上面有什么图案或文字吗?"

"有图案,金线勾勒的图案。"

"现在你拿起笔,把你看到的东西画下来。"

荀真面前的茶几上早就铺了一张白纸,他就这样闭着眼睛,摸到一支笔,开始画起来。

还真挺神奇,居然这样都保持在催眠状态里。

我看不见他画了什么,又怕走上去会打破催眠,只好焦急等待。却看见欧明德盯着画纸,眉头慢慢皱了起来。

"现在,你把柜子里的纪念品拿出来,放在眼前,转一下。"他说。

荀真停下笔,默然无语。

过了一会儿,他忽然说:"我转不过来。"

伴随着这句话,荀真睁开了眼睛,从催眠中苏醒过来。

我走过去,看清了他画在纸上的图案。

尽管是闭眼画的,仍算得上是一张不错的简笔素描。图上是一个立体的S状立物,似一束颤抖火苗,又如一条蜿蜒的通天河。然而画面上,这件纪念品是侧对着我的,上面的图案要从正面才能看清。茍真画了几笔线条,可能是侧看时图案的模样,但根本看不明白究竟是什么图案。

欧明德叹了口气,说:"看来你当时看见的就是这样了,只是一眼扫过,并没有拿出来细看,根本没见过正面,所以你在催眠中无法把它拿起来。"

"能不能再试一次呢?"我说。

"再试也是白搭。催眠不是魔法,只能帮助回想起真正看见过的场景。"

"他还有一些类似幻觉的记忆,在那些记忆里,他可能仔细看过这件东西。"

"类似幻觉的记忆,那是什么?"欧明德不解地问。

我大概解释了一下,但其中的道道连我自己都没有搞清楚,欧明德更是听得云里雾里。

"你先停一下。"他打断我说,"你只要告诉我,那段记忆里的事情,到底在现实里发生过,还是没有发生过?"

"没有。"

"没有发生过的事情,靠催眠怎么回去?不管和真实能对应上多少,他的感观、他的身体是没有切实经历过的。"

"反正我们也没有其他的办法了,不妨一试。你就当那是他真实经历过的来处理,失败就失败了。"我坚持。

"那好吧。"欧明德拗不过我。

依然是从白雾开始。

"我们就将回到那段对你非常重要的时间里去。就是在这段时间里,你和林婉仪确定了恋爱关系。这段记忆刻在你内心最深最深的地方,现在它正在慢慢地慢慢地升起来,它的样子越来越清楚了。雾气慢慢淡了,你看见一扇门。当你推开它的时候,你会想起所有的事情。"

苟真推开了门。

"这是一间你很熟悉的房间,你在这里住了一个多月,房间里的每一个角落、每一件东西你都非常了解。"

欧明德一边说,一边观察着苟真的表情。

"现在,你要找的是一件 S 形的玻璃纪念品,你看到它在哪里了吗?"

"我看到了。"

欧明德的眉头明显一挑。

"你走近它,直到看得非常清楚。它是正面对着你的,上面有金色的图案。图案是什么样子呢?"

"很美。"

我握紧了拳头。成功了!

"现在,你把它画下来。"

片刻之后,催眠结束。

"那段经历一定是曾经发生过的,你只是忘记了。"欧明德对苟真说。

"我也希望它发生过。"苟真说。此时他的神情犹自充满了缅怀。看来他仍沉浸在那段情境中,不愿自拔。

"这怎么可能?没有经历过的事,为什么你的深层记忆里有？这说明你的身体感知过这段经历呀。"

"这个世界上难以解释的事情太多了，不缺这一件。"我说着拿过第二张画纸。

"说得也是呀。就像我催眠做得再好，也抵不过何小姐一根小手指头。这种超出正常情理范围的事情，在你周围发生好像也不奇怪。"

我笑了笑，端详起画纸上的图案。

"这个……是什么？"我喃喃地说。

原本我期待看到的，是纪念品上"××会议留念"之类的文字，那样我就可以追查这个会议的时间内容，与会者人数和身份，等等，当然也可以查到纪念品的生产厂家。既然这件纪念品如此关键，那么相关的线索里多半能发现不同寻常之处，顺着这些不寻常的地方一路查下去就是。

可是，画纸上的那一樽纪念品上，半个方块字都没有。非但汉字没有，也没有英文或其他国家的文字。

荀真这一次画出来的是 S 形纪念品的正面，那上头线条纷繁复杂，看起来就是一堆鬼画符。

欧明德的诊室不是研究这个的合适地方。我向他道过谢，拉着还有点浑浑噩噩的荀真离开。

我在附近找了个安静的咖啡馆坐下，把画铺在荀真的面前。

"你缓过来没有？"我伸手在他面前晃了晃，"魂兮归来！"

他拍开我的手。

"缓过来就好，你瞧瞧你画的这究竟是啥？"我问。

先前荀真完全不在状态，所以这是他头一次认真看自己画出来的东西。

一看之下，他也不禁摇头，把画纸翻了一面，拿笔重新画起来。

"刚才那是闭着眼睛画的，我现在还能记得样子，不过太复杂，我只能画个大概意思。"

"这个……是一幅画？"我看着荀真重新画过的图案说。

"嗯，是由线条勾勒的山水画。"

"有落款什么的吗，或者你认得出是谁的画、画的是什么吗？"

荀真摇头。

"所以，这件纪念品上除了这幅画，什么字都没有？会不会刻在底座上了？"

"底座上也没有字。"

"难道说这不是开会发的纪念品，而是一件单纯的工艺品吗？可是我从来没见过一件工艺品会做成这个样子啊。"

没有纪念文字的纪念品，意味着什么呢？我在心里琢磨着。也有可能文字刻在底座的下面，需要倒过来才能看见，所以荀真没有见到？

"现在，纪念品的具体形状有了，但是要怎么继续调查下去呢？"荀真问我。

原先想好的调查路径，因为没有文字而中断了。

我明白荀真的潜台词：前头无路的时候，要不要就采信那封邮件上的信息去调查？但我可不想这么快就认输。

想到那封邮件的内容，我忽然意识到，邮件上对这件东西的称呼，也是纪念品啊。这是跟着我们叫的，还是说它的确是一件纪念品呢？

顺着纪念品的思路去想，此类纪念品，通常会印什么样的图案呢？

是标志性的图案。上海的话，有东方明珠电视塔、金茂大厦、外滩、黄浦江江景等等。北京的话，自然就是天安门、长城、故宫之类。如果一件纪念品上会印刻山水画，那该是什么山水？安徽的黄山、广西的桂林山水、吉林的长白山天池……得是这样地标性的山水风貌吧。那么荀真画出来的，是什么样的山水？那是一条江河吧，联想到纪念品的独特造型，我更加确定了这一点。

画上不是黄浦江式的河流，而是一条被夹在两岸重重青山黛岭间的大江大河。

当然，我第一时间就想到了长江。然后，长江三峡就跳了出来。从重庆到宜昌这一线，最具标志性的地理风貌，可不就是长江三峡吗？在这一带开会发的纪念品，用三峡做画面，再正常不过了。更不用提这件纪念品出现的地点，正是重庆开县啊。

我把这想法一说，立刻获得了荀真的赞同。我们两个上网一搜三峡的各种实景及山水画，尽管与荀真所画有所不同，但大致的地形走向非常相似。

接下来，我先让荀真尽可能真实详细地再画了一幅改进版纪念品素描，然后让报社的制图美编帮忙，做出一张近似照片的实物效果图来。我把效果图扔到搜索引擎上做图片比对,最终成功比对出一张纪念品照片。那枚纪念品上的三峡图,和荀真所画有九分相似,几乎可以确认就是同一版本。

"有一套啊,不愧是干记者的。"荀真看着搜索出来的照片惊叹,"真被你找出来了。"

照片中的纪念品上刻有具体的会议名称,就在三峡风光图的最下方。查一下这场会议的主办方,很容易就能找到纪念品的生产厂家。这幅三峡风光图相当别致。每一家纪念品生产厂都有自己的生产模版,如果当年厂家之间抄模翻版的情况不那么严重的话,这樽纪念品和林家老宅里的那樽,极可能是同一个生产方。

两天之后,我得到了生产方的名字——昆山锋锐工艺品有限公司。和那封邮件里的信息一模一样。

说实话,这并不特别让我意外。

我打听消息的方式还是老路数——以采访为借口。我找到了会议的采购人,说正在做一篇此类纪念品的汇总报道,想找生产方。结果年代久远,人家记不清楚了,只说是昆山的一家公司。还是我主动提的,说是不是一家叫什么锐的公司,对方才想起来,说应该叫锋锐。

林宅纪念品和网上这张图片中的纪念品,虽然有着同样的图案,但未必就是同一个生产方。但既然真的是锋锐,想必就没错了。

网上查到了昆山锋锐工艺品有限公司的地址和电话。电话打过去已经不对了,那就直接登门。

昆山就在上海边上，我们吃过午饭开车出发，跟着导航，一个多小时就到了大概的地方。导航说目的地就在附近，接下去导航的路线可能有错误。这个导航版本总是这样，不知道是不是市政建设的速度已经连软件更新的速度都赶不上了。既然就在附近，那就人肉找一下咯。只是路两边的情况，让我们两个都感觉不太对劲。

这里并非昆山的中心城区，而是比较边缘的城乡接合部。昆山锋锐工艺品有限公司门牌所在的这条路是双向双车道的，还算宽敞，路两边有好些家汽修店，在这些汽修店之间，是一间间透着粉色光的玻璃门面小店，店里是清一色的年轻女郎。为了方便找门牌，我把车开得很慢，那些女郎显然是误会了什么，纷纷推门出来，向我们媚笑招手，一句句"帅哥进来呀"扔过来。还有一个跑出来扒车门，搞得苟真忙不迭把车窗摇上去，那女人放浪地大笑起来，搞得我们相当尴尬。

我们开过了三四家汽修店和十几家粉红小屋，却连一个门牌都瞧不见。又往前开了一个路口，等到看见门牌时，已经过大了，只得再掉头回来。几名粉红女郎还没有回小屋，看见我们折回又是一阵花枝招展乳波臀浪。我头皮发紧，脚下一踩油门，飞快地驶过这一段。然而等到再一次看见门牌的时候，又开远了。

看不见门牌的路段大概有四五百米长，刚才开过一个来回了，满眼都是汽修店和粉红小屋，根本没看见办公楼或者工厂区啊。是锋锐公司的门面太小不容易发现，还是地址连同电话号码都换过了？

尽管那些粉红女郎实在让人头疼,也只好再开回去。对我来说,女人的魅力并不是通过穿得少来体现的,呃……并不仅仅是。我早已经过了看见白花花胳膊腿就走不动道的年纪啦。

这次我们把车停到一家汽修店里,花了20块钱洗车,一边等一边和工人聊天。这是我多年街头采访的习惯,不管是去烟杂店、便利店还是洗车摊打听消息,总是要多少消费一点,这样别人回答问题的时候也会尽心。

洗车工拿水枪对着车身一阵猛滋,漫不经心地说,从没听过这家公司。

我把名字又重复了一遍,还把门牌号告诉他。

"真没听过,这一片也不讲门牌号。可能是从前的什么厂吧,你要去问本地的,我不住这附近,不熟悉。"

然后他空出一只手往旁边指指:"喏,问他们去。"

他指的方向正是几间粉红小屋,我不敢相信地问:"她们会是本地的?"

一般来说,做这种皮肉营生的,都不会是当地人。否则做到了熟人的生意,就太尴尬了,传到父母朋友的耳朵里,以后还怎么做人呢?在他乡挣几年快钱,回老家做良家妇女,嫁个老实男人相夫教子,这是她们的人生。

"咳,那些小姐当然不是啦,看见店门口站着的几个男人不?"

"哦哦,明白了,谢谢啊。"

粉红小屋的外面,晃着几个手插在裤兜里的闲汉。原本我还没注意,现在洗车工一提,我就明白了,那些人不是粉红小屋的老板,就是负责望风提防警察的哨岗,或者两者兼具。

我和荀真朝最近的闲汉走去。短短几十米路,就有5个凑上来的女郎,我和荀真只能目不斜视,否则眼睛稍微瞟一瞟,怕就有粉臂要搭到腰上来揽客了。

那汉子年纪不小,有40岁了,生得干枯瘦小,却躲在一件膨大的皮夹克里,像只寄居蟹。我递过去一支烟,他斜着瞥了我一眼,满是不屑和不羁。我心里正犯嘀咕,他居然接了烟,我这才发现他是个斜眼。

他掏出火机点上,荀真不抽烟,他又自来熟地给我点了,眼睛盯着我左耳朵问:"哥们儿看上哪个妞了?要不我给你们推荐两个,活儿好!"

"和女人没关系,和您打听个事儿。"

"寄居蟹"的表情立刻变得提防起来。真是好笑,在他这里嫖是正常的,其他事情反倒成了异数。

"不白打听。"我拿出两百块钱塞给他。

他没立刻接钱,问:"啥事?"

"你住这附近吧,知道有个叫锋锐的公司吗?昆山锋锐工艺品有限公司。"

"寄居蟹"把钱接过去揣进裤袋,哈哈一笑说:"你还真问着人了,没错,这儿以前是有这么家公司。"

"以前?搬走了?"

"啥搬走呀,倒闭啰。这样的公司不倒闭才怪呢。"

我听他话里有话，问："这样的公司？怎么样的公司？"

"特别奇怪的一个厂子。"他手往一个方向一指，说，"锋锐就在那后面，光看模样就和别家不一样，你要想看呢我就带你去，也算不白收你钱呗。"

我当然说好。

边走边聊，这才知道这里原来有一家国营纺织大厂，20世纪90年代初，纺织厂开不下去了，政府出面把整个大厂区分割成很多小块，给了一些政策支持，分包给很多做工艺品的小厂，算是片初级版的工业园区，曾经一度十分红火。后来税收优惠政策的时限到了，人力成本也逐年上升，加之全国小商品生产和交易的市场向义乌和宁波集中，这儿的厂一家接着一家倒闭。到了现在，关的关搬的搬，没有一家还在正常生产营业了。

"寄居蟹"引着我们从一间粉红小屋边上走进这座荒弃的园区。眼前是一座又一座外墙斑驳的建筑，有大有小，有多层有平房。厂区里的路面早已经开裂，缝隙里长出蔓草，低的及脚踝，高的过膝，萋萋然随风飘动，夹杂着不知哪里的小动物的窸窸窣窣的声响。我看见一对男女正从一幢楼里拐出来，男的看上去有60多了，女郎挽着他的胳膊，由于年龄对比悬殊，看起来像是孙女搀着爷爷。

"这些工厂都租下来改旅馆了？"

"租啥？又没人管，铺几个床垫也就行了。就有一点不好，里面太宽敞，叫床起来有回音啊。这感觉也很特别啊，有时候几对一起叫，声音回响起来，嘿嘿。"

苟真忍不住笑了。

"所以这么大片地就干空着?"

"等着卖地呗,一盖高楼,就值钱了。否则,也就只能干干咱们这行。"

我听得一撇嘴,谁和你干"咱们这行"了。

我们跟着"寄居蟹"在这荒园里穿行,逐渐到了深处。

"就是这儿没错了,从前的锋锐厂。瞧出不一样了对吧?"

这里由一座座曾经的小厂组成,而这些小厂的前身,又是一整座国营棉纺织厂,厂区各处都是相通的。可偏偏眼前这处,居然有一道围墙,把其中的一座三层小楼圈了起来。

"这个锋锐厂除了工艺品,还生产其他什么贵重的东西吗,要这么小心谨慎?"我疑惑地问。

"有啥贵重东西,那些破玩意送我我也不要,""寄居蟹"哧笑一声,"就是管事的脑子有病,瞎折腾钱呗。你们知道我为啥了解这厂?我一好哥们儿当年就在这儿管销售的。锋锐厂招人是出了名地严,简直要往上查三代再面试三轮,外企都没这么挑的。招人挑也算了,卖东西找客户也挑,这真是好笑了。他们可不是来一单就接一单的,得老板审。不知道他看的是哪一条,反正和价钱没关系,有时候给的价低到要赔本,也接。我兄弟找老板谈了几次,说这么弄下去不行,结果你猜怎么地?开除了。就这厂,能不倒闭吗?听说老板注了好几次资,撑到六七年前才关门的,也算有钱任性。"

说到这里,"寄居蟹"拍拍裤兜:"怎么样,这两百块钱还值吧？你可找不到别人对这家厂这么熟的啦。哈，不过估计你们对这也不感兴趣，就当听个故事。就算这厂还开着，我也不建议你找他们做东西，太把自己当爷了，有这么做生意的吗？看看我手下那些女孩，做一单生意，那是把客人当爷来伺候的。"

这家锋锐工艺品厂，果然是疑点重重。有疑点才对，要是一切正常，我反倒头痛了。

这么大一家厂，曾经有过许多员工，可以入手调查的地方一定不会少。

比如那位被开除的销售，就肯定知道更多的内情。

问过"寄居蟹"，他那位朋友后来去了广州做生意，定居在那里了。听他的语气，恐怕也是很久没有联系了。

"行了，我不陪你们了，还得回去看场子呢。""寄居蟹"冲我们摆摆手，转身便走。他一定是感觉出了我们找锋锐厂的目的不单纯，不想沾事。

锋锐厂的大铁门紧闭，足有两米多高，反倒是有几处围墙塌了口子，比较容易翻越。

"我们翻进去看看？"我问荀真。

荀真犹豫了一下，点点头。

我选的那处缺口，大概只有一米五六的高度。助跑几步，脚一蹬手一搭，我就翻上墙头跳了进去。接着荀真试了两次，都没能上来。我重新翻上墙，骑在上头，伸出手要去拉他，却被他拒绝了。

"我找个地方先去上个厕所，你等我会儿。"

"那我在外面等你吧。"我又翻了出来，心想他是去减一点重，好方便翻墙吗？

然而这一等就是 20 分钟。起初我以为他是小解，之后以为他是大解，再后来心里不安起来。他是迷了路，还是出了什么事？

我打电话给他，却发现对方正在通话中，不禁狐疑起来。

又等了一小会儿，荀真回来了。

我想问他干啥去了，但荀真比较敏感。还是别问了，要说他自然会直说的。

"还是我先进去？"我说。

荀真摇了摇头。

"不进去了。"

"啊？"

"我们去找钱桂林吧，我已经和他约好了。"

钱桂林就是那封神秘来信里提及的人。

我急了，一股火涌上来，说："我们根本不知道那封信的底细，这样太危险了。锋锐厂是被他说对了，但越是这样越是不敢碰啊。只要我们能凭自己的本事查下去，就别去沾那封信。就算钱桂林身上有料，这样去找他，也就等于接受了那封信的帮助，后面会发生什么难说得很，我们会变得很被动的。"

我连珠炮似的说了一大堆，荀真却出奇地没有打断我，也没有立刻反驳，只是看着我，直到我停下来。

"我知道直接去打这个电话，接受不明不白的帮助，可能会有后患。但是……"他叹了口气,说,"其实这几天我一直有点低烧,否则不至于这道墙也翻不过去。我想,我的时间不会太多,没时间一点一点自己去查了。你如果有顾虑,我就自己一个人去吧。"

我愣愣地瞧着他,心里涌起强烈的愧疚感。苟真平时的表现和正常人并无不同,令我忘记了他是个时日无多的绝症病人。

两个秘密

见面地点离这里不远。我们从荒园里走出来的时候，又一次看见了站在路边的"寄居蟹"，我心里一动，走过去问他认不认识钱桂林。

"啊，那个人啊，"他挠了挠头，"倒是知道的，以前锋锐厂的仓库管理员嘛。"

我见他表情有点古怪，问："这个人……难道也是被开除的？"

"他偷了仓库的东西。你说锋锐厂库里不都是点玻璃玩意儿，有什么好偷的？也是个穷疯了的没脑子的家伙。"

"建了围墙也防不了家贼嘛。"我笑笑说，"那他是被警察抓了？"

"没闹那么大，就是让他走人了。一点小东西，报了警也不能咋样。"

没闹大的原因，是不是钱桂林知道什么内幕，所以和锋锐达成了什么协议呢？我想。

车已经洗好，我重新设定了导航，跟着指引驱车前往。

"你是怎么说的，他就答应碰面了？"我问苟真。

"我说我是上海《晨星报》记者那多，要做一个关于锋锐厂的报道，听说你了解，希望你可以接受采访。"

我傻了，说："这也行？他没问你是谁给的联系方式？"

"问了,我说报社有自己的信息渠道,不方便透露。"

"那你这又算什么主题的报道呢?关于一家已经倒闭好多年的厂,我都不知道有哪里值得采访。"

"有机玻璃纪念品的报道,需要选择几家已经倒闭的厂采访。"

"采访一个被开除的仓库管理员?这说不通啊,他怎么就能答应接受采访了呢?"

"大概是我说到有500块采访费吧。"

"所以他就答应了?"

"没有,然后我说如果提供的线索有价值,最高可以给到2000的线索费。钱桂林说他这里的线索肯定很有价值,如果我给到2000,他就接受采访,把知道的都说出来。我说可以。"

"这么粗暴!"我被荀真的银弹式采访策略惊得目瞪口呆。这一刻我深深感受到,什么逻辑什么话术什么经验,都不如钱管用啊。不过报社记者要是都这么采访,一个月工资才够顶几回?

"那啥,一会儿到了地方,我们把角色换回来啊。你是那个给他打了电话的记者那多,你来问问题。估计他也分不清声音。"荀真说。

钱桂林目前的工作是在一个居民小区当保安,联想到他被锋锐厂开除的原因,不免有些讽刺。既然当年锋锐厂没有报警,钱桂林也就没有留下案底,用人单位估计并不知道他的这段黑历史。保安是翻班制,做二休一,今天恰巧是他的休息日。

他住在昆山市区一处沿街老式居民楼的三楼。从逼仄暗淡的楼梯上到三层,先得经过公用厨房区。一位老妇人正在洗菜,我问她钱桂林住在哪间屋子（这样的老房子根本没有门牌号），她尖着嗓子喊了一声，然后里面的一扇门开了。

钱桂林是个 30 多岁的精瘦男人，头发油油地贴在头皮上似有几天没洗。他把我们领进门，只有六七平方米的客厅里一片混乱，衣服纸箱废报纸四处都是，像被炸过似的。他把布沙发上的衣服拎起来扔到茶几旁边，我们才有地方坐下。茶几上有一张他和儿子的合影，但没有老婆的相片，以客厅的脏乱程度，我猜他是离异单身，儿子归了前妻。

"不好意思，我这个人比较实际的，前面电话里说有采访费，是真的吗？"钱桂林睁着一双布满血丝的眼睛急切地问，活像个刚输光钱又看到了翻本机会的赌徒。

我早有准备，来的路上就找了个取款机拿了现钞，又去超市买了红包。这时我掏出烫着"恭喜发财"金字的红包，把口打开让他看见里面的人民币，但却拿在手里并不给他。

"采访费在这里了，但我在电话里说过的，得有精彩内容才值这么多。否则是 500 块，那也不少啦。"

钱桂林嘿嘿一笑说："我知道的东西，可绝对值这么多，你一会儿别赖账就行。"

我拿出网上搜到的那张照片给钱桂林看，问他这是不是锋锐厂出的。钱桂林瞧了一眼就点头说是。锋锐厂来来去去就几个式样，从北到南有天安门、长城、三峡、南京长江大桥、上海外滩、广州五羊石雕这些，用的都是自有设计，细节精致，别家犯不着花这么高的仿制成本。

"做得这么精细的纪念品,算是很少见了。我们做这个报道,看下来的其他几家都不如锋锐厂。锋锐厂有没有直接拿这些产品当作工艺品卖?就是不打什么会议的标识,直接就用这么个长江三峡图卖出去?"我问。

"这我就不清楚了,反正我在的那几年,好像是没听说,全都是接的定制单子。"

"零星的呢,比如小几十件之类?"

"真难说,我一个管仓库的,产品上面的事情,了解得少。"

"那你说你这里有锋锐厂的猛料,说的是啥呢?"荀真在旁边插嘴问。

又是暴力的一击。

这完全不是我会直接问的问题。我的记者身份给了我很大的便利,去调查各种各样的怪异事件,但我假采访之名去询问的时候,总会捏造一个看起来过得去的采访理由,以维持逻辑链完整。像对钱桂林的提问,之所以不直接问他的猛料,而是从产品迂回着手,就是因为我是以做有机玻璃纪念品产业回顾报道的理由来采访的,抛弃采访母题去盯着问一个特定厂家的未知猛料,非常古怪,反正如果我是受访者,肯定会疑窦丛生。

可是钱桂林却一点儿都不在乎。听荀真这样问,他未必不觉得奇怪,可是只要能拿到红包里的2000块钱就行了。我们到底为什么而来,对他一点儿都不重要。

钱桂林先不忙回答,给我们递烟过来。我们都摆手拒绝,他自己点上,深深吸了一口,然后噘着嘴,吐出几个十分完整的烟圈来。

他把这口烟气吐尽,语出惊人:"锋锐厂里有大秘密,这压根儿就不是一家正正经经的厂!"

"什么大秘密?"荀真追问。

"能被我弄清楚的,还算是秘密吗?真要知道也不会混成今天这副样子了。"钱桂林卖起了关子。

荀真气乐了,说:"你都不知道还说个啥,你不会想凭这两句话就拿采访费吧?"

我听出他话里的玄虚,问:"那你说说锋锐厂怎么个不正经法。"

"还是你明白。你们是记者,我把我知道的奇怪地方告诉你们,要找答案的话,就靠你们自己咯。不过这么些年过去了,估计嘛……"钱桂林说了一半摇摇头停下来,大概是觉得过多强调难度不利于他拿到采访费。

"我说的不正经,是说这个厂不是正常做生意的样子。开厂总是要赚钱的对吧?"

"这我们倒是已经了解到一些。"我把从"寄居蟹"那里知道的情况提点了几句,意思是让他别再说我们已经掌握的消息。

"原来这些你们已经知道了,那你们知道我是怎么从锋锐厂里出来的吗?"他问。

我和荀真对视一眼,有些不知道该怎么婉转地回答。

钱桂林见状,咧开嘴嘿嘿地笑,说:"看样子你们也知道啊。没啥不好意思的,我就是被锋锐厂开除的,但是为什么我拿了厂里的东西,却什么事情也没有,反而该结的工资还是照结给我,这个原因你们肯定不知道。本来嘛也是答应了厂里不往外说的,但是已经过了这么些年,厂都倒了,看在你这个红包的份儿上,就说给你们听吧。"

以这样的口气说自己曾经的偷盗行为,说实话我是真瞧不上钱桂林的这副德行,但为了配合,还是恳切地微微点头,做出专心听讲的神情来。

"当时厂里要我把所有拿的东西都交出来,不过嘛,我还是偷偷留下了一件,你们等等,我去拿来给你们看。"

钱桂林起身进了那间应该是卧室的小屋,再出来的时候,手里捧了个用旧报纸包起来的东西。他把东西放到茶几上,将包裹的报纸打开,露出藏在里面的宝贝来。

我看看茶几上的晶莹剔透之物,又看看钱桂林珍而重之的神情,再瞧了一眼荀真——他的表情和我差不多。这一刻我真的怀疑钱桂林是想钱想疯了,又或是脑子有点不正常。前面话说成那样,现在就给我们看这个?

这不就是个有机玻璃纪念品吗?

茶几上是个两端窄中间宽的梭状晶体,表面刻印了天安门图样,和我们所见的正常有机玻璃纪念品相比,无非只差一个底座而已。

但我也不好表现得太难看,伸手把纪念品拿起来,做仔细观察状。钱桂林瞪大了眼睛充满期待地看着我,似是觉得我应该会有什么特别的发现。

能有什么特别的发现……等等，还真有！

这件无底座纪念品，尽管形状和表面图案都和荀真画出来的关键物品不同，但有一点是一样的，就是两者都没有相关纪念会议的字样，只有纯粹的图案。

"这上面只有图没有字！"荀真也发现了，用略带兴奋的语气说。

我点头。

对我们两个的反应，钱桂林却一脸诧异，说："没字不是很正常吗，有什么好奇怪的？锋锐厂来来去去就几种造型，产品的工艺流程又出奇地烦琐复杂，所以库里都会备着无字胚件半成品，接了单子只要多刻一行字就能发货了。"

我不禁愕然。原本觉得，林家老宅里的纪念品上没刻字，是一条重要线索，被神秘人大费周折从水下取走的总不可能是件普普通通的纪念品，哪怕是外表，也应该和常见之物有所不同。所以我一直指望着从没有刻字这一点，来追查出这件奇物的真正底细。可现在听钱桂林这么一说，原来锋锐厂的仓库里有大量没有刻字的纪念品，看来这条线索算是废了。

"我说，您二位记者这观察力不行呀。掂掂看，压不压手？"

"是挺沉的。"我顺着他回答，但不明白这有什么好奇怪。

"再对着光看看，有没有觉得特别漂亮，就是折射得特别好？"钱桂林提醒我们，然后起身去开了灯，让屋子里的光线更好一点。

梭状的玻璃晶体有多个棱角，对着光线转动时熠熠生辉。

但……这又代表着什么呢？我瞧瞧苟真，他也是一脸困惑，不明白这里面有何玄虚。

钱桂林摇摇头，觉得我们朽木不可雕。

"我和你们直说了吧，这玩意儿就不是玻璃的！"他直接把答案说了出来，"否则，我就是穷疯了也不能去拿一堆玻璃玩意儿，那值什么钱啊。"

"不是玻璃，那是什么做的？总不会是水晶吧？"

钱桂林嘿嘿嘿地笑了起来，说："就是水晶！"

"这不可能。"旁边苟真忍不住叫了出来，"这么大块水晶，那得多少钱啊？水晶算是宝石里头便宜的，但那也是宝石啊。"

"也没你想的那么贵，这是人造水晶。"

相比天然水晶，人造水晶这个答案稍微显得可信一点，但也还是够夸张的。说起人造水晶，一般人最先想起的可能是施华洛世奇。施华洛世奇专卖店里的首饰基本都是四位数价格，高价绝大部分来自设计、切工和品牌溢价，人造水晶的成本微不足道。但再微不足道，那也是远高于玻璃制品的，锋锐厂用人造水晶来做纪念品的原材料，有必要吗？而且产品得卖什么价格啊？

"这么大一块人造水晶，锋锐的出厂价总得要几百块钱吧，怪不得最后要倒闭。你不说穿，我还真瞧不出来和玻璃的区别，这要放在一起才能对比出来吧。愿意买这种人造水晶纪念品的客户不会太多吧，还是说，锋锐厂也出普通有机玻璃材料的纪念品？"我问。

钱桂林露出一个诡秘的笑容，说："几百块钱？具体卖多少呢,我也不是销售,每一单的价格也有点差异,不过少一个零是没错的。"

"少一个零?你的意思是就卖几十块钱?这怎么可能?普通的纪念品就得这个价吧。"我嘴里这么说着,心里却觉得,我想要的突破口终于快来了。

"这个价很正常啊,不高也不低,因为锋锐厂就是按照普通有机玻璃纪念品的价来卖的。听明白了吗,用人造水晶的材料,标成最普通的有机玻璃,就这么贱卖出去。这不是一批两批,也不是一时的失误,他们从头到尾,就是在做着这样的亏本买卖!"

这个钱桂林,果然是有足以让我们取得突破进展的消息啊。在这一刹那,我并未兴奋于出现了新的调查抓点,而是对发来神秘邮件之人的神通广大感到不寒而栗。一切都好似在他的掌握之中,可既然这样,为什么还要假我之手去调查呢?

我把担忧的念头甩开,此刻还是先顾眼前。锋锐厂把人造水晶当成普通有机玻璃卖,这种行为就好比把黄金刷上银漆当成银子用,任何脑子正常的人都会视作天大的笑话。锋锐厂的负责人想必不是神经病,他一定有自己的理由。商业归根结底是低买高卖,锋锐厂却高买低卖,这说明它的目的不在商业,与金钱无关。而就这一点,其实"寄居蟹"之前也说过类似的话。

锋锐厂到底为什么要这样费尽心机地把一批又一批特殊纪念品送出去?的确可以说是"送",因为价格最多只有成本的几分之一,甚至更少。所以买卖是烟雾,是手段,结果才是重要的。那么结果是什么呢？自然就是一批又一批的特殊纪念品被散发出去。这种散发必然不是随意的，从"寄居蟹"和钱桂林的话里，可以看出锋锐厂的负责人有一种从商业角度看来非常奇怪的客户筛选方式。通过这样的筛选，得出了一些很特殊的客户。于是，这些人造水晶纪念品以看似正常的方式，送达了特殊客户的手里。

这些用人造水晶做成的纪念品，除了材质方面的不凡，一定还有更加特殊的地方，而材质只是必要的承载体吧。它们背负着神秘的使命，要去完成某个任务！

终于，我开始看到一片迷雾的边缘。也只有这样的迷雾，才与我在汉丰湖底的遭遇、与荀真自身的遭遇略略相衬吧。

这一刻我脑中许多个念头交错往来，整个思维机器高速运转起来。而荀真也是一样，表情变得严肃又认真。这样的表情让钱桂林非常满意，然后，他把自己发现这个秘密的经过告诉了我们。

一次钱桂林去舅舅家走亲戚。舅舅在矿石所工作，刚出完差，茶几上放着件刚带回来的有机玻璃纪念品。钱桂林拿起来端详了一下，随口说了一句"这东西比我们厂出的轻不少啊"。舅舅不爱听了，说不可能，有机玻璃都是一样的比重。钱桂林天天在仓库理货，对锋锐厂货品的分量非常熟悉，居然就和舅舅顶了起来，说大小是差不多的，但分量绝对是锋锐厂的东西扎实。那天算是不欢而散，钱桂林总归是晚辈，舅舅又是专业搞矿石的，所以最后场面上说了几句软话，揭了过去。可他心里总是别扭，别扭的结果，就是一个星期后，钱桂林从仓库里顺了件半成品，拿去给舅舅看，要证明自己是正确的。那一回他本打算事后将纪念品还回库里的，不管是轻是重，他都没觉得有什么稀罕。舅舅一见就说这不是有机玻璃，带回所里用专业仪器检测，居然是人造水晶。

钱桂林得了这个答案，就动起了歪脑筋。锋锐厂用人造水晶做原材料，还卖这么低的价钱，怎么想都不对劲，可是钱桂林从来不钻这种牛角尖，无关切身利益的事，他才不高兴费心琢磨。

钱桂林偷偷从仓库往家里搬东西。最开始一箱里偷一件，这样的比例本来倒也不容易被查出来，可后来他嫌麻烦，想弄票大的然后辞职跑路。他觉得既然这事儿是秘密，想必厂里也不会为了一箱两箱的原材料，大张旗鼓地来找他的麻烦。这个判断不能说是错的，只是他半夜把两箱半成品放在平板车上往厂区外拉的时候，被保安抓了个现行。紧急关头，钱桂林要求直接和老总谈话。见面之后，他点明了人造水晶的事，对方果然有所动摇。最终的结果，是钱桂林把东西都吐出来，签了一份保密协议，然后按照劳动法辞退员工的赔偿方案，领了三个月工资走人。仓库账目不清，钱桂林之前到底顺走了几件，只有他自己才清楚。说好赃物全部退还，此刻看来显然没有。

我们一边听他说，一边翻来覆去地打量手上的晶体，想找出这以好充次的背后究竟有什么秘密。

钱桂林把这段经过说完，直接就问我要红包。我把红包给他，他取出钱一张一张地数清楚，然后道了声谢。

"我就给自己留了这么一件,算是当个纪念,也没准备卖掉。怎么样,你们要的话,出个价拿走?"看我们还在瞧这块人造水晶,钱桂林笑嘻嘻地说。

我可不相信他只留了这么一件,但现下这块人造水晶,我的确是势在必得。

"出个价?你想要什么价?人造水晶是比玻璃值钱,但没有设计没有打磨,就这样一块东西,也不值多少。"心里想要,嘴上还得兜着点。

奈何手上的动作早已经出卖了我们的真实想法,钱桂林哂笑说:"一件东西值什么价,得分落在谁手上,您说是不是?我也不多要,再给 2000 就行。"

"我们采访费就 2000,都给你了,再给你 2000,我们这篇稿子就白写了!"我和他讨价还价。

钱桂林笑而不语,看样子,他对我们采访的说辞,也并不全信。

我觉得可以杀到 1000,但是苟真居然直接开始从钱包里往外掏钱了。

"我这里还差 300,你给补上,回头我还你。"他说。

唉,钱在这个阶段,对他真的不算什么了。

我只好乖乖取钱,钱桂林看着我皮夹里的余钱,眼珠转了转,说:"你们去过锋锐厂没有?这厂子里面,可还有着秘密呢。这样,你们给我 500 车马费,我领你们去看。"

反正已经一败涂地,也不差 500 了。我把这钱一掏,皮夹里就只剩下 200 块。

钱桂林眉开眼笑，喜形于色，今天这个下午，挣的怕比他一个月工钱还多。

半小时后，我们再一次看见了锋锐厂的残破围墙。

钱桂林领我们绕到背后的一扇薄铁小门，掏出把钥匙试了半天没成功，也不知道是锁换了还是锈了。他骂骂咧咧地伸脚去踹，发出"哐哐哐"的巨大声响，如闷雷在这片荒园里滚过。

锁头终于被踹掉了，我们跟着钱桂林走进小门，锋锐厂毫无遮掩地出现在我们眼前。这是真正意义上的毫无遮掩，从围墙到中心建筑之间，有至少 40 米的空白区。空白区是水泥路面，质量相当不错，这么多年下来裂缝极少，所以从裂缝里长出的野草也三三两两不成规模，和围墙外几乎长成了荒野的旺盛景象形成鲜明对比。

锋锐厂的厂区着实不小，可是偌大的地方，厂房所占面积只是一小部分，大部分就这么空着，让人看着就觉得非常浪费。

"怎么是这样布局的？不该是厂房靠着一边，其他地方留出来做广场或者篮球场才更合理吗？哪有这样四面临空的。"荀真说。

这里是原纺织厂旧址，锋锐厂弄出这么个效果，怕是还得拆掉一两栋小楼才行。这绝对是刻意为之，我四处张望了一圈，然后指了几处给荀真看。那是些安装在高处的强光大灯，如今自然是残破了，当年打开之后，怕是可以在夜里把锋锐厂四周的一圈空地照得亮如白昼。

"这周围一圈就相当于隔离区,"我说,"这样一来,不管是谁要进出厂区,都会变得非常显眼。安保上这是很有效的办法,就是费地。"

"这么一说,搞得和战争片里阵地前面用探照灯来回照的荒地一样。"荀真说。

"一样的道理。"然后我转头问钱桂林:"你在这儿半夜拖着个平板车想把东西运出去?"

钱桂林撇撇嘴耸耸肩。

厂房一共三层楼,我们走过空白隔离区,走入厂房大楼,眼前的一切就是正常的破败楼房模样,这令我感觉到自己正在走入一座空壳。

钱桂林边走边给我们介绍大致布局。一层主要是仓库,二楼是生产区,三楼是办公室。说到三楼的时候,他又露出那种诡秘的笑容来,看来他说锋锐厂里藏着的秘密,应该就在三楼。

我们从一楼的东侧进入大楼,沿廊走到西侧,沿路的一间间房门都关着,生产区的大铁门上更是加挂了铁锁。钱桂林也没有领我们进去的意思,估计他根本没有钥匙。我们从西侧楼梯上楼,在二楼又沿廊走回东侧,一样是每扇门都关着。

"你这比走马观花还走马观花啊,你说的秘密到底是什么?"荀真忍不住问他。

"别急,跟我上三楼。"钱桂林果然如此回答。

三楼的楼道和一楼二楼并无二致,所有房间的门也都紧闭着。

"锋锐厂的原材料在运过来的时候就已经塑形打磨完了,所以整个工艺流程很简单,但是这个简单其实又不简单,主要分成两个步骤,你们知道是哪两步吗?"钱桂林一边带着我们向前走一边问。

这有什么好问的?

"先刻印图案,等接到客户订单之后,再刻字。"我答道。

"不不不,刻图案和刻字虽然常常有先后,但它们算是一步。还有一步。"

"还有一步?"

钱桂林停了下来,用手指了指面前关着的大门,说:"还有一步,是在这间屋子里完成的。这个就是我要说的秘密了。"

"那这另一步到底是什么?"钱桂林成功地把我和荀真的胃口都吊了起来。

没想到钱桂林却摇摇头双手一摊,说:"具体是什么步骤,恐怕除了锋锐厂老总张宏观之外,就连里面具体的生产工人都不知道。当然,对外说是请了高僧开过光的一台机器,在机器里面过一遍就好比是高僧开光的效果,特别神神道道。大家都把这里叫作开光车间。"

"高僧开光机?还有这种机器?"这答案让人啼笑皆非。

"肯定假的呗,最起码,哪有开过光反而比原来暗的道理呢?你把我给你们的那块水晶拿出来,那块就是'开过光'的。"

我从包里把水晶取出,钱桂林指给我们两个看。

他不说我们还没注意,这块人造水晶的背面果然与正面有区别。水晶是扁六棱体,前后是整块平面,两侧收窄并且有棱角突出。整块水晶只有前面是有天安门图案的,侧面和背面都平滑无字。而钱桂林指出来的背面反光度和其他几面都略有区别,仿佛有一层极薄极薄的磨砂,初看似乎是沾了一层灰,用手抹过才知道并不是灰,而是原本就暗一些。

"里面就是一台大机器,东西从一个口里送进去,过一会儿从另一个口子出来,没人知道里面究竟是怎么一个工作原理。有的时候机器有故障了,也不找厂里的维修师傅,而是请外国人来。修的时候要清厂,除了张宏观,谁都不能在里面待着。你说如果是高僧开光机,那不得请和尚来修吗?哈哈哈。"

我把水晶凑到眼前打量,但还是瞧不出"暗面"上有什么玄虚。

"看不出来的,我都用放大镜研究过呢。"钱桂林说。

不管看得出看不出,这块水晶的暗面,都必然和它的材质一样,涉及背后的最大秘密。钱桂林居然为了500块,把这个秘密留到了这里才说。

"可是这扇门,你靠脚踹不开吧,还是说你有钥匙?"

眼前的铁门,看上去比楼下生产车间的大门还要厚实。

"这门除了老总谁能有钥匙?他看这个就像看儿子一样紧。不过呢,此路不通,还有别路。"

钱桂林走到前面不远处的一间办公室前,开始踹门,没几下就踹开了。他向我们招招手,示意我们跟他进去。

这是间20平方米大的办公室,里面桌椅和橱还在,不过所有文件都已经清空了。

"这就是张宏观的办公室,紧靠着旁边的开光车间。开光车间日常工作的时候,大铁门都是关着的,只有早上上班、中午吃饭和下班这三个时间点才会开门。不过张宏观在自己的办公室里开了扇直通车间的小门,方便他随时进去看情况。"

钱桂林说的这扇小门在办公室的最里侧,是扇木门,倒是比办公室的门要结实很多。钱桂林足足折腾了小半个小时,暴力踹门和撬锁轮着来,好不容易才把门弄开了。为了让他对得起挣的500块钱,我和苟真都在旁边看着没帮手。

门开之后,钱桂林往里面张望的第一眼,倒让他自己呆住了。

"怎么回事,这机器居然还留在这里!"他惊呼。

苟真忍不住推了他一把,他这才把路让开。

眼前是一个约200平方米的大房间,在空荡荡房间的正中央,有一个被油布盖起来的耸立物体。从钱桂林的反应看,油布下面,应该就是当年被锋锐厂老总精心看护、连操作工人都不知其所以然的神秘"开光机器"。不知什么原因,这件保密等级应该极高的东西,居然就这么被留在了废弃无人的厂区里。

钱桂林小跑到了油布跟前,几把扯开固定胶带,弯腰掀起一角往里看,然后回头对我们说:"没错,就是这玩意儿。"

油布的四周被胶带包得很仔细,但毕竟这些年过去,黏性减弱了很多,我们几个一起动手,不到10分钟,油布就被协力掀了起来,露出里面开光机器的真容。

原本我心里还有些奇怪:什么样的机器可以让天天操作的工人都不知究竟?见到它真实的样子,这点疑问就自然打消了。

油布下面是一个金属长方体，高近3米，宽约2米，长度约6米有余。整个长方体都被光溜溜的金属板包裹得严严实实，只留了两个小口和一个操作台。这两个口必然一个是入口一个是出口，产品在里面完成加工。典型的暗箱操作啊。操作员肯定是按照手册工作，根本不必懂得机器的原理。但是，不管这台机器是如何运作的，它一看就是现代化的高精度机器，绝不可能和"开光"扯上关系。

我象征性地从两个开口处往里探望了一下，只能看到些不知用途的零构件。我拿起手机，给这台神秘机器方方面面都拍了照，包括仪表盘和两个开口的内部。在这过程中，我注意到机器某块立面的一角有一小处涂改痕迹，看上去像是那儿原本有一个标志，但被磨掉了。我把手机拍照功能调整到最高分辨率，把这块地方拍下来，想回去仔细研究能否复原。

钱桂林围着这台机器转了好几圈，不知在打什么主意。

荀真则在机器和大门之间来回打量，忽地说了一句："我知道为什么这机器还留在这里了。"

钱桂林忙问是为什么，我则对他要说的话有几分猜测。

"这机器太大了，根本没法从这扇门出去。"荀直宣布了他的发现，"除非把这扇门拆了。"

的确是我猜中的理由。不光从这扇门出不去，楼也下不去。高精度的机器，不可能到现场组装，估计当年运进来的时候，是把窗户卸了，用吊车直接吊进车间里的。既然能用这个办法把机器运进来，自然也可以运出去，无非是多花点工夫罢了。如果说机器是因为运送不便而留在了厂里，那只有一种可能，就是锋锐厂已经完成了它的使命，这台机器也因此无处可去，不值得大费周折地运走了。

锋锐厂的探秘之旅到此结束，在与钱桂林分开之际，我不咸不淡地提点了他一句，免得他找人把神秘机器砸了当废铜烂铁卖掉，以他的性子和表现来看，这还真是有可能。万一没人能从照片里认出机器的真身，说不定我还会回来，把它打开看看里面的构造呢。

当然，这只是以备不时之需的后手，我并不认为能用上。因为我心里已经对这台机器的用途有了大致的猜测。走出厂区的时候，我把拍下的照片传给了一个熟悉该领域的朋友，看看我的猜想是否正确。

驱车返回上海，刚转上高速，车还没并入主道，我放在驾驶座边的手机响了一声。我用眼角余光瞄了瞄，发现是新邮件提醒。

每天我都会收到好些邮件。

一封新邮件，有什么值得奇怪的？

完全没必要这样大惊小怪。

车辆并入主路。

"荀真。"我说。

"怎么？"

我把我的手机开屏密码告诉他。

"帮我看眼新到的邮件。"我目不斜视地说。

"你怀疑……不可能吧，这么快？不管那家伙是谁，总不会是鬼神吧，全能全知又神机妙算？"

"看一眼。"

我等了足有一分钟，没听到荀真的动静。转头看他，只见他捧着我的手机发愣。

"又是那个人？"看来我心里预感成真了。

"不是同一个发信地址，但我想是的。"荀真的声音并不平静。

"说什么？"

"那台机器。他解答了我们的问题，那台机器到底是什么，你大概不需要等待你朋友的回复了。"

我的天。

即便我的手机被他以某种方式监控了，但他又怎能够在我给我朋友发出求教微信的 10 分钟后就给出答案。

我收拾心情，把车从快车道转出。

"光刻机？"我问。

"你知道？"荀真再一次被惊到。

终极迷宫

我沿着最右侧车道行驶，开得又慢又稳。一辆接一辆的车从左面超过我，偶尔还有冲我按喇叭的。然而此时此刻，太多的东西在我脑子里盘旋交错，如果开到一百迈，就太危险了。

我对神秘机器身份的猜测，居然是以这种方式得到了印证。

我之前见过大型光刻机的照片，就是这样一个长方形的箱体。当然，长方形的箱子可以是集装箱也可以是电脑机箱，而光刻机是世界上最昂贵的精密机械之一，非常罕见，光靠外形不可能有这样的推测。是那块人造水晶背面抹不掉的烟雾让我有所猜想，更确切地说，是钱桂林那句"用放大镜看过"提点了我。原本剔透的晶体表面折光度下降，要么是因为材质发生了变化，即晶体表面附着了另一层东西；要么是因为晶体本身的表面平滑度发生了改变，即原本的光面变毛了。光面变毛具体是个什么概念呢，我们在飞机上俯瞰一片森林，只会觉得绿茸茸一片，离得足够近了，才会看见那些是一棵挨着一棵生长的巨树，如果水晶表面也有类似的东西，密密麻麻排列在一起，只要足够微小，那么肉眼看上去就会是一片若有若无的微尘。钱桂林通过放大镜没有看出端倪，并不能说明水晶表面没有东西，更可能是表面的东西微小到了用放大镜都看不清楚。一根头发的直径是 80 微米左右，如果是十分之一根头发的粗细，那放大镜就未必管用。甚至，我怀疑晶体表面的物质面积比微米级更小，也许达到了纳米级。就这个精度而言，只有光刻机能达到。

的确到了纳米级，至少神秘邮件里是这么说的。

  锋锐厂光刻机，特别定制于ASML，1995年，光刻精度——10纳米。

邮件里就这么一句话。

"这不可能。"荀真把邮件内容告诉我的时候，我脱口而出的是这句话。

我要求他原原本本把邮件再读一遍给我听。

然后我意识到自己并没有听错。锋锐厂三楼那台机器上被磨掉的标志，恐怕就是"ASML"了。如果没记错的话，ASML公司的光刻机，直到今天依然不允许进口中国，没想到早在20多年前，昆山就有了一台。

"为啥不可能？"荀真问。

"你知道10纳米级的光刻机要多少钱？"

"多少？"

"我也不知道确切的数字，"没等荀真发作，我就补了一句，"但是上亿美元总是跑不了的。"

"上亿！美元！"荀真在副驾驶座上蹦了起来，脑袋撞在车顶上。

"开什么玩笑！"他捂着头嚷嚷道，"锋锐厂那片园区，最繁荣的时候把所有厂连地皮打包买下来，都未必能有一亿美金。你现在告诉我，扔在那里吃灰的一台机器就要这个价？"

"不是这么算的。"我已经慢慢镇定下来，我原本就想到了光刻机的可能，只是没想到会是10纳米的精度。

"光刻机一般是用来制作硅基芯片晶体管集成电路的，ASML近10年来一直是全球最强的光刻机制造商，保持着领先对手一代的技术优势。而大型光刻机这样东西，自从诞成那天起，最先进型号的价格始终是以上亿美金来计算的。但是这个最先进，每几年，甚至每一年的概念都是不一样的。"

"我明白了，10纳米级的光刻机，就算刚诞生的时候要一两亿美金，但锋锐厂定制的时候已经不那么贵了。不过即便只有十分之一的价格，也很夸张了。"荀真以为自己理解了我的意思。

我转头瞥了他一眼。

"你明白10纳米的概念吗？1米等于1000毫米，1毫米等于1000微米，1微米等于1000纳米。一根头发的直径在80微米左右，如果把你缩小到10纳米宽，得8000个你并排躺着才够一根头发的宽度！"

"这么厉害，怪不得水晶表面看起来还是很光滑。"

他依然没有明白我的意思。

"我几个月前刚了解过最新的晶体管集成电路，英特尔最新一代的CPU就是10纳米级的，而包括台积电、三星在内的全球芯片巨头，也都宣布了自己在2018年和2019年的7纳米计划。就光刻机来说，7纳米技术已经成熟。虽然如此，10纳米级依然非常先进，价值上亿美金。"

"那……那1995年的10纳米……"苟真总算听懂了我在说什么，倒吸了一口冷气。

"是啊，1995年的10纳米。"

我沉默了一会儿，然后说："1995年，本不该有10纳米的。集成电路领域一直遵循摩尔定律，只要产品领先竞争对手一到两年，就意味着整整一代的技术差距。霸主级的行业巨头会有技术储备，但两代的技术储备也是极限了，满打满算就是4年。就英特尔来说，他们将在2020年推出的主力芯片，现在应该已经有了相应技术储备，而2022年要推出的芯片，现在也可能有了技术雏形。光刻机相对于集成电路来说是更前导的技术，但哪怕是ASML，10纳米的技术，最早也应该是2010年左右才成熟的。"

"2010年，1995年，差了15年！有没有可能，你也不是特别了解这里面的技术发展，算的有误差？"苟真说。

"我不是内行，当然会有误差。但一两年的误差有可能，15年的误差……光刻是人类最尖端的技术之一，所有尖端的东西，都必然需要大量的基础科技来配套。金字塔尖不可能凭空而来，一家公司，再怎么是行业巨头，也不可能储备这么庞大的基础科技。这种情况，在80年代的中国和西方世界之间出现过，在现在的非洲依然存在，科技代差还不止15年呢，但这是长期和人类最先进国度封闭隔绝的结果，这是美国、西欧、日本这些地方拧在一起所代表的人类现代文明两百年来积累下的科技优势。一家公司，是绝对办不到的。"

"你说得这么斩钉截铁，但现实不就是ASML办到了吗？"荀真说。

人类文明发展到现在，即便是有史可查的这几千年，隐藏在表面之下的潜流，各种旁逸斜出的天才人物、秘密组织不知凡几，甚至文明的走向，都不止目前主流的西方科技文明这一种，许多按照常理绝不可能发生的事情，也始终在接连不断地发生着。说到底，人类目光所及之处，和整个世界相比，还是太过渺小了。领先人类主流社会科技多少多少年这种事情，一家纯粹的科技公司办不到，但不意味着其他组织办不到，几年之前我所接触过的喂食者协会恐怕就是有这种能力的。虽然喂食者协会已经分崩离析，但焉知就没有第二个类似的组织呢？

这么多年来的冒险生涯，让我对整个世界有着与常人全然不同的认知。这不是一两句话说得清楚的，我也就不与荀真多解释了。

"的确，如果那封神秘来信里所说的是真的，那么ASML是办到了。"我说这句话的时候，心中某个地方忽然隐隐约约有所触动，仿佛想到什么，又无法明确把握住。那个念头一闪即逝，我顿了顿，继续说下去。

"但这未必是靠ASML自身办到的，你有没有注意到，邮件里的表述是'特别定制'？这也许是一种外来的技术。要知道在1995年，光刻机领域的霸主还是尼康，ASML处于追赶者的位置，谈何提前几代做出技术储备？这样想来，它能在上世纪末本世纪初在光刻机领域对尼康逆袭，或许有着更多的内情呢。锋锐厂背后的势力、取走汉丰湖底神秘晶体的组织，看起来比我们想象得更庞大、更不可思议。但是，我在汉丰湖底经历的那些，给我的感觉，是与这个世界本质相关的大秘密，有资格参与到这个秘密中的组织，再怎么高估都不过分。我想，我们应该正视已经发生的事情，想不通的先放到一边去，大胆推测。"

"你是已经推测出什么了？"

"不能说真的推测出了什么，我只是忽然想，如果抛开限制，只遵循基本的逻辑链，假设一切都有可能发生，那么……"我停了停，然后大胆说出了心中所想。

我介入这整个事件，源自汉丰湖底的奇异遭遇。随着那一声宏音而来的景象，已不仅仅是我的深刻记忆，更烙刻在我的魂魄中，每每我行走在路上，会觉得眼前的世界下一刻就要翻转过来。这让我觉得晶体必然非同小可，其间藏着大秘密。乃至此后一步步发现这晶体实际上只是一种纪念品，却依然觉得，这纪念品非同一般，其纪念品的外形只不过是一种掩护。这想法并没有错，神秘的锋锐厂、人造水晶的昂贵材质、光刻机在纪念品表面刻下的未知微观图案，所有这些都说明了锋锐厂所制作的东西，只是披着一层纪念品的皮，其内里包裹着的，是一个规模庞大、历时许久的绝密计划。数亿美金的光刻机与之相比都成了无足轻重之物。10纳米级的光刻机，哪怕是二手货，也是天价，但却很难对卖家解释来源，撇开1995年这个生产时间不谈，就算是型号，都必然与ASML目前标准的10纳米光刻机成品有着极大区别，为了几亿美金，而冒暴露秘密的风险，对于这个计划而言,是绝对不可接受的。所以锋锐厂三楼的光刻机,只能成为无法变卖的废品。

即便知道有神秘组织在通过锋锐厂执行一个大计划,我还是下意识觉得,汉丰湖底那一枚晶体是特别的。世界奇观的结束和晶体被取走发生在同一时刻,它怎么可能不特别呢?可就在刚才,我忽然想到,如果这枚晶体并不特别呢?这个想法一旦浮显,就像为我推开了一扇大门,大门背后的景象,我只窥探到一角,就深感震撼。

"什么叫……并不特别?"荀真问我。

"相关性问题。发生了事件A,同时出现了物品B,我们初步认为A和B相关。如果出现了100个B,那么每一个B,是否都可能与一件类似A的事件相关呢?"

荀真打了个激灵。

"你是说,锋锐厂生产的每一个纪念品,都和汉丰湖底老宅里的那一件一样?"

"既然每一件锋锐厂的产品,都用了人造水晶的材质,都用10纳米光刻机刻上了未知图案,都承担着神秘的使命,那么忽略汉丰湖底我看见的景象,就没理由认为林家老宅里的那一樽纪念品有什么特殊之处。"

"可汉丰湖底的景象,据你自己说,是了不得的大奇观啊。难不成锋锐厂的每一件产品都会造成这样的奇观?锋锐厂存在了10多年,那就有几万甚至几十万件人造水晶制品啊!像我这样被似真似假双重记忆困扰的人,如果也是因为这种东西受到了影响,那么难道这个世界上,会有几十万和我情况类似的人吗?"

"如果不是你我有着类似的经历,对别人说起自己遭遇了这种事情,只会被当成疯子吧。"

"也许我们就是疯子。"荀真说。

"你知道中国有多少精神病人吗?几千万!这几千万人里,如果有1%和你有一样的遭遇呢?"

听我这么说,荀真不禁苦笑。

"你不去当漫画家真是太可惜了,你这个记者脑洞比我还大啊。"他说。

脑洞比他大,只不过因为我见识过的世界,比他见识过的大而已。

"汉丰湖底我见识到的那番世界奇景,如果一本正经对别人说,真会被当成神经病。可是你我都有的那种双重记忆,正常人也是有类似经验的,只不过程度要轻得多。明明记得说过的话,别人却坚持说没听到,明明记得放在这里的东西,结果却在另一个地方找到,这样的事情,每个人都很熟悉的。"

"可这不一样的吧?那种情况……是记错了吧。"

"真的只是记错了?和我们的情况相比,到底是本质不一样,还是程度不一样?"我问他,"其实,很难分得清楚吧。"

"不不,你说的那些每个人都会有的记忆错误,基本都只发生在小事情上。人对小事的记忆本来就没那么深刻,记错也正常。我不相信在特别重大的事情上,也会有那么多人有记忆错误。"

"不能这么说。对小事情的记忆就不深刻吗?你回想一下,发现自己的记忆和现实情况有区别时，我们通常是非常错愕的，这种错愕恰恰来自记忆的清晰。我觉得自己说过某句话，说话时的口气和场景都有印象，别人却坚持说没有听到。那种违和感是非常强烈的，和事情的大小没有关系。如果一定要联系到事情的重要程度，我倒想起了之前网上有过的许多讨论。你知道所谓的'名人死亡错觉'吗？这够不够重大？"

"啊！"荀真叫起来，"你指的是那些我们以为已经去世了，其实还活得好好的人？"

这是一个曾经非常热门的话题。尽管很多相关的帖子已经被删除了，但在搜索引擎中输入"时间重置""午马""肥猫"等关键词，还是可以看到许多痕迹。当时参与讨论的人数以万计，他们发现在自己的记忆中，许多明明已经死去多年，死因和相关新闻报道都有印象的名人，其实还活得好好的，或者才刚刚去世不久。这不是一两个人的记忆错误，大量的跟帖回复显示，太多人有着相同的错误记忆，以至于有人提出，是不是有一些人的时间，被"重置"了？这些错误记忆牵涉的名人，不仅有明星，还包括了曼德拉这样的政治人物，他们的生或死，当然不是日常生活中的小事可比的。

说实话，对于这场讨论中涉及的一些人物，我也有类似的错觉。但由于缺乏合理的解释，所谓"时间重置说"属于完全没有依据的凭空假设，我也就一笑置之，没往心里去，估计荀真也是同样的情况。可是现在，把这个现象与我们此回的遭遇联系起来，便可以发现显而易见的共同之处。

"似是而非的记忆,仿佛真实经历过,但在现实世界里又确实没有发生。这样的经验,并非你我独有啊。锋锐厂在运营的十几年间,不知散播出去了多少件经过特殊处理的纪念品,不说遍布全国,至少也覆盖了经济发达地区吧。如果我们的双重记忆、你的双重人生真的与那件小小的人造水晶纪念品相关,那么受此影响的总人数,可能超乎我们的想象。"

"他们究竟想干什么?"荀真直愣愣看着我,"我希望你是错的,我们只是特殊的个案。否则,这就不是几十万人记忆的问题,而是……我不知道该怎么说,这是对整个世界的影响,对时空的影响啊。怎么可能会有这种事呢?人类这个族群对于地球而言,不过是数十亿年生命中的微小过客,'人定胜天'到现在也依然是一句笑话,你要让我相信有人能造成这种级别的影响?"

"我也只是大胆假设。如果我的假设成立,那么你我所受的影响,明显要比其他人程度更深。就怕这是一种逐渐加深、愈演愈烈的影响。不过,根据这个假设,也许我们可以多一条追查的渠道。"

如果这么多年间,真的有如此之大规模的人群受到影响,那么除去时空重置的讨论,网上一定还有其他痕迹,只是零散不成规模、不受重视而已。当然,要在网上的一片沙砾中分辨有价值的珍珠,工程浩大,豆瓣上的废屋环游小组没准是一条捷径。许多人在废屋环游组里分享奇怪的"撞鬼"经历,这其中有一部分可以和双重记忆扯上关系。或许这些人撞的不是"鬼",而是一块人造水晶纪念品呢。

不过思路再多,也得等回到上海才能着手去做。到上海的第一件事,自然是去找台显微镜,把水晶上的纳米级图案解读出来。那一定是非常重要的线索。

此外还有锋锐厂老总张宏观的去向。张宏观一定是了解内情的,他是连接锋锐厂与背后神秘组织的纽带。如果搜寻他的下落有难度,找到锋锐厂曾经的销售人员也是有价值的:拿到锋锐厂的销售清单,探访锋锐厂的客户,再顺藤摸瓜找到被赠送纪念品的人,看看他们有没有碰到什么怪事。当然这基数太大了,没有足够的人手,单靠我和苟真,难度甚至更超过在网上搜索。

能做的事情忽然变得非常多,千头万绪,我真希望有谁可以帮我梳理一下。人是不能走捷径的,因为捷径走得多了,就会有依赖。在面对一大堆线头的时候,我突然想到了那两封神秘邮件,那个人是不是可以为我们指一条明路呢?当然,我立刻把这个念头压了下去。

出高速过收费站的时候,我想问苟真有没有零钱,发现他睡着了。我心里一沉,觉得他剩下的时间可能真的不多了。先前我们讨论了一路,脑内激荡,此刻我犹自兴奋不已,一个接一个的念头此起彼伏,而苟真却已经不堪劳累。

堵进市区已经是晚饭时间,我买了点麦当劳扔在车上,把车停在复旦大学停车场,一边刷手机一边吃。

苟真大概是被饿醒的,我听到他在吸鼻子。我递了一份快餐给他,他啃着汉堡往车外打量。

"这是哪儿?你没回家?"车外黑乎乎一片,根本看不出所在何方。

"复旦大学。我托人借了电子显微镜实验室的一台设备一个机时。"

托的当然是梁应物,他有一个复旦大学生化系助教的职务,显然只是用来掩护身份。随着他在X机构里职位的上升,这个掩护身份越来越不重要。他早已经不在学校里带学生,复旦的教职对他而言可有可无,否则任何一个同年进校的教师,现在最差也是副教授了。

X机构里当然也有一流的电子显微镜,但一来保密级别太高,哪怕是梁应物要带外人进实验室也没那么容易;二来梁应物此刻不在上海,电话里他没说自己在哪里在干什么,我也知趣地没追问。

荀真几口把汉堡塞进嘴里,说:"那还等什么?快去吧,你该早点叫醒我啊。"

"你当我在等你?不急,喝点可乐吃几根薯条吧,还得等半个小时才轮到我们。这种实验室的高级设备机时都排得很满,我们得等研究员用完了再用。"我说着继续摆弄手机。

荀真哦了一声,低头继续吃。等吃得差不多了,他抬头瞥我一眼,大概是瞧见我没在刷微博也没在玩游戏,顺嘴问:"你在干吗呢?"

"我在查锋锐公司的情况,注册资金、实际控制人、张宏观的背景之类。"

"啊?"荀真脑袋凑过来,看见我在用网页搜,啼笑皆非。

"你就这么查,能查到什么有用东西?"

"并不能。"我冲他笑笑,把手机收起,开门下车。

"走吧,这会儿走过去正好。"我说。

梁应物帮我联系好了一位姓张的教授,我自己可不会使用电子显微镜。张教授接我们进了实验室,互换名片之后,我才知道他是实验室的副主任,梁应物的能量还真是不小。

实验室里的设备我基本上都不认识,只能猜测那大多是不同型号的电子显微镜。现在这个时间点,许多设备前都还有人在操作。张教授把我们引到一张空着的台子前,上面摆着一台主体是圆柱形的设备,旁边是一组显示屏,最大的一个足有40寸。

"就用这台吧。"张教授说,"你们是要看什么东西?"

我从包里取出人造水晶,说:"我怀疑这上面有非常细微的图案,有可能是10纳米级的。"

张教授把水晶接过去,笑笑说:"这台显微镜虽然不是我们实验室里最好的,但也能看到3埃。3埃就是0.3纳米,看你这个东西应该是够了。"

说完他开始打量这块晶体。看到天安门图案的时候,表情变得有点古怪。

"纳米级的图案,在这块东西上面?"他问。显然他也觉得这块水晶实在太像普通的会议纪念品了。

"应该是的,不过不是在这一面。您把它翻过来,对,就是这面,您看它表面的光泽和其他面有点不一样。"

尽管心里颇多狐疑,张教授还是没有多说什么。我毕竟是梁应物介绍来的，再说到底有没有纳米级的隐藏图案，用显微镜一看就知道了，无须多言。

张教授把晶体放到显微镜下，一边调着镜头，一边问我："你知道图案大概在什么位置吗？要真是纳米级的图案，放在这么大的一个平面上，就像在太平洋里找一艘小渔船啊。还是说这一整面都布满了图案？"

"可能是布满图案的吧，因为这一整面的光泽都比较暗。"

"那样的话，可真是……"张教授忽然停住了，因为此刻显示器里已经出现了相当清晰的图案。

这图案并没有想象中的玄奥，只是一个个分布不均的点，屏幕上一眼望去，怕有不下几百上千个点。这么多的点合在一起，却没有组成什么我能看懂的图形。当然，更有可能的是出现在屏幕上的只是一小部分，未能窥得全豹。

只是多看几眼之后，我隐隐觉得，这些点之间似有规律，然而具体是怎样的规律，一时之间又说不出来。

"这个是……"张教授欲言又止，然后把图像缩小，让屏幕上能同时显示更多的点。

如果说刚才是几百上千个点，那么现在屏幕上出现的就是上万个点。没法再缩小，再缩就看不清点了，但饶是缩到这样的程度，还是没有看出这幅图像的边界。当然，如果这面晶体上布满了这样的点，那么现在呈现的还不足万分之一，看不到边界再正常不过。

苟真是漫画家，对图像的敏锐度远超常人。这时他倒是看出了些门道，说："好像有些点排列得比较密集，形成了一些直线或斜线。"

我忙问他在哪里，他指给我看。

"但这些线又是什么意思呢？"

"我大概知道这是什么东西。"张教授说。

他再次操作显微镜，这次却不是放大或者缩小，而是让镜头向着某个方向平移。他的眼睛紧紧盯着屏幕，像是在寻找或分辨什么东西。然而在我和荀真的眼中，那只是一堆看不出规律的点的集合。

张教授终于停了下来，他长出了一口气，用手指了指图中心的位置，说："我找到1了。"

1？这不就是一个普普通通的点吗？我不明白。

"现在我们看到的，应该是这幅图案的中心位置。没错了，这是乌兰螺旋。"张教授说。

"哪里有螺旋？"我都快把眼睛看花了，也没分辨出螺旋的轮廓。

"不是说这上面有螺旋，而是这个图案叫乌兰螺旋，也叫质数螺旋。你知道质数吧？"

"就是不能被1以外的数字整除的数字吧。"我说。

"应该说是不能被1和它自身以外的因数整除的自然数。"作为一名老师，张教授忍不住纠正了我的错误，"这里有个很著名的故事。1963年，美国数学家乌兰在参加一个学术会议时因为太无聊，在纸上打了方格，然后在方格里填数。他以1为中心，把1、2、3、4直到100以逆时针螺旋的方式排列,然后把其中的质数圈出来,发现这些质数都呈直线排列。回家之后他又把这张图上的数字范围扩展到1~65000,其中的质数依然有很明显的直线排列特征。所以把自然数螺旋排列,圈出其中的质数,就会得到质数螺旋。通常质数螺旋图不会标明具体的自然数,而是把质数标为黑点,合数标为白点,这样得到的图更清晰直观。"

"清晰……直观吗?"我看着眼前乱麻一般的点阵图案发愣,科学家的脑子果然是和常人不一样的。

"可是这个质数螺旋代表着什么呢?"荀真问。作为一个漫画家,我相信他对科学的概念要比我更差一些。

"代表一种质数的规律啊,只不过这个规律是通过图案表现出来,而不是通过公式定理。质数看似是随机分布的,甚至没有任何一条可以完整定义质数分布规律的假想,所以可以揭示部分规律,在数学上也有非常重大的意义。"

我听得似懂非懂。物理方面的常识我还了解一些,但数学对我来说实在是比较困难。

为什么这块水晶上要刻乌兰螺旋?我曾经设想过,上面可能是怪异的图画,或是一幅地图,甚至是难以理解的陌生符号,总之是需要进一步破解的东西,但居然是质数螺旋这种含义清晰无误的纯粹数学概念。没道理啊,感觉它像是一堵厚墙,直接堵死了前进方向。

"麻烦您再瞧瞧这块水晶上的其他地方,看看会不会全是这乌兰螺旋。"我说。

自然数是无穷无尽的，质数当然也是无穷无尽的，乌兰螺旋可以延伸到无限大，要铺满这面水晶当然不成问题。

"这倒不一定，质数螺旋的规律性只在一定的范围里，超出后就看不出这种规律了，太过庞大的质数螺旋图不是特别有意义。"

张教授的判断是正确的，很快屏幕上就出现了其他内容。这次不是点了，而是数字和一些数字符号，它们似乎组成了一些公式，有些简单，有些非常繁复，不管哪种我都不明含义。也有一些汉字，但显然都是关于数学的。

"难道说它破解了质数螺旋？"荀真突然想到了某种可能。

"不不不，这些应该是……应该都是……不过我不是研究数学的，也不能完全确定。"张教授话说了半截，然后忽然吼了一嗓子。

"谁对数论熟悉的，过来瞧一眼啊。"

他突如其来的大嗓门把我和荀真吓了一跳。

一个年轻人闻声跑过来，不知是研究生还是助教。

"你看一下，这都是数论内容吧？"张教授说。

"这个是高斯整数，这个是在说华林问题、四色猜想，嗯，这是莱文森对黎曼假设的部分证明，还有温德、赖特、范德卢纳关于黎曼假设的论文。啊，这应该是拉特马赫对'7+7'的证明，然后是埃斯特曼的'6+6'，看来这块都是关于哥德巴赫猜想的证明。唔这个，看起来应该是关于BSD猜想的，想不起来是谁的论文了。"

张教授移动镜头，来帮忙的年轻人随之说出一个个数论中的名词。张教授又把镜头快速移动到另一个位置，如此几次之后，镜头移动到了水晶平面边缘，出现在屏幕上的依然是数论的内容。

"看起来，这整面水晶上全是数论了。"我说，"可这没有上亿字符也有大几千万吧，数论有这么多内容吗？"

"怎么会没有？"这次回答的是那位年轻人，"别的不说，就只费马大定理，几百年来就有无数数学家耗费了大量心血。怀尔斯能最后解答，也是建立在前人研究的基础上，而光他最后证明的论文就有130页了。如果把历年对费马大定理有切实贡献的论文都找出来，至少得有几千页吧，算成字符也得有几百万了。数论这东西，是最最基础的科学，又是最最前沿的科学，多少人耗干心血在这上面啊。"

"人类文明的精华。"我说。

"的确可以这么说。"张教授同意。

"好像……不光是数论。"刚才一直在沉默的苟真忽然说。

"你看出别的内容了？"我问他。

"不是内容，是图案方面的。这些数学公式、阐述没问题，咳，有问题我也看不出来。不过我看有的地方排列很紧，有的地方又有大片空白，只是现在看到的太局部了，这些错落的排列代表什么，得再缩小来看。"

他这么一说，我也意识到了，刚才张教授在移动镜头的时候，可以看到一些地方有大片的空白，什么都没刻。

张教授开始缩小图像，就像最初观察质数螺旋时做的那样，不过这次缩小的比例更大。当放大倍数从可以看清10纳米级升到微米级后，具体的数字符号已经小得看不清楚了，很多行——也许是10行、20行字符并成了一条略粗的线，这些线在屏幕上弯来绕去，而荀真所说的空白，指的就是线与线之间的空隙。

张教授再一次调整缩小倍数，这根略粗的线变得越来越细，直至在屏幕上微不可察。到这个时候，整个大屏幕所展示的面积，也不过只有零点几平方毫米。

"迷宫啊。"我轻声说。

我把目光从屏幕上移开，望向荀真。

"是迷宫。"荀真用更肯定的语气说。

这真是超出想象的图景。刻在这块人造水晶表面的，竟然是一座巨大无比的迷宫。迷宫中的路径就是留白处，而路径两边的墙，则是由几十行数论内容组成的。

这是一座真正意义上融合了人类智力最高水准的迷宫。

我本想把这座迷宫图拷贝带走，张教授却很为难。刚才只是蜻蜓点水地看了整幅迷宫图的微小局部，要用电子显微镜把图像全部扫描进电脑，不知得花费多长的时间，不可能让我占用设备这么久。再说这图实在太大了，即使扫进了电脑，也是容量巨大，又要用什么工具来打开？或者可以把它分成一万张，但回去后又该怎么拼凑呢？一万张分别看一遍然后在脑中拼成一整幅？脑容量明显不够用的啊。念及此，我便只有放弃，再一次深深领教了这幅刻在小小水晶纪念品上的迷宫之巨大。

与教授告别,我和苟真在夜色中往停车场走。

"如果把这座迷宫放大到正常尺寸,抛开数论内容不谈,就是结构本身,一个人也几辈子都走不出去的吧。"苟真感慨道。

冷风一吹,他的身形晃了晃,我忙扶住他。

"你是不是在发烧?"

"没事没事,有点低烧吧。"苟真稳住身子,摆摆手。

"为什么是数论呢?"他喃喃说着,"你说,如果有什么其他的信息夹杂在里面,比如一个人名、一个银行账号、一串保险箱密码,要把它找出来,那简直就像在大海里捞一根针。如果不把全图扫描下来,让电脑搜索,单靠我们的肉眼是不可能完成的吧。会不会真有这么根针藏在里面呢?"

"也许有,也许没有,但凭我的直觉,数论内容不像是无意义的掩护,我相信它是有含义、有作用的,只是我们现在还不知道。"

"你为什么这么想?"

"因为美。想想一座由数列问题组成的庞大迷宫。刚才你说把迷宫放大到正常尺寸,我想,如果这是一座真正的迷宫,人走在其中,两边是几乎无穷无尽的数列迷思、各种各样穷极智能的发问与回答,这是何等神秘的壮美啊。而美本身就是有价值的。"

我们走进停车场,找到车子坐进去。发动之后,我却不急着离开,而是掏出了手机。刚才在实验室里我把手机调成了静音,现在一看,果然有一封新邮件。

我不禁"嘿"了一声,把邮件点开。

"怎么了?"荀真问。

"我等的答案。还记得我先前用手机搜索了锋锐厂的消息吗?"

"啊,又是那个人?"荀真立刻反应过来,"你觉得他一直在监控你的手机,所以故意搜索,放出信号,等着他回信告诉你答案?你是醉翁之意不在酒啊。"

我盯着手机没说话。

我所关心的,这封信里都给出了答案。

但我万万没想到,会在答案中看到这个名字。

"给我看看。"荀真说。

我把手机给他。

他只扫了一眼,就叫出声来。

"林婉仪!"

对"过去"的投资

凌晨一点,我驱车到约定的路口。那儿有一辆深色的沃尔沃,我对了一下车牌,没错。

我停在它后面,下车走过去。沃尔沃驾驶室的车窗降了下来,司机探出了半个脑袋。

我以为来的会是一位面貌木讷的中年男人,不料竟是个有着一头怒涛般卷发、双唇如火焰的女郎。

"那多老师吗?我是梁主任的同事桂霖。"

"不好意思,要麻烦您在这里给我看一下。"我说着把已经关机的手机递给她。

"没问题,大概情况梁主任已经和我说过了。"

"我之前请一个朋友检查过,没查出来。我想只有拜托你们机构了。不过查出来之后,麻烦不要直接把监控掐断,给我留一个口子,我也许能用上。"

"明白。8小时之内,会给您结果。"桂霖干净利落地回答。

邮件背后的神秘人实在太可怕,不把这个问题解决了,我寝食难安。但他的手段再高明,我也不相信可以瞒过 X 机构。

尽管相对于最早时候的态度,我已经有所妥协,试着利用神秘人的情报来推进我的调查,但对方必有所图,还是要做好防范。

梁应物给我找的这个对接人让我意外,我原本以为 X 机构里都是学者式的研究员，没想到还会有桂霖这样的人物。倒不是说学者里就没有美女，但桂霖的气质，一望便可知绝非是待在实验室里搞研究的。只能说，X机构发展得越来越大，人员也越来越复杂了，早已不是我曾经以为的那个纯粹的超自然力研究机构了。

回到家的时候，先前早就困顿不堪的荀真居然没有睡觉，而是在客厅里看电视。现在还看电视的年轻人越来越少了，我家的电视机已经几个月没有打开过。荀真明显不是真的在看那档台湾乡土剧，双眼放空，不知在想什么。

当然，他想的除了林婉仪，应该不会再有别的了。

最新的那封神秘邮件，提示了林婉仪的另一重身份。

邮件内容一如既往地简洁，但这一次并不简短，相比前几次只有一两句话，这一封信要长得多。

信的第一段关于锋锐厂：昆山锋锐工艺品有限公司，成立时间1994.10.16，停止生产时间2009.12.31。

信的第二段关于厂长张宏观，不仅有他的出生年月，还有国籍（印尼华裔），以及他从小学开始的履历。从1994年到2009年他当然是锋锐厂的负责人，但值得注意的是，张宏观在1994年之前和2009年之后至今，都是在同一个地方工作。而这个地方，一个是注册地在开曼群岛名为"圣梵利诺"的基金会。

信的第三段，是关于锋锐厂金额在100万元以上的大笔资金的往来记录。从启动资金开始，到锋锐厂歇业为止，15年间共有九笔打进锋锐厂的大额款项，总计2900万元。这笔钱应该就是用来弥补锋锐厂运营亏损漏洞的，数额巨大，但和光刻机的价值一比，又不值一提了。除了具体金额和确切打款的时间之外，竟然还有详细的路径，让人再次惊叹于神秘人的能力。钱是由什么账户汇入锋锐厂的，而上一级、再上一级的账户又是哪里，全都一一标明。每一笔钱都转了五次以上，其中至少三次是发生在境外的，还是在不同国家。这么汇钱就是为了防止他人追查，光靠我个人绝不可能查清哪怕其中一笔，可现在一切信息都清清楚楚列在了邮件中。这九笔钱，每笔的路径都各自不同，但源头是相同的，就是开曼群岛的圣梵利诺基金会。如此一来，张宏观的真正身份不言而喻，他自始至终都隶属于圣梵利诺基金会，这十几年待在锋锐厂，只是基金会的外派工作而已。

张宏观现在的联系方式，邮件中并没有给出。相信并不是神秘人查不到，而是知道当我们把这封邮件看完的时候，就不会再有兴趣去和张宏观见面。

信的第四段，是关于圣梵利诺基金会的。

基金会财产规模为 30～60 亿美元。光这一项，就可以知道它的实力有多可怕。这指的不是几十亿美元的现有财力，而是以神秘人的能力，竟然不能给出一个确切规模来，估计的数字范围高低相差一倍，可见圣梵利诺的保密工作做得有多么出色。我在惊叹这个基金会的能量的同时，也对神秘人稍稍放心了一些，他终究不是无所不能的，也许他要对付的就是这个基金会？

圣梵利诺基金会成立于 1947 年，同样没有精确到月和日。股东成员一项索性写着"不详"，基金投资方向中写着"调查研判中"。最最基本的基金会人事架构、历任主席的名单都是不全的，其中一些年份没有名字。最近的两届是有的，1991—2017年是林正道，2017年换了主席，新任者是林婉仪。

我刚看到这封邮件的时候，问过苟真，会不会是同名同姓？苟真答，林正道是林婉仪的父亲。

如此峰回路转，着实让人意想不到。

这一切事情的起源，是苟真对林婉仪记忆的重叠。正是他对这段重叠记忆的求索，才有了汉丰湖和红布寺之行，有了我的加入，有了锋锐厂秘密的挖掘。在整个追查的过程中，苟真还一直注意回避着林婉仪，生怕直接找过去问她"你有没有和我共同生活的记忆"之类的问题会很尴尬。即便是我，也从未想过，林婉仪除了与苟真有一段感情纠葛，还会在这个事件里占据其他位置。可现在，神秘人的邮件里，幕后黑手圣梵利诺基金会的两代主席，竟然就是林氏父女。由此想来，那块晶体被从林家老宅里取出，就一点都不令人意外了。我原本觉得林家老宅的晶体可能并无特异之处，所有的锋锐厂晶体都是一样的功能，但在得知林婉仪的另一重身份后，这个推断又未必站得住脚了。

看见苟真坐在沙发上放空，我问他："在想林婉仪吧？"

他"唔"了一声。

"你关于她的记忆里，尤其是你的另一重记忆里，在那里你和林婉仪有着那么密切的关系，可以说是长时间地共同生活了吧，就没有关于圣梵利诺基金会的内容？"

苟真有些木讷地抬眼看我，缓缓摇头："今天之前，我从不知道有这样一个基金会。"

我见他这副样子，有些不忍，说："现在太晚了，不管怎样，先睡觉吧，养足了精神我们明天再讨论。"

他却仿佛没听到我的话，喃喃自语："那么熟悉的一个人，熟悉到一闭上眼就能看见她，一安静下来就能听见她的声音，可这一下子，就变得陌生了。我是从来都没有了解过她吗？"

世上难以了解之物，首当其冲无疑就是人心。我心里这么想，此时此刻却不能流露出来。

我走上去，双手抓住荀真的肩膀，用力摇晃。

"林婉仪是今年才当上的基金会主席，邮件上也没写具体月份。也许她是最近两个月才接任的，所以你关于她的双重记忆里没有这部分也正常。"

荀真推开我。

"行了，安慰得太拙劣了，我没你想的那么脆弱。"他疲惫地斜靠在沙发上，但神色变得正常起来。

"虽然今年才接任，但如果林叔叔确实做了那么多年的基金会主席，她是不可能到今年才知道的。另一重记忆是另一条时间线，我也想过，在那条时间线里，她和林叔叔会不会与基金会没有关系？但这个可能性太低了，我不想那么悲哀地骗自己。我和她有没有在一起，只取决于一念之间表白与否，而那样庞大的基金会，要成为首脑，绝不可能只取决于一个偶然的选择，那是一步一步，不知通过多少个选择、多少次连锁反应才能达成的。林叔叔在任的时间就足足有 26 年，在这之前，林家就和基金会没有关系吗？绝不可能，必定是早就有千丝万缕根深蒂固的关联，也许从基金会成立那天起就有了。如果他们父女两代都做到了基金会主席，那么即使某条时间线中选择不同，他们也一样会是基金会的重要成员。另一重记忆里，我没办法记清每一件事，只有少数较清晰的相处片段，大多数还是模模糊糊的一种印象。在那些印象中，我和婉仪并非时时刻刻都在一起，她有自己的世界自己的生活。我本以为她是忙于科研课题，而现在，当然就很清楚了。"

荀真站起来，走回客卧，把门关上。

我叹了口气，客卧的门却又开了。

荀真站在门后。没有开灯。他隐在黑暗阴影里，我只能看见他双眸里微弱的反光。

"其实，我并不真的关心圣梵利诺基金会，也不关心锋锐厂到底要干什么、人造水晶上刻的是什么图案，还有你听见的声音、看见的分裂世界……这所有的一切，如果我还好着，还是在一年以前，我会很好奇，我会想要知道答案。

"但是，我就要死了。这一整个世界，好或者坏，普通或者神奇，都和我没有关系了。我唯一挂念的，就只有一个人、一件事。我剩下的时间越少，心底里就越发地清楚自己要的是什么，那就是我和林婉仪的这段感情、这段经历、这几千个日日夜夜到底算什么，是虚妄，还是存在？如此而已。那多，我想好了，我要去找她，当面问她。"

"好，我同你一起去。"

黑暗里传来一声低低的"嗯",似回应似叹息,然后门关上了。

我躺到床上,仿佛被荀真的情绪传染了,只觉得心头压有重石。闭上眼睛,无数的意象纷至沓来,它们自黑暗深渊里浮出,一重一重扑在我脸上,盖住我的口鼻眼耳,又慢慢融进去,消失不见。我猛然坐起,用力晃动脑袋,想把这些甩开。

我打开台灯,爬起来找了一支烟点上,坐在床沿吸。金红的烟头在昏暗的房间里一明一暗,仿若海面上浮浮沉沉的浮标。我想借丝丝缕缕的烟气让膨胀的脑袋冷静下来,理出些头绪,但并未成功。

这不是我经历过的最艰难的调查,远远不是。多少次,我因着自己旺盛的好奇心,循着事情最初的那一丁点儿不寻常之处,抽丝剥茧,让若隐若现的事件脉络一点一点清晰。其间线索会断裂,会纠缠,会回到原点,都再正常不过。这世界的另一面本就不易让人得见,它在常人的理解认知之外,并且天然地被一重重遮盖起来。我用自己的头脑和行动力,打下一口又一口的深井,当最终有一口涌出泉水时,心中长舒一口气的甘美,就是对我全部努力的最好回报。可是这一次全然不同,不因其艰难,恰恰相反,所有的线索,都来得太容易了。牵起一根线头,稍稍一拉就又出现了另一根,像雨后森林里的蘑菇,争先恐后往外冒,以至于到了现在,线索多到来不及一一调查了,背后有一股强大的力量推着我向前飞奔,太不正常。这样不由自主的奔跑,让我开始警惕乃至恐惧,非但看不清脚下的路,前方是南墙还是断崖,是会撞得头破血流还是坠入深渊，都不由自己控制了。

熄灭烟头的时候，我结束了这场形而上的担忧，强压下心头的不安，告诉自己要快点入眠。如果没有看得见摸得着的证据，我不可能因为这种虚无缥缈的恐惧而停下脚步。

我想我没睡多久，也许只有两三个小时。看看时间，早晨7点。半坐在床上，整个人犹自昏昏沉沉的。依稀记得昨夜是在对神秘邮件背后人物的各种猜测中睡着的，那种感觉像是溺水前拼了命的自救。我觉得自己是想到了什么的，但此刻怎么都回想不起来了。

我用备用手机给桂霖发了条短信，然后去洗漱，没想到牙刚刷到一半，手机就响了起来。我满嘴泡沫地跑回去接，是桂霖。

"太不好意思了，这么早就打扰您，没想到您会这么快回复。"

"没什么，答应了您8小时之内的。其实所有检查在1小时前就结束了，其中几个关键部分又我复检了一遍。"

"那结果是？"我一颗心提了起来。

那边稍稍沉默了一小会儿，然后说："没有。"

"没有？您是说没查出来？"我大大吃了一惊。

"是的，没有查出来。我们没查出来，应该就是不存在任何形式的入侵。您的手机是干净的。如果您方便的话，半小时后我会把手机送到您家楼下。"

"……好的，麻烦了。"

挂了电话，我的心情又沉重了几分。X机构对我的手机下了结论，这是我所知道人类最顶尖的科研机构了，不管是明里还是暗里，我绝对应该相信他们的判断，可如此一来，神秘人到底是怎么知道我的一举一动的？

拿回手机的时候，我拜托桂霖帮我们尽快搞定去法国的签证。人家辛苦了一晚上，说完谢谢立刻又有新的请托，挺不合适的，但我也找不到比X机构更强有力的途径了。谁让梁应物不在上海呢，这个情回头让他自己去还吧。

据荀真所知，林婉仪目前在法国量子研究中心工作。在另一重记忆里，林婉仪在法国待了三年就回国了，而现实中，林婉仪始终没有回国。这里面应该关系到她与荀真的感情因素。正常的拜访，还是跨国的，无疑应该事先联系好，以免扑空。可是我和荀真商量再三，还是打算不告而访，如扑空了再另想办法。有了圣梵利诺基金会主席这一重身份在，林婉仪就绝不是荀真所熟悉的那位单纯的科学家，先行告之的话，能不能见到不提，恐怕还会惹来其他阻碍。

上午的时候桂霖发来消息，说签证会在今晚5点前办好。我猜X机构走了外交途径，否则绝无可能这么迅速。我订了当晚直飞的机票，商务舱，这回是荀真出的钱。

收这则签证消息的时候，我刚用回了确认无人入侵的手机。因为某种说不清道不明的情绪，我第一时间登录了邮箱，检视未读邮件。我把所有未读邮件看完，删除了几封垃圾邮件，大概耗时一分多钟，然后新邮件到来。

是他。

无论内容是什么，这样的速度和节奏，简直是一种示威。干净的手机里来了一封不干净的邮件,手机真的还干净吗?或许根本就不是手机的问题,而是我所处的环境——我的家里、汽车上、苟真的手机里、我的衣服上甚至我的身体本身。最后那种可怕的怀疑并非无稽之谈,据我所知,最先进的技术已经可以利用机械昆虫来发射尾刺式跟踪芯片,被植入者的感觉和被蚊子叮了一口差不多。可即便有这样那样的怀疑,没能锁定确切方向之前,再向 X 机构求助就逾矩了。我的个人安危并没受到威胁,这种情况下难道让人家给我来一次大型拉网式"消毒"检查?我真没那么大脸。

邮件的内容,是之前那封信里还在"调查研判"中的圣梵利诺基金会投资方向。上封信接收到现在短短 10 个小时,这么点时间,居然"调查研判"已经有了结果。这没有让我对神秘人的能力产生惊叹,反倒觉得他步步为营,一点一点地释放消息,控制着整个事件的进行节奏。

不过,又能怎样?我还不是要乖乖地点开邮件看看到底写了什么?目前彼此的信息严重不对称,被牵着鼻子走也没有办法,但随着我知道的越来越多,这种不对称会慢慢平衡,我总会找到扳回一局的机会。那么多次冒险后依然活着的我,有这样的信心。

圣梵利诺基金会的投资方向,哦不,这封邮件里稍微变了说法,是"基金会资助项目"。称呼的改变暗示了基金会的非营利性,投资是要回报的,而资助……当然也要回报,但未必是金钱方面的回报。

邮件中列出了从 2000 年至今的 123 笔资助(注明了是不完

全统计），每笔在数十万到数千万美元不等，总金额高达8亿美元。不知还有多少资助是没被神秘人调查出来的，如果说还藏着一半的话，基金会每年都要往外撒超过1亿美元。

这123笔资助，由40多个接收方接收，它们有的是社团，有的是项目运营方，没有个人，也极少有商业公司。表单上有好些社团从2000年开始，每一两年就会收到一笔钱，看起来圣梵利诺是它们的长期金主。

最让我诧异的不是如此之大的撒钱规模，而是基金会的资助对象，全都非常的"不正常"。

具体都有哪些资助对象呢？除开一些以人名或其他不知含义的词来命名的组织，我再举一些一望即知其"不正常"的例子：感知研究所、全球神话溯源计划组织、美国鬼屋探险会、世界灵魂研究会、濒死体验计划组织、欧洲人脑研究所暨爱因斯坦大脑研究所、复活协会、二世人互助会、西伯利亚遗弃城市群落考察计划组织、废屋环游小组、亚洲非人聚会……

没错，这里有两个非常熟悉的名字："废屋环游小组""亚洲非人聚会"。

在豆瓣上有一个废屋环游小组，我之所以会去汉丰湖，就是因为在小组里看到了组团去汉丰湖的帖子。这样一个小组居然会得到圣梵利诺的资助，就算它是豆瓣上成员有几万人的大组，也未免有些不可思议。这笔资助显然不是通过官方给予的，估计是从组长管理员的小团体中拿的，至于用途，或许是针对一些特定目标冒险行动的资助？

而亚洲非人聚会，我第一次知晓是在 2004 年夏天，当时我是一个快要死去的病人，请求参加聚会的一位非人朋友给予救助。之后在 2005 年，为了破解泰山石碑上的星空之谜，我和聚会的召集人 D 爵士正式见过面。这个世界上，出于各种各样或先天或后天的原因，有一些人脱颖而出，能行常人不能行之事。他们有的被看作神，更多的则被当作恶魔或怪物，甚至一些也并非人类，只是与人类共同生活在地球上的智慧生命。他们自有风光之处，但内心的孤独远非常人能够想象。亚洲非人聚会顾名思义，并非是一个组织，而是有一种定期会面的传统，然而近几十年出了一个 D 爵士，人脉手腕俱是非凡，把每一次的聚会搞得有声有色，于是原本松散的单个异类，也开始慢慢相互协作起来，算是逐渐有了一个团体的雏形。圣梵利诺对亚洲非人聚会的资助，多半就是落到 D 爵士头上的。我有他的邮件地址，便发了封邮件过去，询问圣梵利诺的情况。多年没有联系，他会不会搭理我，什么时候搭理我，我心里完全没谱。

如果神秘人邮件里的情报值得信赖，那么这是我第一次看到了一点点方向，而不再是被动地接受一堆信息却不知所措。遮盖事情真相的幕布向我掀起了一角，尽管只是微不足道的一小角。

汉丰湖底那一声宏音是什么？缤纷的世界奇景是什么？潜水员取走晶体是为什么？我和荀真出现了双重记忆、双重人生是为什么？锋锐厂多年谋划是为什么？人造水晶上的数论迷宫有什么用处……这一大堆问号的背后，是一个深渊般的黑暗投影——圣梵利诺基金会。现在，我有了一张表，上面是基金会 2000 年以来的123项资助、47个受资助方。这些"不正常"的受资助方背后，隐藏了圣梵利诺出资的理由和终极目的。

这些被资助者可粗略分为三种。第一种是灵魂研究，世界灵魂研究会、濒死体验计划、欧洲人脑研究所暨爱因斯坦大脑研究所、复活协会、二世人互助会这些都可归属到灵魂范畴；第二种是废墟冒险，其中有美国和欧洲各个国家的鬼屋荒墟探险组织，有西伯利亚遗弃城市群落考察计划，更有以废屋环游小组为代表的7个中国组织，从地域分布上说，中国受到资助的这类组织数量远远高于其他国家，让人怀疑这是否与锋锐厂在中国大规模散布的人造水晶纪念品有关；第三种是超自然力量，如亚洲非人聚会、全球神话溯源计划等。有些组织可能同时与其中两三种方向沾边。

这三种方向能不能进一步归纳出共同点呢？我和荀真反复讨论，大开脑洞，虽然最后没能把三者归一，但觉得除开亚洲非人聚会等少数几个组织外，大多数受资助方都与"过去"相关。废墟是过去，鬼是过去，死亡和灵魂也意味着过去，无论是个人还是整个人类，可以说都是建立在过去上的。过去也掩盖了太多的秘密，圣梵利诺如此大举资助与过去相关的研究项目和团体，所谋为何虽然还不得而知，可最终受到波及的，绝不会只是个人或者小团体，极有可能会对整个人类造成某种影响。当我和荀真得出这样的结论时，不禁面面相觑，悚然而惊。

我和荀真讨论了一上午，到了午饭后，彼此都有些困乏，各自睡了午觉。下午3点40，我被门铃吵醒，桂霖送来了办好签证的护照。

"祝您此行顺利。此外,据我所知,似乎有人在打听您的住处。"桂霖说。

我一惊,忙问是谁,桂霖却不肯细说了。

"那一位和我们也是一直有交集的,这次向我们询问了您的情况,如果转头就通知您,也是不妥当的,我这一句提醒已经是极限了。不过您放心,我们判断对方应该是没有恶意的。我想很快您就会见到他。"

给我留下这么大的悬念后,桂霖微笑着转头离开。

我心中惴惴不安,回到屋里,荀真已经起来了。

"图昆活佛要找你。"他说。

"啊?你说打听我住处的是图昆活佛。"我吓了一跳,然后意识到那并不是疑问句,而是陈述句。

"他给我发微信了,想要问你的电话,说有很重要的事情要面谈,之前给你发过微信,但你一直没有回。我说我们在一起呢。图昆活佛已经落地上海了,正在来这儿的路上呢。"

我恍然。昨夜把手机给桂霖时退出了自己的微信账号,备用手机也没登录微信。今早拿回手机后忙于和荀真讨论邮件内容,也忘了要重新登录微信。图昆一定是联系不上我,才向X机构打听我的住址及行踪。

到底是什么事情这样紧急,连24小时都等不到就直接飞来上海找我?

50分钟后,图昆活佛站在我的门口。

"真的非常抱歉，这样冒昧地不告而访。"图昆双手合十向我微微鞠躬。

我合十回礼，为自己没有及时回复微信道歉，把图昆请进客厅，然后问他为何而来。

"有重要的事情想和您聊一下，荀先生也在的话是最好了。"

他打量了一下客厅，注意到我们收拾好的两个大旅行箱。

"两位是要去旅行吗？"

"是的，晚上9点的飞机，浦东机场。其实我们也该走了，不知道您需要多长时间。您不介意的话，我们一起去机场，路上说？"

"9点？您这是出国吗？"图昆算了算时间，只有国际航班才需要提前三小时左右到达机场。

"是的，我们去马赛。"

"马赛？"图昆活佛愣了一下，然后问，"两位是要去见林小姐吗？"

我点头。

图昆略略沉吟，然后说："赶飞机的话，现在的确时候不早了，但我还是非常盼望可以有充裕的时间来交流。这样好吗？我们一起去马赛吧，路上可以慢慢聊。我也有很长时间没有见到林小姐了。"

"一起？这样会不会太折腾您了？而且现在再买机票，不知还有没有位子？"

"不嫌弃的话，坐我的飞机去吧。"

"啊？哦。"

莲花生大士的伏藏

公务机攀升到一定高度，起飞时的颠簸平稳下来。机舱陈设并没有过于奢华之处，装饰偏"佛系"，比如挂了一幅唐卡。不过我也不觉得有多低调就是了，这飞机本身就是种巨大的奢侈。图昆活佛给我的感觉并非低调或者高调，而是随心，行止与他的财力权力相符，不浮夸宣赫，也不刻意保守。

机舱虽然比大型民航客机小得多，但里面都是按头等舱规格设的座位和间距，并不会感觉逼仄。此时我们与图昆活佛隔着一张固定的小茶几相对而坐，随侍的便服僧侣端上红茶，就退到了机舱最前方厚厚的黄色布幔后，这方空间只留下了我们三人，图昆的来意终于要揭开了。

此前，因为正赶上晚高峰，从我家到浦东机场花了一个半小时。本以为图昆会在车上和我们解释，不想上车后他却给了荀真一粒蜡封的小药丸，嘱他和水服下。荀真也没多问，掰开蜡封后一仰脖就吞了。见我盯着看，他便笑笑又给了我一颗。既然荀真没问，我也不好表示质疑，他要害我们不会用这样低劣的方式，想必是有好处的，就也吞了。入喉有一股药草的芳香，吞下肚后芳香还从腹中丝丝缕缕升起来，更让我确定这是好东西。图昆叫我们不妨闭上眼睛歇一会儿，我照做了，耳中听到他低声诵起似是梵语的经文，尽管刚刚午睡过，居然又不知不觉睡着了。

等到再次醒来，机场已经到了，这一个多小时的深度睡眠胜过了平日8小时的休息，神清气爽。转头去看荀真，面色也好了许多，知道受了恩惠，向图昆致谢，图昆却叹了一口气，摆摆手说没什么好谢的，也只是略有小补而已，长途旅行劳累，怕荀真撑不住。我心中一沉，听图昆的意思，荀真的身体竟是比我想象的更糟几分。

此刻，在这样一个相对封闭的私密空间里，图昆活佛浅饮了一口红茶，缓缓开口。

"前次在红布寺里与两位初会，聊到这些年来我对前世记忆的一些看法，两位可还记得？"

我和荀真点头。

"当时初次见面，谈得深了毕竟冒昧。加之前世种种，恐怕和两位的经历未必有直接关联，所以也只是笼统地说了些大略，不涉具体，希望可以在思路方向上提供帮助。不过如今，我想把我关于前世记忆的认知、这些年来的研究结果，完完全全地和两位做一个交流。"

图昆活佛的言下之意，竟是我们所遭遇的事情，和他对前世记忆的研究有了直接的交集。在看圣梵利诺资助名单的时候，我就隐约有了一个疑惑，此刻不禁开口问道："不知道二世人互助会这个组织，您听说过吗？"

图昆活佛笑笑说："前次我提到过，拥有前世记忆的人形成了一个小小的互助组织，这就是二世人互助会，而我目前担任会长的职务。当然，就我而言，用'二世人'来命名也不太准确就是了。"

"所以你们接受了圣梵利诺基金会的资助？"荀真脱口问道。

图昆点头："我和林先生是老朋友了，他愿意长期资助我们，我是很感激的。毕竟信徒的供奉不能用作互助会的经费，如果没有他的资金，许多的研究就无法顺利开展了。"

这一刻，我仿佛看到了一张巨大的蛛网，圣梵利诺盘踞正中。蛛网的一个个节点都是它的猎物，不管是锋锐厂还是二世人互助会，都为它提供着营养，各有用处。

"圣梵利诺基金会到底是个什么样的组织？它有什么目的？为什么花那么多钱资助各种各样的组织和项目？您知道昆山的锋锐厂吗？"荀真连珠炮般问出了一堆问题。

图昆活佛苦笑着摇头，说："林先生这个人，根底我也不尽知，您的这些问题，我并没有答案。"

"荀真，我们还是先听活佛说吧，说完咱们再回。图昆活佛，您就先说说二世人互助会吧。"

采访首要就是先听，如果没有掌握足够多的东西就胡乱发问，效率低不说，还会打乱彼此的思路。

图昆点头。

"这个互助会并非由我创办。在我加入之前，主要是让成员有地方互为支撑抱团取暖。毕竟拥有前世记忆，未必会对此世有什么帮助，反而会被大多数人视为骗子，甚至自己也会对此世的父母友人有强烈的不真实感。许多人都会追问为什么，但在我之前，并没有系统性的研究，当然也就没能得出什么成果。"

"您真的破解了前世之谜?"我问。

荀真朝我一瞪眼:明明自己说不要乱问,怎么这会儿又插嘴?这是辅助性发问,不是打断性发问,他懂个屁。

"那可还早着呢。不过因为密宗千多年来累积了大量转世的经验,包括应该如何寻找转世灵童,寻到之后灵童是否有记忆、有着怎样的记忆,都有记载。但是在我之前,恐怕还没有人用科学的方法去研究这些记载,所以我加入互助会之后,把这些资料与成员的情况进行比对总结,取得了一些小小的成果。"

我和荀真此时身子都不禁微微前倾,想知道关于前世这个神秘的话题,活佛能有怎样科学性的解读。

"我一共统计了579例有据可查的灵童转世经历和711例前世记忆觉醒的普通人。在这1290个案例中,我最先着重于研究记忆觉醒的普通人和精研佛法的修行人之间有什么共同点,比如信仰、行善、饮食或某种类型的修行等等,很遗憾没有找出明显的一致性。随后,我注意到了这些案例中的不一致性。每一宗案例都不会记得前世的所有事情,而是有所侧重,这些记忆是片段式的,形成一个个点。要知道我们对此世的记忆,除非在婴儿期,或者患有记忆障碍,都会形成一条延续不断的线。这条线有的地方粗有的地方细,我们会忘记细节,但时间线是绝不会断的。"

"可既然是前世的记忆,有很多东西不记得,不也是理所当然的吗?能记得一些事情才是最神奇的地方啊。"荀真说。

"你这所谓的理所当然,并非是科学的理。如同水往低处流,苹果从高处往下掉，在爱因斯坦的相对论和牛顿的经典力学出现之前，人们并不会思索其中的道理，只觉得是天经地义，万物都该从高位下坠，仿佛高和低本身就能解释这些现象。我们现在知道并非如此。回到记忆这个问题，现代医学对记忆的认知，是基于大脑的，婴儿期大脑没有发育完全，记忆会缺失；大脑撞击后受损，记忆会缺失；老年后大脑萎缩或者因阿尔茨海默症导致病变，记忆会缺失。然而我研究的对象是前世记忆，承认这种记忆存在，就意味着记忆和大脑至少不完全相关。既然不完全相关，凭什么就可以说前世记忆的部分缺失，是理所当然的呢？既然已经记起了前世的记忆，为什么点状记忆而不是线状记忆就是理所当然的呢？"

荀真顿时被问住了。

的确，既然有前世记忆，那么我们此前对于记忆的诸多认知就要被全盘推翻。凭什么说前世记忆就该比现世记忆模糊，而不是同样清晰，甚至更清晰呢？仅仅因为前世更久远记忆就更模糊吗？不把这些搞清楚，所有的推测都是无本之木无源之水，换言之，任何的可能性都存在。

"所以，关于前世记忆的点状分布，您得出了时间性之外的结论？"我问。

"这些记忆的中心点，大多落在对当事人有重要意义的事物上。比如重要的抉择、重要的朋友或亲人伴侣、重大转折等等，以这些点为中心，再向外延伸辐射成为一个圆，就像雨点落在池塘中形成一圈圈涟漪，超出了某个边界，就又记不得了。这听起来和我们现实中的记忆模式很像，重大的事件会留下更深的印象，于是便不容易忘记。前世记忆也遵循类似的模式，我们的记忆到底存放在哪里，实在是耐人琢磨。这个谜题太大了，也不是我想要说的重点。我在研究案例时，一方面发现，不管是转世灵童的前世记忆，还是普通人的前世记忆，都围绕着对他们人生有重大意义的节点，另一方面又发现，并不是所有具备重大意义的节点都会留下记忆。"

"难道不是越重大的节点，留下记忆的概率越高？"

图昆摇头："还真不是。生老病死，爱恨苦痛，这些都可能形成节点，具体来说，父母死亡、孩子出生、自身的巨大病痛等等，都是节点，可同样是前世孩子出生，有的人会记得，有的人就不会。最初我以为，同样的一件事，因为每个人的性格经历不同，所以对每个人的意义也不同。可是详细比对之后，发现也不是这样。比如33年前密宗大昭寺的一位灵童，他的前世记忆中，有一个节点是在藏经库登高寻经时踩空摔下，左腿折断，然而他曾有一次严重得多的病痛，即中年翻山时从马背上跌下，腰椎骨折致终生瘫痪，却没能形成记忆节点；又比如10年前山西有一位记忆觉醒的普通人，次子的夭折形成了他的记忆节点，然而他共有三子三女，次子之外，另有一子二女也没能活到成年，这些子女的死亡却没能形成节点，没有任何证据表明他对次子的感情胜过其他，他是个出了名的孝子，可是父母的死亡也没能形成记忆节点；意大利佛罗伦萨有一名记忆觉醒者，他记得自己第一次结婚时的婚礼场景，但这段婚姻只维持了6年，第二次婚礼不记得了,但这第二段婚姻持续了34年,直至他死亡。这样的例子普遍存在,足以证明记忆节点对当事人的重要性并不是它们得以形成的唯一决定因素,甚至不是最重要的决定因素。"

"那您找到了最重要的决定因素吗?"荀真问。

"我不知道什么是最重要的,但我的确找到了另一个因素。就像我刚才说的,我在研究中没能找出记忆节点一致性,反而是不一致性值得注意,一连串的受挫之后,有一天我转换了角度,开始试着在那些记忆空白处做文章。"

"记忆空白处?是指没有记起来的部分?"荀真皱着眉头问。

图昆点点头,拿了张纸,在上面画了一道直线,又在线上画了一些点,有些点是实心的,有些点是空心的。

"鉴于所有前世记忆,都围绕着某些对当事人有重大意义的事件,那就表明我们传统所谓的人生重要节点,和前世记忆节点构成了重大相关。如果用纸上的这条线代表人生,上面的点代表人生重要节点,其中的实心点是前世记忆节点,空心点则是没有形成前世记忆节点的人生节点。我假设如果所有的点都具备成为记忆节点的潜质,但由于某个因素的影响,使得其中的一部分失去了成为记忆节点的资格。"

我一拍大腿:"所以您是去寻找那些没有形成记忆节点的人生节点的共同性,去找它们为什么没被记住!这是一个非常好的切入点啊。"

"但是这条路也不好走,很长一段时间找不到方向,一度以为此路不通。一直到2010年的时候,我和一家人工智能公司合作,把所有案例输入电脑,让 AI 自动分析比对各项数据,并授权 AI 自主在网上搜索调用相关信息,这才有了进展。人脑是有盲区的,靠人去分析,会天然地排除一些'不可能'的选项,人工智能就不会,哪怕是一眼就看到头的死路,也会走到底撞一回墙才转回来走下一条路。"

"所以结论到底是什么?"荀真等不及打断图昆。

图昆活佛笑了笑,说:"在于世间的印记。"

"世间的印记,这怎么理解?"

"大多数的转世灵童,对于他们前世在寺庙中的修行经历,都记得十分清楚。原本我以为,这毫无疑问是修行所致,是佛祖的伟力。事实上呢,就以我刚才说过的那位前世残疾的灵童为例,他前世中年落下残疾的时候,并不居住在大昭寺里。当时大昭寺大修,许多僧侣离寺散居了几年,他就是在那离寺的 5 年里摔断了腰。之后 12 年,一场山火把他住过的小屋连同附近大片房屋都烧去了,再找不到他 5 年居住的痕迹。他出事的那条山道,后来因为山体滑坡阻路,无人维修,已成乱石堆,到了今天,草木重新在上面生长了一轮又一轮,早成了寻常山坡的模样。"

我还没有完全听懂,问:"你是说房子烧掉了、路断了,和记忆有关系?"

图昆活佛点点头:"你的疑惑非常典型,这也是为什么之前单靠人脑分析没有发现的原因。我再多举一些例子,刚才讲过另两位普通的前世记忆觉醒者,其中子女夭折的那位,前世大多数时间居住在祖宅,而这幢祖宅在他离世前几年,因为拆迁被夷为平地,在上面造起了全新的房子。他前世里父母的死亡和三个幼子的死亡,都发生在这间祖宅里。可唯独次子死时稍有不同,他是骑自行车载着次子时被汽车撞到,次子摔落在地被碾轧,当场死亡。事发时的这辆自行车,他一直保留着,哪怕拆迁后乔居新屋,也带着这辆破旧的自行车。而佛罗伦萨不记得自己第二次婚礼的那位,他首次结婚的教堂至今仍存,第二次结婚时的教堂则早已不在了。"

"那您自己的情况呢?"我问。图昆是转了九世的活佛,他自己肯定也留有些前世记忆。

"我世世在红布寺修行。红布寺的主体是岩洞,水火不侵,前一世里我该记得的,当然也还都记得。灵童里的大多数都和我相仿,寺在那里,记忆也在那里。所以我总结出了印记之说。人活在这世上,其生命活动总是围绕着一些关键场所、关键物件,任何对人情感产生巨大冲击的事件,任何或隽永或微妙的情绪的滋生,都不是凭空而来,而是有着看得见摸得着的实际承载物的。一座村庄、一幢房子、一辆汽车,可以承载无数悲欢离合,我把这些称为世间的印记。人死去之后,如果这些印记还留在人间,那么下一世时,倘若有幸觉醒了前世的记忆,那么首先记得的,就是与印记相关的记忆,如果印记不在了,记忆也再难想起来。"

"可是这样的印记,居然和人的记忆有关,实在是让人难以理解。"我不禁摇头,这印记之说,太玄学太宗教,毫不科学啊。

"就像纸上作画,任画得再美妙,若纸被焚去,画无物托载,自然也就烟消云散了。"图昆活佛说。

"可这科学上的依据在哪里?"我问。

"我是根据现象做出的总结,在1000多个觉醒了前世记忆的案例里寻找到了这样一个共性。这样的方法,本就是科学的方法啊。在此之上去找深层的道理,却是超出了我当下的能力了。"

我自然知道问了也是白问,但是这样一个规律,委实超出了正常人的想象。从科学的角度看,前世本就虚无缥缈毫无凭据,灵魂不在,思维出于肉身大脑的活动,这是最主流的看法。哪怕有灵魂,有前世,有轮回,灵魂也该是核心,每一世的遭遇就像是包裹其外的衣服,而图昆所谓的印记,只不过是衣服上的扣子,这扣子怎么还能反过来影响灵魂呢?即便是宗教的角度,也更强调精神力量,比如佛教里,世间一切种种都是外物,都是枷锁,都可抛弃,可是现在的总结,居然这可抛弃的物质化东西里,有能够影响精神的力量?也怪不得在用人脑去分析案例的时候,找不出这样一个规律来,下意识里就会把这个可能性第一时间排除掉。

"人类对这个世界的认知,对万事万物运转的规律,提出过许许多多的假想。虽然站在科学角度,我暂时没办法给出一个合理的解释,但在一些假想里,是能找到和这印记之说相通之处的。那就是人、天地乃至世间万物之间的联系。中国传统文化根据人的生辰八字、面相、手相、骨相可以对人的命运做出一定判断,天上的星辰变化,预示着福运或灾祸。西方的星象学,依据的也是天上星辰的运行可以影响到人间万物。萨满教、希腊罗马神系、印第安文化、玛雅文明，乃至非洲诸部落的原始崇拜之中，处处可见类似的思想。把神学内容抽离出去，可以看到这类思想的主旨，就是相信大到太阳，小到一花一草一尘埃，都不是孤立存在的，所有的东西之间，都有隐秘的联系。如果说灵魂也是一件'东西'，前世记忆也是一件'东西'，那么它们和其他物质间存在联系，也就可以想象了。"图昆说。

"这是'牵一发而动全身'啊。"荀真感叹。

"我曾经和林先生探讨过这个问题，他是量子场论方面的大专家。事物微观到一定程度，彼此之间的联系，就变得微妙而神奇起来。在量子场论中，量子间的相互影响，不也体现了这种'牵一发而动全身'吗？虽然在科学领域，不能无条件无限制地由小及大，由微观量子及宏观宇宙，但也不妨碍我们畅想一下嘛。那先生您想要我这个推测的依据，更想知道其中的道理，这是理所当然的追问，我们都想知道万物运行之理，这是天问。然而即便在科学领域，也多的是知其然不知其所以然，尤其量子物理领域更是如此，几乎所有的理论都是根据现象来大胆推定的。光为什么有波粒二象，量子为什么会迁跃，又为什么会纠缠，这些现象发现了小一百年，却连能够提出解答的科学家都没有。伟大的量子物理学家所做的，只是总结规律，然后大胆提出一个新的假想，除此之外不问其他。这才是科学的路径，要从根源上解释整个世界，人类还差得太远，硬要追问，就真成了玄学。"

"你说的林先生，是林婉仪小姐的父亲林正道？"

图昆活佛点头。

"也就是圣梵利诺基金会的主席？"我追问。

图昆活佛关于前世记忆的探索很精彩，研究结果也相当出人意料，但我暂时还没听出这与我们的双重记忆有多大关联，更无从据此推测圣梵利诺基金会的真正用意。然而图昆在言谈之中毫不掩饰与圣梵利诺基金会的关联，更是直接提到了林正道的名字，相比量子物理学家，他基金会主席的身份更让我在意，我有意把话题往这个方向导引。

"是的，他就是圣梵利诺基金会的主席。"图昆对此毫不讳言，"刚才，荀先生也问到了圣梵利诺基金会，是否这个基金会，与两位的调查结果有所关联？"

"从目前我们了解的情况来看，它可以说是掌控一切的手。"我没有用"黑手"这个词，因为不知道图昆与基金会的关系到底如何，留了点余地。

我虽有所保留，荀真却接过我的话头，竹筒倒豆子一样，把我们近来的调查进展都说了，不但锋锐厂的背后是圣梵利诺，汉丰湖的怪车怪船圣梵利诺也有重大嫌疑，另外还有一个与圣梵利诺作对的邮件神秘人。

图昆听到人造水晶上有数以亿计的纳米级符号组成的数论迷宫时，也不禁露出了惊叹的表情，听到圣梵利诺基金会自2000年以来资助的那些项目，又微微点头。

"果然是这样子的啊。"图昆活佛轻轻叹息。

"您说'果然'是什么意思？您是已经发现了端倪，有所预料吗？"我问。

"我与林先生相识，差不多近30年了。那个时候，我刚刚完成了现代物理学基础性的学习，热衷和物理学科各个领域，尤其是量子物理学领域的专家交流，想要在佛学和科学之间找到共通共融之处。因为我的特殊身份，小圈子起了一些议论，也随之为我带来了一点小小的名声。林先生主动找到我，谈论量子物理与佛教道理之间的种种异同，其实更是两种世界观的各自充分阐述。那一次我们整整聊了两天两夜，我受益匪浅。林先生是我接触到的科学家里世界观最开放的，当然对他来说，我可能也是宗教界人士中世界观最开放的。在那之后，我们便一直保持着联系，当我有新的想法，包括对前世记忆的研究遇到阻力时，都会与他探讨，听取他的意见和建议。后来我加入二世人互助会，依托这个平台开展研究，林先生知道后，就提出要给我定期资助，不求回报，只要我有进展时把成果与他分享。他即便不资助我，我也是会这样做的，所以就接受了。说实话，初与林先生接触时，我只以为他是位卓有成就的量子场学家，但后来交往得多了，也能感觉出他不简单。他似乎不是一位单纯的科学家，感兴趣的事物绝不仅仅限制在本专业领域，否则也不会与我有这么多的交往。他背后像是藏着一个庞大的组织，或许那就是圣梵利诺基金会。我知道基金会赞助了许多项目，林先生必然是有一个宏伟计划的，我与他交谈时，从他的眼神里就可以看出许多东西，他看的是缥缈高远处，是深邃绝渊处。但我们是君子之交，所谈只在学术，不论其他，我甚至会刻意回避这些话题，将交流保持在相对纯净的关系里。"

"可是您这次大费周折来找我们,只是为了告诉我们,您关于前世记忆的研究成果吗?从刚才的反应来看,您对我们的调查涉及圣梵利诺基金会并不意外,这是否意味着,您做好了蹚这趟浑水的准备,打算打破与林先生之间纯净的学术交流关系?一定有个原因,对吗?"我问。

"那先生您这可真是……见微知著了。"图昆活佛赞了我一句,默认了我的判断。

"我这次来,一方面嘛,当然是觉得印记假说能够对两位有所帮助。既然我们前世的记忆,甚而我们的灵魂,都与这世间的印记息息相关,那就说明印记是关乎本质的东西,万事万物在彼此之间都有着神秘的联系。两位的双重记忆、双重经历虽然与前世记忆不同,但我仔细地琢磨过,印记也极有可能发挥着重要的作用。"

听到这里,我心中一动,旁边的苟真也眉头一轩,显然同有触动。图昆活佛的意思,竟然是说,人在世上留存的印记,非但与他是否能觉醒前世记忆相关,也与我们两人的双重记忆相关。前世与后世之说,不论是否荒谬,都是同一个空间、同一条时间线上的"前"与"后",而我们的双重记忆、双重经历则有可能存在于平行世界,或者牵涉其他时空概念。不过二者看似截然不同,其实也有一个共通之处——灵魂。前世与后世拥有同一个灵魂,而我和苟真经历这两段时空、两场人生的主体,是否也拥有同一个灵魂呢?

刚才听图昆活佛阐述他的理论时，还觉得与我们没有直接关系，现在我却觉得，真的可以考虑从印记的角度，重新审视一遍我们的遭遇，也许会有新的发现。

我仿佛猛然推开了一扇窗户，还未有暇好好审视新风景，图昆活佛就接着说了下去。

"另一方面呢，此次前来也是因为我心底里一直以来都有一宗隐忧。我是在2010年和AI公司开始合作的，取得真正进展是2011年的事，那年年末，我将研究成果写入了给圣梵利诺基金会的年度报告，可收到的只是和往年一样的礼节性回复。说实话我略有些失望，因为我自认这是多年来所取得的最大进展了。不过，人工智能的分析只是粗略提供了一个方向，接下来我有大量的工作要做，包括印记这个概念，那时候也还没有形成。一直到2013年，相关的调查已经做得非常扎实，印记的理论成形，我约林先生见面，想与他深入沟通交流。在科学方面，他一直是我的良师益友。"

图昆活佛说到这里，我和苟真都竖起了耳朵，他接下来要说的事情，必定非常关键。

"那一次见面的地方，说来也巧，就是你们此行的目的地马赛，林先生有段时间常住在那里，现在可能主要是他女儿住着了。我们聊了一整个下午，大概四五个小时，其实我本以为会聊更长时间的，但林先生的反应，和我预期的不尽相同。我说了人工智能的分析，说了之后的考证工作，又说了印记假说。前世记忆现象终于出现了一个突破口，这是何等惊人的发现，在此之前有谁能想到呢？然而林先生毫不动容，他一贯城府极深，事前也看了我们每年的例行报告，有所准备，可是我能看出，他并没有被震撼到。我所说的一切，有令他诧异之处，但总体来说，并没有超出他心中所知所想。由此我便知道，这么多年他通过圣梵利诺基金会的资助，不知接触了多少个与我类似的人、类似的项目，他对世界的认知，早已非我能及。有了这样的认识，那一次后半程的谈话，我就从主要谈自己的进展，转为想尽办法地让他多谈一些了，谈他对世界、对前世和对灵魂的想法。"

说到这里，图昆不自觉地慢慢收紧眉头，仿佛接下来要说的东西，至今仍令他相当困扰。

"我们后来的谈话有一个中心，就是印记。到底什么是印记，印记外之于世界，内之于灵魂，起到怎样的作用。林先生多次提到，如果没有印记，会产生怎样的影响。如果印记削弱了，被摧毁了，对一个人，对我们所处的世界来说，会有什么改变。林先生觉得，我们的这个世界本就在不停变化，近两百年来，变化的速度更是十倍于从前，一个人留在世界上的印记，自然会随着世界的变化而消逝。既然印记的消逝是必然，那么如果让印记提前消失，应该也关系不大吧？这些问题提出来，自然我也难说有什么答案，可是心里隐隐约约总觉得不安。尤其是他最后提了一句，说如果不是像我这样的修行人，普通人觉醒了前世记忆，并不是什么好事，反而会给这一世生活带来诸多困扰，否则也不会有二世人互助会这个组织了，这样看来，如果可以不让人觉醒前世记忆，倒也算件功德。这番话，林先生是用开玩笑的口气说出来的,可我是个修行人,对于人心自然有所判断,林先生此言,不是无的放矢,而是早有所图。然而林先生到底有什么计划,要做什么,显然是不打算告于我知,许多话题只是浅尝辄止,绝不深谈。那一回碰面之后,每每回想,忧虑愈甚。要知道我辈修行人,所超脱的是外物,求的是本真本我,能够觉醒前世种种,正是修行成果的体现,也是进一步修行的基础,如果林先生欲行之事,真的会断绝印记,让人无法醒悟前世记忆,岂不是断了修行之基。我们还怎么去求本真本我呢?即便绝大多数人本就无法觉醒前世记忆,林先生所行的影响范围只在特定人群,但从佛家来看,也是大恶之行!他自己未必不知道这点。林先生如此城府,会和我谈及这些,恐怕正是因为心底有所顾虑,有所不安,要从我处得些心安而已。"

"可是他要做的会是什么事情呢?您所说的印记,其实是非常实在的东西,就是一个人的生活痕迹嘛。难道他要去做大地产商,把所有旧房子推倒,盖起新房子,把从前的印记抹掉吗?"荀真不解地问道。

"我如果能想明白,也不会如此惴惴不安了。可以肯定的是,林先生要行之事,必然不会是这样简单的,影响肯定也比世间的正常变迁大得多。"

"要说摧毁性最大的,也就是战争吧。"我冒了一句出来。

这话一出,图昆活佛和荀真都瞪大了眼睛看我。我的话显然给他们展现了一番可怕的景象,第一次世界大战和第二次世界大战,所毁掉的可不是以建筑物计,而是以城市计,哪怕是这些年来在中东发生的地区战争,也让两河流域的文明古城毁灭了不知凡几。有什么拆迁队或者城市建设能比得上这个?

"必然不至于此,不至于此。真要发生第三次世界大战,核弹虽然可以将城市夷为平地,但如果不在此之上建成新的城市,印记也还是会在。只有用新的事物完全覆盖才会削弱乃至消除印记,这点已经在考证中得到证明了。"图昆活佛连连摇头说。

"好吧,也许真的不至于此。林先生要做的事情,不会用这样的'常规'手段。可是我依然有一件事不太明白。"

"那先生请说。"

"您与林先生的谈话,让您一直心怀不安。可这次谈话,毕竟是4年之前的了,为什么现在突然要来找我?我只不过是几小时没有回复您的微信,您就直接赶来上海找我,以您的修行,就算做出决定要与我们深谈,也不可能没有这点耐性。再加上您动用了这架飞机把我们送到马赛,与我们一同去见林婉仪小姐,这般兴师动众,背后肯定还有另一重原因吧?"

图昆活佛点点头:"您说的没错,不过,这其中的原因,可能就不那么'科学'了。"

之前说的这些,也不算正经科学啊。我心里嘀咕。

"不知道两位是否了解伏藏?"图昆活佛问了个看似无关的问题。

荀真摇头我点头。

"高僧大德因为有修行,对后世有所预见,埋下经书器物,让后代弟子在特定的条件下重新挖掘出来,这就是伏藏。"图昆活佛简单解释了一下。

"上一次两位离开之后，我心有所感，查阅寺内文献记载后，发现果然没有记错。有一宗莲花生大士的伏藏，其留下的偈语，正与二位访寺相合，所以我立即着手安排取藏。"

"莲花生大士的伏藏？偈语是怎么说的？"

莲花生大士公元 8 世纪由印度入藏，是藏传佛教宁玛派祖师。作为印度佛教史上最伟大的宗师之一，关于他的神奇传说数不胜数。若连前世记忆都真的存在，莲花生大士在 1000 多年前留下一道偈语，算到了我和荀真会造访红布寺，似乎也不是多么让人难以相信的事情。当然，这很不科学。

图昆活佛把偈语念了出来……我们完全听不懂。

图昆笑笑，说："翻译成汉语，大概的意思是说，两位追寻真相的人来到红布寺最隐秘的地方，其中一位时日无多，另一位则是以求得真相为职责的传奇者。当符合这句偈语的情况发生时，就可以取得此藏了。红布寺如今隐秘的地方并不多，我那湖畔小屋算其中之一，而荀先生，很遗憾，应该就是偈语中'时日无多'的拜访者了。"

荀真耸耸肩，似乎不以为意。

"那先生您身为记者，正是以求得真相为职责，传奇者的定义也与那先生过往经历相契合。所以这段话，说的显然就是二位无疑了。不过莲花生大士的伏藏年代久远，虽有偈语传下，要确定伏藏的大概位置，准备仪式，并将之挖掘出来，还是颇费了些时日。一直到昨日，才终于取藏成功。"

"就是莲花生大士留下的东西让您这么急着找到我们吗？他究竟埋下了什么呢？"我问。

"我本以为会是经文或者法门，没想到还是一段留在羊皮卷上的偈语。这段偈语，就是让取藏之人——也就是我，竭尽全力来帮助那先生您。至于这样做的原因，莲花生大士没有明确示下，只说是与世间的平衡有关。因为这些年我心有所忧，所以第一时间就想到了林先生和圣梵利诺基金会所行的隐秘计划，不敢稍有耽搁，这才在没有联系到那先生的情况下贸然打听了行程，直接登门拜访。"

我实在没想到图昆活佛突然来访，竟然是因为1000多年前莲花生大士的几句话。世间所谓预言，大多是模棱两可，含糊其词，像莲花生大士这样已经算得上极清晰了。之所以没有明言圣梵利诺基金会到底在搞什么鬼，恐怕不是故作玄虚，而是的确力不能及，只能有一个方向性的判断。预言之说虽然神奇，但若从万事万物间皆有联系来理解，它无疑也就是一种"联系"。时间维度的阻隔，只能给联系增加难度，不能完全阻断。

一路上我们与图昆活佛聊了许多，之后又睡了几小时，飞机在巴黎时间凌晨2点30分落地。当我的手机重新连上网的时候，收到了两封新邮件。

一封是D爵士的回复。信回得很客气，说亚洲非人聚会是非人朋友间的定期交流活动，而非组织，虽然确实有收到圣梵利诺基金会的赞助，但这笔资金只用来让聚会办得更好，无立场无能力去给基金会实质性的回馈，也不会介入基金会的任何事务。

显然 D 爵士以为我有什么针对圣梵利诺的计划（也未必错），先行撇清。信的最后提到，基金会有时会通过亚洲非人聚会去联络一些非人，而 D 爵士会给予其正常的朋友间的帮助。这些非人的具体姓名不方便提供，但都是在精神力量方面不同于常人。据 D 爵士所知，基金会主要是向这些非人请教一些问题，并未让他们出手替基金会做什么事情。

这和我之前的猜测一致，圣梵利诺广撒网式的大规模资助，求的似乎是知识性质的回报。知识是最大的力量，层级越高，知识的力量体现得越明显。圣梵利诺找过哪些非人，问了什么问题，真要调查的话，我也能找到切入的角度。我的两位好友路云和夏侯婴，都是亚洲非人聚会的成员，圣梵利诺所找之人中即便没有她们，也有她们的朋友。不过这条调查路径显得有些迂回了，我们此行的目的地已经接近事件最中心，不必舍近求远。

另一封邮件，则又是神秘人所发。

这封邮件内容之多，把我吓了一跳。而当我把它全部浏览一遍之后，心中却涌起了一股相当古怪的感觉。

原本神秘人在我心目中的形象是全知全能、步步为营的幕后棋手，自己稳坐中军帐，却驱我为先锋小卒。其心意之不可揣测，其手段之高明莫测，让我处处提防，丝毫找不到反击的抓手。可在这封信里，我竟然觉得，他有些急眼了。

逐渐崩解的神秘面具

我们在图昆的飞机上待到清晨6点才离开,从机场到林婉仪的居所约有一个半小时的车程,加上入境手续,应该可以在8点半前到达。图昆已经联系好一辆阿尔法汽车在机场外候着,无缝衔接。图昆说他可以在机场等我们,也可以同去,看我们方便与否。我当然邀请活佛一起去,毕竟我们的拜访太突兀了,有他这样一位地位既高,又与林父相识的人同行,更能镇得住场面。图昆活佛欣然应允,他也很好奇莲花生大士在伏藏中所说的"世间平衡"到底是什么,所以非常渴望能够参与到我们的行动中去,了解更多,更好地给我们提供帮助。

飞机落地后留在机上的那三个半小时里,我们没有再休息,而是传阅了神秘人的最新邮件。

这是迄今为止神秘人写给我最长的一封信,不仅字数多达数万,许多内容更是相当晦涩,这点时间,也只够每个人看个大概,没法细细琢磨。

信的第一部分内容,竟然是告诉我们,林婉仪并不重要,我们的调查发生了方向性错误,根本没有必要飞到马赛来。单从这一句话,就可看出神秘人的行事风格有了巨大改变。之前的几封信中,他仅用最简单直接的话进行信息描述,文字完全中立,没有任何偏向,更不会试图主导我们的调查方向。可现在他坐不住了，直接指出了我们的"错误"——我们眼看着就要"出界"，他必须要把我们"纠正"回来。这反而让我更加肯定了拜访林婉仪不是错误。哪怕林婉仪和圣梵利诺一点关系都没有，可以逼得神秘人进一步现形，此行就很值得。如果林婉仪真的一点价值都没有，神秘人又何必如此自乱方寸呢？

说完林婉仪不重要，接下去却是一大堆的林婉仪的资料。一两万字，从家庭住址、研究所地址、日常活动范围、工作行程，到老公、孩子和人际关系网，再到研究范围和历年研究成果，还有她秘而不宣、据推测与圣梵利诺相关的最新研究项目。这些资料里充斥着"能量场""维度碰撞""弦假想""强作用力漩涡推定""量子场思维扰动"等等高深术语，我只能看个一知半解，荀真怕是比我更加不如。而林婉仪正在推动的那个新项目，其中除了我看不明白的术语外，还有些看似很科幻的名词，比如"时间线扰动""钟摆假设""时空螺旋"等等。不管能懂多少，有了这份资料，我们就能在与林婉仪的沟通交谈中掌握主动，所谓知己知彼。

接着是大量对圣梵利诺基金会的分析，当头的一句话让我大吃一惊，神秘人认为圣梵利诺基金会极可能与喂食者协会有关。

喂食者协会是个有100多年历史的传奇组织，由顶尖科学家构成，规模庞大到形成了自洽的科技体系，水准超出标准人类社会数十年之多。如果用的是喂食者协会的科技，那么制造出超出时代的10纳米级光刻机就不奇怪了。我本以为这个协会已经在数年前分崩离析，甚至得意扬扬毫无顾忌地把我与它的故事写成手记出版。现在想来，我真是自大愚蠢之极。如此庞大且根深蒂固的组织，就算遭遇了全球主要国家的联手清洗，也不可能彻底灭亡。连那些恐怖组织都能在各国打击下野火烧不尽春风吹又生，以喂食者协会和人类社会的盘根错节，加上超高智商的成员和先进的科技水准，怎么会不给自己留后手和退路呢？主干是肯定被挖空了，但即便是残留的枝丫，实力也不可小觑。

当然，圣梵利诺基金会既然能在几年前针对喂食者协会的打击下毫发无损，就说明它不是其直属，很可能是颗早早与母体脱离了关系的"种子"。

神秘人没有过多阐述喂食者协会，显然他知道不需要对我详细解释，把更多的篇幅放在了对基金会终极目的的分析上。

这些分析可以说满满都是"干货"，比如其中就有对锋锐厂散布人造水晶纪念品意图的分析。我这时才知道，原来纪念品上的纳米微刻图案并非只有数论一种，而是经历了一番变迁。

从最早的色情图画、情欲小说，变化为热门歌曲曲谱、通俗小说、漫画，再到世界名著、诗歌、数论、名画、古典乐，再到把前述中的几类集合在一起。单纯的数论印刻，只是其中一个阶段而已。这可以说是由低级到高级，由流行通俗到隽永智慧的进化。

而这些内容以怎样的形式刻在人造水晶平面上，也是经过进化的。最早只是简单地把内容一行行排列，后来变成将之拼成一幅炫目的迷惑性图案（比如艾舍尔的那些满是魔幻几何图形的画，还有彭罗斯阶梯），再后来才是迷宫图，最后是把迷宫和迷惑性图画结合。

为什么选择这样的内容和图案，神秘人也给出了他的推测。这是古往今来人类智慧的集合，是人类在宇宙留下的痕迹，是人类存在的意义，对人有着终极吸引力。最初版本中与人的初级冲动相关的东西，无疑也有吸引力，但那是肤浅而无法持续的，而数学、文学、音乐和绘画，才具有永恒的魔力。尤其是演变到最后，把所有类别都集中在一起，编成了一张迷宫大网，无论一个人有什么样的偏好，都可以在其中找到让自己痴迷的内容。

排列图案本身的演变，明显是越变越有迷惑性。与此同时，图像始终坚持用水晶作为承载物。水晶在神秘主义中有特殊地位，它可以改变周遭能量场，自然界的各种射线波动在穿透水晶结构后往往会发生频率变化，包括脑电波。人造水晶由于结构比天然水晶更纯净，效果还要更胜一筹。由此，神秘人推定整个项目是针对人精神层面的，甚至有 89.45%（整封邮件里充满了这种严谨得精确到小数点后两位的数值，仿佛经过了严格计算，不知道是怎么得出来的）的可能性针对灵魂层面。

至于项目的目的，这里冒出了两个新名词：精神锁定和灵魂锁定。后面又有对这两个名词的阐述，阐述和界定之后，都有一个写在括号内的正确概率，有的还是一个波动范围。这导致我没看多少，就已经被绕晕了。

对锋锐厂的分析，因为我多少对其有些了解，还算比较好懂的部分。邮件更多内容则涉及圣梵利诺资助的其他项目，什么人的意识啦，肉体与精神的分离与结合啦，城市废墟与遗迹和人类活动之间的关系啦，时间维度的新解析角度啦……很多项分析里得出的结论竟然不止一个，根据可能性从大到小列出，有的可能性尽管很低，还是附在了最后。关于圣梵利诺基金会的目的，神秘人列出了多达9种可能性。排在第一位的也仅有54.85%的正确率：在时间维度设立多个锚定物，引导灵魂停驻并产生某种变化。听起来很拗口，但请相信这已经是我尽可能通俗简化后的结果了，原文是长达两百字的复句。排在第二位的有42.56%的正确率：在时间为网状而非线性结构的假设下，在大量时间节点投放锚定物，形成时间网络，而达成对时间的某种控制，用来影响人的精神或灵魂，而非物质。后7种可能我就不一一罗列了，反正就算说出来一般人也难以理解，包括我自己。

我相信神秘人真的是把他对于圣梵利诺的了解和盘托出了，但这样的和盘托出，非但没有为我解惑，反倒因为巨量信息的瞬间堆砌，我的脑袋当机了。这简直就是篇巨幅的论文啊，还得出了9个结论。我希望得到的是简洁明了的一句话，一条直达终点的捷径，神秘人扔给我的却是一座和水晶纪念品上庞大微刻类似的迷宫。每一种分析都有几种可能性，就像迷宫的每一条路径都有几个不同分岔，走到头了还有9个出口，哪一个出口才是对的，又或者没一个对的？

邮件里还有林正道的近期行程。他于今年9月27日进入中国境内后，没有出境纪录，最可能出现的地点在贵州省贵安新区的某处——谢天谢地这一次没有列出多种可能性。神秘人强调林正道是一切的关键，又给出了他所处的位置，显然是想让我尽快去找他。

邮件的最后一部分内容,是一种全新计算机编程技术的介绍。这是一种多层多维的创新编程方法,通过这种技术写成的文件,可以在网络环境里达到一种非常特殊的效果,好像和压缩有点类似。说实话编程是我最不熟悉的领域,看到这里的时候早就已经晕菜了,一行中文字看在眼里都反应不出意思。对神秘人的这封信我真是无力吐槽,从原来的极简风到现在的极其烦琐,没法适应啊。真要把这封信看明白想明白,至少得两三天的时间,现在只能先囫囵吞枣,以求等会儿拜访林婉仪的时候有所帮助。

邮件还包含一个附件,不管有没有毒我都点了,却点不开,估计是网速太慢需要等很久。我把手机给苟真,自己已经困得不行,趁他和图昆活佛看邮件的时候又小睡了会儿。醒过来的时候要下机了,苟真还没有看完,眉头拧成川字,看来理解能力也不会比我更好。上车前往林婉仪家的时候,苟真把手机交给了图昆活佛。我问他有什么看法,不出所料,他说太乱了要缓缓。这时候我已经缓过来一点,回想神秘人这次态度的改变,忽然觉得也并非没有预兆。收到前一封信的时候,我刚从桂霖那里拿回手机,觉得对方立刻发过来一封信是示威,现在看来却未必,反倒像是一种催促。所以不是我们来拜访林婉仪这件事本身触动了神秘人的神经,而是他另有压力源。我揣测神秘人受到的压力在最近几天内急速增大,以至于他没办法再像之前那样等着我按部就班地进行调查。是什么给了他这么大的压力,而他为什么又要将希望寄托在我的身上呢?

林婉仪住在马赛近郊一处山坡上的独立房屋中,那里有着漂亮的花园和极佳的视野。车从上坡的主道拐入一条蜿蜒的小径,这就算进入私人地域了。

图昆活佛把手机还给我,他在物理科学方面自然比我和苟真都懂得多,但阅读邮件的时间受限。

"时间上太仓促了。最后计算机的部分我不懂,前面倒是有很多的启发。写这封邮件的人,怎么会对圣梵利诺和林先生这么了解?之前听你们说过这个神秘人,那时候还没有直观的感受,这封邮件真是让人叹为观止。这不可能是一个人,必然是一个庞大的组织。但既然是一个组织,为什么要如此倚重您?真是奇怪了。"

图昆活佛显然与我有着同样的疑惑,可他旋即一笑又说:"不过考虑到那先生您过往的神奇经历,倒也是可以理解的。不管是人或是组织,还是要提防一些,总觉得背后有其他目的。完全照着他说的去做,也许会有意料之外的危险。"

"这个当然。"我心里一动,说,"您是有修行的人,是感觉到这个神秘人不怀好意了吗?"

图昆一愣,摇摇头说:"倒是没有这方面的强烈感应,我只是从常理出发。"

说完他闭上眼睛,捏了个手印,放缓呼吸,像是在感应什么,一直到车子停稳才睁开眼睛。

"还是没有感觉出强烈的恶意,但是感应这个东西玄之又玄,也不能全盘相信,小心一些总没错。"

"那么邮件里对圣梵利诺的具体分析,以及最后的结论,您怎么看?特别是关于锋锐厂背后目的的分析,还有基金会终极目的的 9 种可能性。"

"很有道理,尤其是一步一步推定的解析路径。"

看了这么一小会儿,居然已经搞明白了邮件里的解析路径,要知道我可都是跳过解析直接看结论的。在这个瞬间我甚至有种面对梁应物的错觉。想来也是,图昆活佛要是没这个水平,当年怎么够格和林正道畅谈几天呢。

"但现在没有时间展开聊了,等见过林小姐之后吧。我们该下车了。"

我没有立刻跟着图昆下车,而是打开邮件,回了封信。

你是谁,想干什么?

回完这 7 个字我才下车。这是我第一次回复神秘人的邮件。之前不回,是因为知道绝不可能得到回复,但现在形势不同。既然神秘人着急了,我们双方的地位就发生了变化,最起码,我有了几分了解基本信息的资格。如果在这个时候还藏头露尾,那凭什么要我照着你说的去做呢?

车停在林宅外的小片空地上。我钻出车门,看见一幢上世纪初风格的三层漂亮房子。山坡在房子后面,眼前是一小片葡萄园,早晨 8 点多的太阳给万物的轮廓镀了层淡金,空气中带着草木的清香,让连夜奔波的我精神为之一振。

一条边境牧羊犬听到动静，从院子里跑出来，在离车子几米远的地方冲我们叫。

林婉仪的先生是位作家，法籍华裔，通常都待在家里。他们育有一子一女，儿子5岁，女儿4岁，家庭幸福美满。林婉仪工作的研究所在马赛市里，从家里驱车下山坡汇入主路，只要半小时就能到达。她每周确定会去研究所的时间只有两天半，其他时间比较机动，也时常会出差开会。所有这些信息自然都来自神秘人，根据他提供的情报，现在这个时间点，林婉仪一家四口应该都在家里。

边牧不是猛犬，会看家但不会随便扑上来咬人。我冲它笑笑，正待走过去敲门，忽然发现苟真并没有下车。我把头伸进车里，却见苟真坐在位子上，微微低着头，不知在想什么。一路上他都是这副模样，原本我还以为他一直在琢磨邮件的内容，现在看来，他是别有怀抱。

我叫了他一声，苟真抬起头，欲言又止。

我和图昆打了个招呼，钻回车里坐在苟真旁边。

"怎么了？这算是近乡情怯？"我问。这里自然不是苟真的故乡，但住在里面的人，却一直是他的感情之乡。

"那多，其实那封邮件，后面我都没怎么看，翻来覆去，看的都是婉仪的部分。看她的生活，她的朋友她的亲人，她的子女还有她的先生……我不知道该怎么说，有种……偷窥的感觉。这样的她，是熟悉的又是陌生的。你知道吗，这些天来，在我的脑海中，在我的心底里，两段经历两重记忆，好像已经合一了。

那段不知从何而来的和婉仪共同生活的记忆,正在取代原来孤单一个人的记忆。很多时候,我觉得自己从来就不是一个人,我是真真切切和婉仪在一起过的。也许,是我不想带着孤独的记忆可悲地死去吧,我的大脑在快要停止工作前做了一件好事。曾经的我,会说这样的自我欺骗是可悲的,但如今的我,很享受,不想醒来呢。"

我听着荀真用比正常语速慢许多的语气,低低地说出这段话,只觉得鼻中一酸,险些掉下泪来。

"可是,外面这幢房子里的林婉仪,是我记得的那个林婉仪吗?她过得很美满呢,没有我。我要怎么去问出那些问题?太冒犯了,太自私了。其实现在这样挺好的,我们彼此之间,都保留着对方最美好的印象。对她来说,我还是那个大学时期略有好感的青涩男孩,是回国时一起喝一次气氛微妙的下午茶的老友;对我来说,她是从少年时一直到死去的梦想,是从梦境中照入现实的光,是……相知相伴的爱人。不,我怎么可以去打破这一切?"

于我来说,林婉仪意味着破解锋锐厂秘密的一把钥匙,意味着浩瀚数论迷宫及圣梵利诺终极目的的突破口,意味着掀开神秘人面具的一个契机,意味着汉丰湖底震慑魂魄的宏音、壮观世界奇景以及不可思议的双重人生经历等一系列迷雾终将散开。这是融在我乃至人类骨血中的旺盛好奇心,是对我们所处世界的无穷无尽的追问。然而,所有这一切的背后,最让我耿耿于怀不可放弃的,是我对追寻何夕下落所残存的一线希望。我之所以会决心介入这件事，会去寻找荀真，正是发轫于斯。所以，对于荀真的心境，我完全可以理解，甚至感同身受。也许我和他之间唯一的区别，是我对真相的追求，比他更执着一些。

此刻，我凭着心中最真切的感受和想法，问了荀真一个问题。

"如果你今天不进去，不选择去直面林婉仪，那么当你死去的时候，这一生中最重要的人、最重要的时刻、最重要的情感在心头闪现，如果在那一刻，你的大脑突然不再欺骗你，你发现那些和她在一起的记忆是空无的，另一重经历到底是否存在，你无从判断。带着这样的彷徨和迷惑死去，你会遗憾吗？会后悔今天没有进去见她吗？"

荀真愣住了。

没有人知道死亡的那一刻是怎样的。也许大脑给荀真的这种错觉，可以一直保持到死，让他在意识消散前始终相信自己真的和林婉仪共同生活了那么多年。但如果不是这样呢？如果大脑停止工作，那个瞬间一切成空了呢？

更何况，越来越多的迹象表明，圣梵利诺的计划涉及人类最根本的东西——灵魂。大脑可以自我欺骗，灵魂呢？肉身死去之时，灵魂脱去束缚，往不知名处归去，归途之中，回顾一生，林婉仪还在那里吗？

荀真动摇了。死亡于他触手可及，将以怎样的心情去死、能否说一声无憾，是最最重要的事，他没法拿这个去赌。而当他开始怀疑的时候，那本已渐渐合一的双重人生，又开始分离。

"更何况,你又怎么知道,有着美满家庭与幸福生活的林婉仪,此时此刻心中就没有如你一般的疑惑呢?"我压下了最后一根稻草。

荀真长吁一口气。

"我明白了。我们下去吧。"

我们来到车外的时候,屋里的男主人听见狗叫,正开了门往这里走来。他先说了句法语,我们没听懂,但意思能猜到大概。

"早上好,请问林婉仪博士在吗?"我用中文问。林婉仪的先生叫叶添一,是上一代的移民,中文未必好,但肯定能听能说。

"早上好。"叶添一有些疑惑地打量着我们三人,用明显有些别扭的语调问,"你们和我太太约过吗?"

"您好,我叫那多。"我和他握了手,然后说,"因为事情比较特殊和急迫,所以没有事先约定就直接来了。我们几小时前才刚从飞机上下来。这位是荀真,是林博士十几年的老朋友了,这一位是西藏红布寺的图昆活佛,他和林博士还有林博士的父亲都是多年的朋友。也许林博士和您提起过他们?"

叶添一果然听过荀真和图昆活佛的名字,虽然依然疑惑,还是礼貌地一一握过手,请我们稍待,回屋去喊林婉仪。

不一会儿,一道窈窕身姿从门里走出来,荀真一望见她,身躯就轻轻颤动了一下。

正朝我们快步走来的女子,穿着一身运动服,似乎本来正准备出门去跑步。她长长的头发绑成马尾甩在脑后,亚洲人少见的高鼻梁上架了一副黑框眼镜,把稍显妩媚的凤眼遮在后面,干练中带着几分学究气。

"居然真的是你荀真,还有图昆活佛,添一和我说的时候,我还不信呢。"

林婉仪和荀真拥抱,又向图昆活佛合十致礼,问:"你们怎么会在一起,而且突然就这么来了?"接着向我礼貌性微笑,问:"还有这位是?"

"您好林博士,我叫那多,是荀真还有图昆活佛的朋友。"我和林婉仪握了握手,然后望了荀真一眼,示意他说明来意,由我来说不合适。

荀真却一时语塞,倒是图昆活佛接过话去,说:"我们几个啊,最近都碰到了些困惑,向您求教来了。"

"困惑?"林婉仪挑了挑眉毛,"别人不说,活佛您有困惑,我可没这个资格解答呀。呵,我们到屋里说吧。"

进到屋里,林婉仪的一双儿女正坐在餐桌前吃饭,打过招呼,她拜托丈夫去煮点咖啡,把我们带到二楼书房。书房有正对山坡的大落地窗,我们在窗前坐下。林婉仪问要不要吃点早餐,我们当然说不用,她又去端来茶点,忙前忙后殷勤得像个寻常家庭主妇。我打量四周,都是欧洲家庭常见的装修摆设,丝毫看不出这儿的女主人是一个神秘而庞大的基金会的主席。我甚至留意了房间相框里的照片,有林婉仪与先生叶添一以及一家人在一起的合影。我试图寻找"暴露"一点的照片,比如泳装照,因为喂食者协会的正式成员胸前有一块皮肤是与常人不同的。可惜并没有这样的照片。

等到叶添一拿来咖啡，给我们一一倒好，林婉仪起身去把书房门关上。随着关门的一声轻响，房间里变得安静了下来，气氛甚至在这一刻变得有些异样。林婉仪若无所觉地走回到我们面前，轻巧地坐回她的座位。看似再简单不过的动作，也许是因为她的神情及某些微不可察的姿态，整个气场的中心随着她的落座，自然而然地集中到了她身上。我觉察到这点的时候，立刻知道眼前之人不简单。我和荀真没什么特别的气场，但能够在图昆活佛在场时依然成为视线焦点，这太不容易了。想想也是，撇开圣梵利诺基金会主席这个隐藏身份不提，林婉仪也是一家重要研究所的主理人，怎么会真是个寻常的家庭妇女呢？

林婉仪正式开口的第一句话，就让我感受到了她的犀利之处。

"荀真啊，你是怎么知道我住在这儿的呢？我记得图昆活佛您也没来过吧？"她以闲聊般的轻松语气问了这个问题。

归根结底，这是一句质问。

以如今的社交礼仪，大多数情况下是不会在家里接待客人的。同一个城市里的朋友相互登门拜访，尚且要先约定好时间，害怕扑空倒是其次，主要是不要给别人添麻烦。去异国访客，不告而至，简直不可思议。更何况，我们是不该有林婉仪家具体地址的，从其他渠道要到了地址，突然袭击般地在一个早晨出现在门口，这是意欲何为？

不管我们的回答是什么，气势肯定要弱一截，谈话主动权就到了林婉仪的手里。

这个问题真的不太好回答。实际的情况是，在荀真的另一重人生经历里,他来过这幢房子。虽然记不清具体地址,但我们打算先飞到马赛找找看,实在找不到再联系林婉仪。没有事先约定,既是因为林婉仪身份神秘,怕提前告知会陡生变化,也是由于荀真心情复杂,不知该以什么理由上门。结果飞机落地,我收到了神秘人的新邮件,里面把林婉仪的情况列得一清二楚,家庭住址自然也在其中,根本就不必再找了。

不料图昆一笑,说:"其实我是来过这里的,不过那个时候是林先生住着的,没有遇见你。"

林婉仪一愣,说:"那得是好多年前了吧?"

图昆微笑点头。

"婉仪。"从进门开始到现在没怎么说过话的荀真,经过了漫长的心理建设,终于开口。

我们事先并没有讨论过面对林婉仪的时候,该采用什么样的谈话策略,例如以谁为主以谁为辅等等。我心里倒是琢磨过,但考虑到我此行的目的是破解圣梵利诺之谜,荀真则是为了自己的情感,双方不尽相同,硬要按我的思路去统一,只怕令他生了芥蒂,所以准备见了面再见机行事。这一刻荀真抢先问出口的,果然还是他的心心念念日夜所想。车里我问他的问题,他已做出决断。

"婉仪,近些日子,你脑子里有没有过一种错觉,就好像你有过另一重人生?"

荀真盯着林婉仪的眼睛,一字一字地问出了下一句话:"另一重……和我在一起的人生?"

这样的一个问题,却没能令林婉仪有所动容。她沉默了片刻,摘下眼镜搁在茶几上,用手轻轻把垂到额前的几缕发丝拨到耳后。

"果然,你也被这些记忆困扰着吗?"她说。

这话一出,苟真整个人就笼上了一层颓然之色,坐在椅子上的身子凭空矮了三分。他惨淡地一笑,张了张口,却不知该说什么。我瞧着他的脸,觉得有一股生无可恋的死气正从他心底里冒出来,再也遮盖不住。

于苟真,那些记忆、那些似是而非的人生,是他死前拼命要抓在手里的宝贵之物。然而于林婉仪,那些却都是困扰。

是啊,林婉仪有自己的家庭,与先生伉俪情深,又有一双可爱的儿女,这凭空出现在脑子里的东西,如何不成为困扰呢?

汝之蜜糖,吾之砒霜。

只这一句,苟真的梦想,可说已经粉碎了。

"科学之神"的执念

林婉仪的一句话，让苟真心神受到重创，整个人顿时萎靡下来。他此刻强撑着镇定，拼了命地不让情绪外流，可以说只是坐在那里不说话，就已经用尽了全身的力量，要指望他继续与林婉仪对话，短时间里怕是不可能了。

我赶紧接过话茬，从自己的汉丰湖之行说起，讲到在红布寺里遇见苟真和图昆。这一条线把我、苟真、图昆活佛三人串了起来，也解释了我和图昆为什么会在这里。先前林婉仪没有追问我的身份，那是出于礼仪和客气，我还是得尽快自我介绍的。

当然，我只是说到红布寺为止，后面锋锐厂的事该怎么讲，还得看看林婉仪的反应。苟真罹患绝症、命不久矣这件事，我也没提。我想以他的性格，在这样的情境下，应该是不会愿意说出来的——既然林婉仪是这样的态度，那么说出来有什么意思？以此博得同情，获得林婉仪的抚慰？恐怕林婉仪说出些安慰话的时候，苟真的心里会更难熬吧。无论如何，这个消息要说也得经苟真之口，别人绝不该越俎代庖。

不过，不说这件事，也可以用其他方式，进一步瞧瞧林婉仪的心意。苟真此时沉默不语，想来以他的性格，缓过来之后，更不会讲自己是如何情丝纠结、辗转困顿，我把自己介入此事的缘由一说，等于侧面把苟真这段时间的行为描绘了出来。

在我的这一重经历中，荀真远赴西藏红布寺，上山寻访湖畔秘境入口，还相对"正常"；但在我的另一重经历里，荀真孤身一人宿于汉丰湖畔，每日驾乌篷船于湖心，跃入冰冷的湖水，寻找水底老城中林家老宅的残迹，如此苦心孤诣、心心念念，究竟为何？林婉仪也有那些令她"困扰"的记忆，想来不会对荀真此举毫无触动。即便说对荀真而言，这也算作是一种困扰，然而荀真对待这些困扰的态度，传达出了他的心情。这等于是我替荀真间接地剖白了心意，却不会给林婉仪任何的压力。

以林婉仪之聪慧，当然是听出了我言下之意，却没有一点回应。这自然也极正常，毕竟她的丈夫和孩子就在楼下，她绝不会轻易让自己陷入这样两难的尴尬境地。

"原来您是一位记者。"林婉仪微微点头。看她的样子，似乎真的不曾听说过我。倒不是我自大，因为这些年折腾过的事儿，我在暗世界里的名气怕是不会比路云这样的人物小，消息稍灵通些的，多少会对我有所耳闻，而如果是一个涉及超自然力量的组织，就更不可能没有关于我的情报。林婉仪要不是演技太好，就是接任圣梵利诺基金会主席的职位时间太短，还没有真正介入具体事务。

"所以，对您来说这是一则大新闻；荀真你是想知道我有没有类似的感觉；而活佛的话，这和您的研究，或者密宗教旨有什么相关的地方吗？"

林婉仪不紧不慢地用闲聊口气说话，我微笑地听着，暗地里调动了全副心神，要尽可能快地对她做出一个基本判断。

我们这三个异国访客里，荀真虽然与她相识已久，但并不是日常交往频繁的朋友，图昆则是与她的父亲林正道更熟悉，加上特殊身份，和林婉仪的亲近也是那种有距离感的。这样一个三人组合突然造访，必定是有非常充分且必要的理由，我刚才说的汉丰湖和红布寺之行是远远不够的。林婉仪的高智商已经由她的学术地位充分证明了，毋庸置疑，所以她决计不可能想不到这一点，但她完全没有着急追问的意思，在关于住址的暗藏锋芒的提问被图昆活佛化解后，依然不慌不忙地聊着，仿佛这是一次再正常不过的朋友间的早茶。没有绝高的情商，可做不到这一步，怪不得她可以掌控一个重要的实验机构。哪怕成为基金会主席是女承父业，她也具备坐稳这个位子的基本能力。

既然林婉仪双商极高，又胸有城府，先前对荀真说的那一句"你也被这些记忆困扰着吗"，其含义就值得推敲了。首先，这些记忆的出现和圣梵利诺的计划有关，和锋锐厂的纪念品计划乃至林宅里的那块晶体有关，林婉仪在明知其关联的情况下，一开场就说了这句话，表明她无意隐瞒，因为她不可能对这个话题可能牵带出的内容毫无考虑。不管她因何缘故持这样一种比较开放的态度，也许我们可以省去一些试探，直接问更深入的话题。其次，尽管林婉仪用了"困扰"这个令荀真异常痛苦的词语，但这句话整体来看，也可以视作对荀真遭遇的共情。如此直接地说出这句话，其背后是不是隐藏着某种林婉仪自己都没有意识到的情绪？甚至林婉仪不加隐瞒，是不是某种程度上也是受到了这股情绪、这种情感的影响？不能说荀真有什么机会，但他如果能意识到这点，多少会有所宽慰。

现在谈话节奏依然掌握在林婉仪的手里，她举重若轻，辗转盘旋地问着问题。这样的好处之一是让她有更多的时间去考虑一些事情。那她此时会考虑什么事情呢？

她一定会考虑要对我们说多少实情，以什么方式来说。不打算隐瞒，不意味着就要把所有事情全都一股脑儿倒出来。哪怕是寻常朋友间聊天，也没人会毫无保留把自己的一切角角落落都兜底儿翻出来吧，更何况这样秘密且前沿的项目。那么除了与苟真那若有若无的情愫之外，还有什么因素能让林婉仪说得更多一点呢？

想到这里，我忽然把握到了林婉仪此时一点一滴试探着从外围问问题的原因。

她需要了解我们知道了多少事情，也需要了解我们为此做出了多少努力。后者的重要性不下于前者。如果一个男人追求一个女人，上来就直接被拒绝，很可能就绝了心思另找方向，但如果他花了大量的时间、金钱和精力在这个女人身上之后，才被拒绝，那他绝没那么容易甘心，总要再多想一些办法试一试，直到被拒绝第二次、第三次、第四次，或者最终获得成功。一个人付出的成本越多，就越不容易放弃。这么看来，也许我应该把红布寺之后的事也说出来？

想得这么多这么复杂，在脑海中也就是电光石火的一刹那。此时图昆活佛听了林婉仪的问题，微微一笑。林婉仪的潜台词其实是说，活佛您就是在红布寺见了两位陌生访客，到底是为什么会介入得这么深，一同到了马赛呢。

"林小姐真是慧眼，那日我送走了那先生和荀先生之后，就取了莲花生大士的伏藏。原来莲花生大士早有法旨示下，我需竭尽全力来帮助他们解开心中谜团。这于我教、于众生都是有大功德的事情。"图昆活佛说。

林婉仪一怔，显然没有想到居然得到了一个这样的答案。涉及一千多年前的莲花生大士，这属于宗教神话传说的范畴，所有的道理、逻辑乃至话术，在它面前都不好使了。

林婉仪心中狐疑，我却知道图昆活佛所说都是真的。我甚至有些奇怪，怎么活佛一下子就吐了老底。转念一想，活佛是修行人，很多时候对人的态度、与人交谈的方式，是靠着直觉，也就是内心的一种感应。恐怕活佛在此刻觉得，不隐瞒地直说，是对待林婉仪最好的方式吧。

图昆活佛毫不隐瞒的态度，加上我刚才对林婉仪的分析判断，让我决定把红布寺之后的事情也说出来。在林婉仪稍有愣神的时候，我接过话茬，把如何从纪念品查到锋锐厂，如何从钱桂林处得知了纪念品和锋锐厂的诸多蹊跷之处，乃至在复旦大学电子显微镜实验室里看见的那一幅可称壮观的数论迷宫图，都一一说了出来。当然，我保留了涉及神秘人的那一部分。

"我知道图昆活佛的二世人互助会受到了林老先生，也就是圣梵利诺基金会的大力资助，也听说基金会资助了许多类似项目。呃，也许不能说类似，而是方向独特吧。根据我们自己的调查，锋锐厂好像也和圣梵利诺基金会有关系。"

我这么说，等于是把由神秘人邮件里得来的信息，甩了大半的锅在图昆活佛身上，想来要"全力配合"的他也不会在这个时候否认。

林婉仪看着我侃侃而谈，忽然挑起眉毛，露出一个明媚的笑容，然后转过眼去瞧荀真。

我心里奇怪，她这个笑容的幅度有点大啊，我并没说什么好笑的事情，她也不可能对我有啥意思，怎么这样笑呢？难道我的话里露了破绽，让她觉出了神秘人的存在？

我在心里复盘，却听见林婉仪对荀真说："其实这件事啊，你一开始就该打电话给我，不用这样自己查来查去的。虽然的确是不对外公开的项目，但既然影响到了你，你又是我这么好的朋友，怎么都要对你有个交代。这样，你们刚刚飞到这里，先好好休息一下，我白天还有工作，马上也得走了，特别不好意思。我去实验室看一眼，没什么问题就早点回来。家里空着两间卧室，荀真你和活佛就住在这儿吧。特别是荀真你啊，好几年没见了，回头开瓶酒我们好好聊聊，可别和我客气啊。那记者，附近不远有个不错的酒店，我给您开间房，您也先休息一下。"

"哦……哦……这样，这样也好。"林婉仪一下子把事情都安顿好了，又说要去上班，荀真也只能这样答应着。

荀真面对林婉仪的时候，怕是十分的脑力都只剩了一分，但我可是记得清清楚楚，神秘人的邮件里明确说了林婉仪的工作日程，她今天是不应该去实验室的！而且她分明订了明天下午飞往上海的机票，还会有时间和我们慢慢聊天吗？

她以此为托词，分明是不配合的态度。但这个态度，和我一开始对她的判断，以及图昆活佛流露出的对她心意的判断，是不符合的。如果我和图昆活佛没出错，那就是林婉仪一开始抱着比较开放的态度，边了解情况边考虑该怎么应对，然而她考虑完之后，整个态度却是由开放转为了抗拒。这是怎么回事，什么促使她做出这样的转变？

眼看着这场谈话就要到此中止，我心中念头急转，回顾着刚才的谈话内容，想要找出症结所在。刚才主要是我在说，图昆和苟真加起来也没说几句话，我都说了些什么呢？

苟真和图昆活佛住在家里，而我住在宾馆。忽然之间我明白了，林婉仪那个突兀的笑容不是表达对我的好感，而是厌恶！就在她快要掩饰不住这股厌恶，即将现诸表情的时候，她把原本细微的面部动作放大，用笑容掩盖了起来。这是高情商的人对自己情绪的一种控制。

这厌恶从何而来？恐怕就是因为刚才的谈话十分之九都是我在说。我不过是在汉丰湖有过一段无关紧要的双重人生，而苟真则是有着长达10年走向截然不同的人生；图昆活佛可说是林家世交，苟真是她多年的老友，我则与她素昧平生。不管从哪方面看，都轮不到我在这里滔滔不绝长篇大论。可恰恰就是我，在这里主导着场面，让苟真和图昆活佛沦为了配角。从林婉仪的角度看，这一切只有一个解释，那就是我的身份——记者。苟真和图昆完全是被我裹挟的，我为了做一篇足够分量的报道，推动了这一切。林婉仪判断我在追求新闻效果，只要我在场，事态最终会变得不可收拾。她是个情商极高的人，绝不会当面表达对我的质疑，而是不动声色地找了个理由中止谈话，并且通过不同的住宿安排，把我和荀真及图昆从空间上切割开。

想明白这点，我立刻站起身，向林婉仪深深鞠了一躬。

对我这个突如其来的举动，荀真和图昆目瞪口呆，林婉仪也是面露疑惑。

"林博士，刚才我有一点喧宾夺主了，导致您可能对我有一些误会。"我直起腰来，用最诚恳的语气说。

"说老实话，荀真走进这间屋子，见到您，见到您的先生和孩子，心情非常复杂，大概一时没办法把事情经过有条理地说出来。而图昆活佛则遵循莲花生大士的法旨，尽量为我们提供帮助，不想反过来主导。所以从进门到现在主要是我在说话。我猜您可能以为我要制造什么新闻，毕竟我的身份是一名记者。"

听我这么一说，荀真和图昆都反应了过来。

而林婉仪则看着我，并没有急着表态，但也没有打断我。

"但是您可以放心，我介入这件事，绝不是为了做什么新闻报道，也绝不会把一切透露出去。图昆活佛对我有一些了解，他会愿意为我做担保。"

说到这里我看了图昆活佛一眼，他会意郑重地对林婉仪点了点头，表示愿意为我作保。

图昆活佛的担保当然非常有力，林婉仪这样的人不会因为一个担保就彻底改变态度，可至少，她对我的整体观感会有所变化。

"再说，这件事情并没有多少报道价值。恰恰因为太过惊人，就算我原原本本写出来,也不会有任何一张报纸、任何一本杂志,甚至任何一家媒体愿意刊登。上到审稿编辑,下到读者,谁会相信这是真的?而对超出普通人接受范围的事情,国内也是有宣传口径的。就算我把它发在网上,一旦受到关注,或者说报道中的某些部分被证实是真实的,这篇文章会在第一时间被全网删除。普通人就应该活在普通人的世界里,妖魔鬼怪知道得太多,于人于己都没有好处。"

我冲林婉仪微微一笑,又说:"我今天到这里很唐突,我也理解您的顾虑。我去市里找个酒店休息一下,让荀真和图昆活佛在这里和您继续聊,好吗?"

"唉那多你这是干什么,你自己走了把我们两个扔在这里算怎么回事?"荀真急了,转过头又对林婉仪说:"婉仪,那多这个人还是很靠谱的,我相信他不是为了做报道,如果你担心这方面,那真的没有必要。"

"那先生还是和我们一起聊这件事最妥当。林小姐,那先生的人品是有保证的,您如果对他有什么顾虑,不妨说说看,瞧瞧怎么能让您更放心一些。"

我这一下以退为进,顿时让荀真和图昆活佛都开口挽留,如果这时林婉仪再坚持让我去酒店休息,场面就很难看了,我看以她的情商,是不至于如此的。

果然林婉仪笑笑,请我坐下来,也不再提什么要去研究所上班的话,就好像从没说过似的。

"倒真的不是对那先生不放心,荀真的朋友,再加上图昆活佛的眼光，怎么会有错？不过我也是有一点点好奇，既然这件事情并没有报道出来的理由，您为什么会介入得这么深呢？就是因为遇见了苟真，和他成了好朋友，所以帮他的忙？"

"是因为好奇心。我自认为是一名优秀的调查记者，而优秀记者最重要的特质，不是文笔好，也不是能吃苦，更不是胆气足，而是对这个世界有足够的好奇心。有了好奇心，才会去追寻事情的真相。林博士，您是一位优秀的科学家，我以为，在好奇心这一点上，您必然是能够理解我的。科学，乃至人类社会的进步，不都是由强烈的好奇心所驱动的吗？您不也是因为对这个世界、对整个宇宙有着强烈的好奇心，才能够在自己的道路上一直前行至今，取得了今天的成就吗？"

这一番话的确是发自内心。除了何夕之外，这就是我追踪此事的全部理由了。当然何夕是我参与的一个关键因素，但私人到我不愿意多提，而且也不是一两句话可以讲清楚的。再早几年，我二十多三十岁经历的那些冒险，就没有那么多的感情因素，纯粹是好奇心作祟，所以这个理由是完全说得通站得住脚的。

林婉仪双手置于膝上，端坐着听我说完，轻轻点头，说："我明白了，想必您在记者领域，一定做得非常出色吧。"

我苦笑着不知该怎么回答。整个行业正在衰落，我身处其中，又能好到哪里去？我做得出色的，其实是那些永远没办法发表出来的对世界另一面的探访和发掘。

林婉仪并没指望我回答。她凝神思索，我们三人也屏息不语，等待她开口。话已经说到这个份上，她也知道我们此次前来的执着，不给出一个说得过去的答案，事情是无法了结的。

"整件事情的原委，应该说，我是清楚的。"林婉仪缓缓开口，并无推诿之意。

"如果把它称为一个项目的话，时间跨度非常漫长。我并不是从一开始就参与的，甚至我的父亲也不是。我开始接触它，是在6年之前，确切地说，是在2011年10月29日的晚上。那个时候，我才第一次听说了圣梵利诺这个名字。"说到这里，林婉仪的脸上露出了一丝苦涩的笑容。

林婉仪的职业生涯可谓一帆风顺。早在普林斯顿的时候，因为发表了几篇高质量论文，法国量子研究中心就开始与她接触，邀请她去马赛工作。林婉仪衡量再三，彼时她在国内没有很深的羁绊，于是最终答应了邀请。前后不过三年，林婉仪就成了这家重量级研究所核心实验室的主理人，当时她还未满30岁，可说是令学界瞩目了。就在那年的10月29日下午，林婉仪接到父亲即将到访的电话通知，晚上10点，父女在这幢房子的二楼，也就是我们此刻所在的房间里进行了一场谈话。林婉仪第一次知道，原来研究中心最神秘的大股东是一家名叫圣梵利诺的基金会，而她的父亲林正道正是这家基金会的主席。如果她有意，圣梵利诺会在几年内把她推到研究中心负责人的位置。

林婉仪此前只知道父亲是一名出色的量子物理学家，在几家机构里担任职务，工作非常繁忙，整天飞来飞去，有的时候还会消失一阵子。虽然一直觉得父亲有些神秘，但林婉仪绝想不到，林正道居然还有这样一重秘密身份。她当时的心情非常复杂，原本以为自己是靠实力上位，没想到却是父亲的缘故。不过她对自己的能力有足够的信心，更高的位置意味着更多的资源和对研究方向的决定权，她并不会因此放弃所得到的一切。

林正道深夜赶来，却不仅仅只为了说这些。

林正道告诉女儿，在基金会主席之外，他还有另一重更隐秘的身份。他是一个秘密精英组织的成员，这个组织里，有着大量与他同样优秀，甚至更优秀的成员。林婉仪大为吃惊，她知道父亲向来眼高于顶，很少称赞别人。

我自然知道，林正道所说的秘密组织，必然是喂食者协会无疑。算算时间，那正是喂食者协会被全球围剿的时候，或许林正道担心圣梵利诺会被牵连，所以事先对女儿做了交代吧。

林正道真正要讲的，是他进行了多年的一个重大项目。

这是一个由秘密组织创始人开设，并在其晚年投入了许多精力的项目。在他去世后，项目由其子接管，在20世纪80年代末交到林正道手里时，已历经了30年、三代人了。

我听到这里，就知道这个项目非同小可。喂食者协会的创始人爱略特，亲手缔造了一个影响人类文明进程的组织。这个组织在发展百年后，整体科技水准领先了外界数十年之多。协会里的顶级科学家把爱略特当作科学之神来崇拜，遍览人类历史，能与爱略特相提并论的，也只有达·芬奇、牛顿、爱因斯坦等寥寥数人而已。这样一个人所开设的项目，其重要性对于整个人类文明来说，恐怕是难以言喻的。

这个项目源自爱略特随身携带的一件传家饰物。那是个水晶吊坠，其中的一面天然生了一张男性的侧脸，颇为奇特，据说可以带来幸运。爱略特大多数时候都戴着它，时间久了，他发现戴着这个吊坠思考问题时，头脑异常活跃，各种各样的念头纷至沓来，尤其是思维广度有着明显的扩张，许多想法的角度之刁钻奇特，简直不像是他自己想出来的，仿佛脑子里有许多个立场不同性格不同世界观不同的人在一起出主意似的。越是站在前沿的科学家，就越是需要不受束缚敢于创新的大脑，比如量子物理学这一整门学科，简直就是反日常生活经验的，如果没有20世纪初那一群脑袋比科幻小说家更开放的科学家，根本不可能开创出来，更不可能推进到今天这样的程度。爱略特在科学领域一骑绝尘，其天赋和成就，让他在霍普金斯生物系的同学，即后来获得诺贝尔奖的遗传学之父摩尔根大受打击，险些放弃了生物学。这其中有一些功劳，要属于那件水晶吊坠。

爱略特是到了老年之后，越来越不喜装饰物，吊坠戴得少了，这才慢慢意识到它的作用。那个时候喂食者协会已经发展到相当规模，可以调动的资源非常人所能想象，爱略特发现吊坠的神奇之处后，做的第一件事，就是去搜集这件传世之宝的过往信息。数年之后，它几十任主人的资料就摆到了爱略特的案头。

吊坠在爱略特的家族传了三代，是他的曾祖父从古董店购入的。再往前追溯，涉及对70年前那位古董店主具体入账货品的追查，难度极高，如果不是喂食者协会资源充沛财力雄厚，普通的调查者在这一步就得卡住。最终可以明确查实的，是自爱略特往前的连续17任主人，再往上，哪怕是喂食者协会也无能为力了。毕竟没人能真的回溯时光，一切调查都要基于留存在世的痕迹。这件水晶吊坠不是价格昂贵背景显赫的艺术品，只是天然形状颇具意趣，大多数主人都不会过度重视，因此没有留下过多历史痕迹。就好比一张使用多年的百元钞票，想知道自出厂起经过哪些人之手，即便是倾国家之力，把所有大数据都用上，也绝不可能办得到。

虽然17任往前的主人无法明确锁定，但还是可以通过许多侧面线索进行推测，列出一些可能的拥有者。这份名单不是连续的，往往两个人之间留有一代或几代人的空白，这也是没办法的事情。

吊坠的最早出处并没能查到，这是最大的遗憾。然而爱略特惊讶地发现，在历任主人的名单中，居然有一个鼎鼎大名的人——列奥纳多·迪·皮耶罗·达·芬奇。这一任主人是非常确定的，除了许多旁证之外，在达·芬奇的一幅自画像中，更露出了吊坠的一部分。其他的吊坠主人虽然没能取得达·芬奇那样的辉煌成就，但也有很多杰出之辈。剩下的默默无闻者其实也都颇具才华，只是因为人生境遇使然，怀才不遇而已。

爱略特发现，虽然才华过人是历任吊坠主人的共同特点，但值得注意的是，这种才华的具体表现，不是智商拔群或拥有某一方面的惊人天赋，而是学识广博。就爱略特自己来说，在科学领域，他擅长社会学、生物学和数学，此外文学和哲学也造诣颇深，还画得一手好素描。达·芬奇就更不用说了，在博学多才这个概念上重新定义了人类所能达到的极限，不仅是绘画和雕塑方面的大师圣手,也是著名的建筑师、军事工程师、发明家、生物学家,并通晓音乐、数学、天文、地质、物理等学科,简直是神话传说里才能出现的人物。其他的吊坠主人,也普遍拥有多样性的才华。一个人会对不同的事情产生兴趣再正常不过,但感兴趣是一回事,真正擅长又是另一回事,这可比单纯的聪明要更难得。

许多伟大的科学家在晚年都会变得不那么"科学主义",比如牛顿晚年信教,弗洛伊德晚年研究神秘主义。这是因为这些走在人类文明最前沿者,在生命快到尽头时,面对生之有涯和广阔宇宙之无边无际,不免产生巨大的敬畏。知道得越多,才越明白自己有多么无知。然而爱略特是另一种类型,他对于破解一切秘密有着近乎狂热的执着,坚决排斥神学或神秘主义,甚至把最顶级的科学家集合起来,更快地推进科技进程。我觉得这或许是因为他在心底里把自己当成了科学之神,所以不相信除己之外的所有神。

当搜集来的资料进一步展现了吊坠的神秘之处后,爱略特对它产生了浓厚的兴趣。他完全不觉得这是什么神迹,又或者是吉卜赛人所说的水晶神秘力量,而是预感到了一条通往某个深邃秘密的通道,其意义之重大,甚至更在他成立喂食者协会的伟大初衷之上。于是,在85岁那年,喂食者项目已经初现曙光,可以分出一部分精力他顾的时候,爱略特正式开启了水晶吊坠项目。

开始这个项目之初,爱略特就明白项目不可能在自己有生之年完成。喂食者协会的项目花了他大半辈子时间也没能最终成功,水晶吊坠项目的重要性不在其下,难度当然也更高。他只是做了一些先行者的工作，更多的职责是为后继者指出方向。在临终前几个月，爱略特把项目托付给小儿子。除了写在纸上的项目进展之外，爱略特告诉儿子，他有一种预感，这条路走下去，会触及一个肉体之上的领域。那是一个精神性的、灵魂性的领域，是几千年来被认为属于神的领域，而今终于有可能被打开一个缺口。虽然自己等不到这一天，但知道未来这个秘密会被破解，他也会非常高兴。

水晶吊坠项目交到小爱略特的手上后，又进行了将近20年的时间。不过说实话，在这么长的时间里，项目的进展并不大。

爱略特育有三子。长子比爱略特还早去世两年；次子无心科研，当了一名律师，压根儿就没有加入喂食者协会；三子智商最高，在生物、物理等多个科研领域有颇高造诣，是三个儿子里最像爱略特的一个，爱略特对他有极高期望，希望小爱略特可以继承他的衣钵。

然而到了爱略特去世的时候，喂食者协会早已经不是那么单纯的科学家联盟组织，各方面的力量都已经积蓄到极为强大的程度。不要说一些小国家，就算把当时的顶尖大国都算进去，喂食者协会也可以稳稳排进经济体量全球前十，科技水准人类第一，同时还一定程度上掌握了制造业及小规模的武装力量。而一旦喂食者计划获得成功，那么整个人类社会都将在协会的控制之下。如此的庞然巨物，之前全系于爱略特一身，对其他协会成员来说，爱略特是走在人类最前沿的绝对者，释放着如太阳般的炽烈光芒，根本不需要权谋，就成为无可争议的核心。爱略特一死，小爱略特虽然卓越，充其量也就是和其他成员相仿的程度，也无法重现父亲的地位。喂食者协会中暗流涌动，派系林立，小爱略特颇费了一番波折，最后才成为协会中的巨头之一。

小爱略特被协会事务和权谋占用了大部分精力，分配到水晶吊坠项目上的时间当然就少了很多。这个项目，可不是不全力以赴，只随随便便投入一点小心思就能取得进展的。直至80年代末，小爱略特也到了80岁的年纪，突然之间，对可能涉及灵魂秘密的水晶吊坠上了心。他非常遗憾之前那么多年没有投入更多的精力在项目上，以至于进展缓慢，有负父亲重托，而今想要努力，却已力不从心了。于是他在协会内部物色合适的接替人选，最终选择了林正道。

为了让林正道有充足的资源能够毫无掣肘地进行研究，小爱略特把他从喂食者协会里剥离出来，接手作为备用阵地的圣梵利诺基金会，让基金会全力支持此项研究。由此，水晶吊坠项目才驶入了快车道。

以上这些，一部分是林婉仪叙述，一部分则来自我对爱略特和喂食者协会的了解。我听林婉仪说到这里，好奇心越来越甚，简直可以说是心痒难熬。她说了整个项目建立的背景，却还没有说出任何实质内容和研究结论。神秘人邮件里提到的许多分析，此时在我的脑海里此起彼伏，仿佛黑暗里一颗又一颗火星炸亮，只要林婉仪再多说一些，火星就能连成线，形成一幅幅图景。那会是铺满在夜空里的灿烂烟花。要知道，这可是爱略特至死都念念不忘的研究项目啊。

永不消逝的时间

一切始于一枚神奇的水晶吊坠。围绕着它的研究项目，展示了一条通向肉体之上的道路。这条秘密小径千万年来始终若隐若现，许多隐士大贤和先知望见过它，甚至涉足一角，但到底谁曾走通却无人知晓。也许当你走到路的尽头时，已无法再归来。

爱略特完全不同于此前那些有意或无意走上此路的零星探索者，他是要给这条路打上路标，竖起路灯，探索每一条分岔。这是新航道的开辟，这是荒凉莽原里的斩荆披棘，一旦到达彼岸，则足以令络绎不绝的后来者效仿。如此，只要寻到方向，每一步都走得踏踏实实，可以反复验证，不虞昙花一现。

无论如何，这都不会是一条好走的路。林婉仪在书房中对我们娓娓道来，从爱略特立项，说到小爱略特接棒，然后又传到林正道手上，时间匆匆过了20多年，项目却进展甚微。

"所以，水晶吊坠的秘密到底是什么？"荀真听得焦急，迫切想知道最终答案。

林婉仪失笑，说："秘密到底是什么？项目已进行了超过40年，说到底就是在追问这个问题。虽然到目前为止有了很多进展，但要说最终答案却还早得很。哪怕是已取得的进展，也不是一两句话就能说得清的。怎么，你没耐心了？"

苟真连忙摆手，请林婉仪继续往下说。

项目交到林正道手上的时候，不能说完全处于开荒状态，毕竟小爱略特在这些年里还是做了一些事情的。他最大的成绩，是在完全信任父亲纲领性指导的前提下，把水晶吊坠交给了一些可信度较高的"通灵者"感应。他们的感应结果有许多共性，一定程度上印证了老爱略特的推测。小爱略特针对这些共性，制作了一张有着诸多细分项目的标准问卷，然后寻找更多感应者做同题问答。这些人之中有"通灵者"，有精神敏锐的人，有各派教徒，也有普通人。

每一位感应者都要佩戴吊坠10天，而水晶吊坠只有一块，所以整体时间拉得很长。100位感应者为一轮，小爱略特在近20年时间里一共完成了6轮测试。前3轮结束后，小爱略特都会对问卷进行修改，到了后3轮，问卷固定下来，在挑选感应者时也更偏向于"通灵者"和精神敏锐者。等到林正道接手的时候，受试者数量已经足够多，由此产生了初步的分析结论。

林婉仪体谅我们这些听众的心情，省去了具体的分析过程，直接说了林正道接手项目时，小爱略特的阶段性成果。

水晶吊坠上附着了不少于13个不多于21个"精神体"。精神体指的是人类灵魂的部分或全部、独立或半独立存在的意识，以及无须大脑支持能够在一定条件下运转的复杂意识。实验无法直接检测到精神体，只能通过汇总问卷分析，反推出其存在，当然也无法对精神体的具体状态进行准确定义。

这些附着于吊坠的精神体会对佩戴者产生影响。影响主要体现在两个方面,一是佩戴者在深入思考时更容易产生多种思维角度,即俗称的"灵感";二是佩戴者会对多个领域产生兴趣,且在进入这些领域时,吸收相关知识的难度会降低,简单来说,就是会有一种"似曾相识"的熟悉感。

"就是说有十几个灵魂附在水晶吊坠上,而戴上吊坠的人,就好像被十几位老师附体?"我问。

"这么概括有点简单粗暴,不过作为通俗理解的话也行。"林婉仪说,"项目进行到这一步,等于确定了独立于人类肉体的精神体的存在。科学界远未就此达成共识,但这只是因为缺乏系统研究手段。几十年来,对许多现象的研究都涉及与意识或与灵魂相关的方面,并不算新鲜事了。所以,到我父亲接手的时候,他不急着去给精神体下进一步的定义,而是给研究定了另外两个方向:第一,精神体附着于水晶吊坠的现象是如何产生的?第二,水晶吊坠是怎样保持这种附着精神体的状态的?"

"听起来怎么像是一个问题啊?"荀真问。

"不,怎么发生的,和怎么保持的,这是完全不同的两个问题。举个例子,锂电池能长期存住电,是因为它的特定结构,但是一块电池之所以会有电,是因为有一个电源给它充了电。"林婉仪解释。

"听起来,第二个方向要容易一些。"我说。

林婉仪点头:"是的,精神体能够持续附着于水晶吊坠,自然和水晶吊坠的物理特性有关,这是可以分析实验的,看物性的哪个部分哪一层面与精神体发生了关联。但一切是如何发生的,就未必取决于水晶吊坠本身的特性了,通常会有一个外力。它在吊坠上留下痕迹了吗?如果找不到痕迹,那么又该如何去推测、去寻找呢?这是我父亲当时面临的最大难点。"

"可是,精神体为什么会与佩戴者产生这样良性的互动,难道不更值得研究吗?撞鬼不是新鲜事,但也没听说过哪个人撞鬼之后变聪明了啊。为啥十几二十个灵魂挤在一起,居然就能给人这么大的智力加持?"我问。

"这当然也是值得研究的命题,但是不应该放在第一位。想要对精神体和人类的互动关系进行研究,免不了要直接去碰附着在水晶吊坠上的精神体,某种程度上说,就是把精神体变成了实验素材。可是如果我们还没搞清楚一切是如何发生的,就急着去对精神体下手,一旦出了差错,精神体产生了消耗,那就是无法挽回的损失。所以,只有在我们充分了解前两个问题后,才会去碰你说的精神体和佩戴人互动的问题,以免精神体用一个少一个。"

我点头表示理解。这大概就是我这样的普通人和科学家的区别了,前者急功近利,后者眼光长远。

"林老先生选择的两个研究方向,到了今天,想必都有了成果吧。"

"都有了很大的进展。首先,我父亲假设水晶吊坠对精神体来说是个合适的容器,所以他复制了一批水晶吊坠,尽当时的水准,力求接近原版。这其实是一件非常困难的事,因为水晶吊坠是不规则体,任何一个表面的突起、凹陷都要复制,其实并不可能。肉眼看似一致，用毫米级的放大镜看就未必；过了放大镜这一关，再到了微米级的显微镜下，又会发现不一样的地方。实验团队做到了100纳米级的外观一致，每做一枚吊坠，成本超过30万美元。此外还有天然水晶自身的内部杂质、裂纹，难以人工复制，要从大量的天然原石中去挑选最接近的，当时，团队对原石的筛选率高达千分之一。最后一共做了100枚复制品，从外观、重量，到光的折射率、磁场反应，所有能测量出的物性标准，几乎全都做到与原版一模一样。然后把这100枚复制品投放到不同的场景中，看看能否吸引到精神体。"

"这是用穷举法，想在第一个研究方向上有所突破？"我说。

林婉仪点头，说："这100个场景，一半是通常认为与灵魂活动相关的地方，比如墓地、鬼屋、医院太平间、寺庙等等；另一半则是其他各类场所。放置一段时间后，实验团队会用仪器检测与精神体相关的数值，看看复制品上有否附着了精神体。"

"是雷蒙德波粒衍射测量，和特洛象限反应数值？"

林婉仪深深看了我一眼，不置可否。

我知道自己说中了。这两个名词背后的含义，我也不知其所以然，神秘人邮件里的相关解释我瞧得一知半解，但拿出来唬人还挺管用。我插这句嘴，当然不是要在林婉仪面前班门弄斧，而是叫她拿不准我的底细，不敢轻易虚言哄骗我们。

"那一次实验，一共有3个水晶吊坠出现过强弱不等的精神体相关数值反应。无一例外，这些反应最后都消失了。也就是说，精神体在这3个吊坠上短期附着，但没能保留下来，这已经足够让实验组振奋了。第二轮实验里，吊坠增加到了300枚。新增的200枚吊坠中，有50枚是用了最新的技术，把外观精度提高到了50纳米级的复制吊坠，而另外150枚则和原版吊坠完全不同。实验组做出了一些假设，试图去探索到底是什么吸引了精神体、留存了精神体，可以说，他们在第二个方向上迈出了一大步。"

说到这里，林婉仪把窗边桌上的笔记本电脑打开，给我们展示了一张图片。

"这就是那枚原版的水晶吊坠。"

屏幕上是一枚椭圆形的天然水晶，表面可以看出有一张老年男性的侧脸。因为是天然形成，所以不会有特别清晰的五官轮廓，但依稀可以看出眼、鼻、嘴和胡须，且有一股忧郁的神韵，颇具印象派画作的意趣。

"请注意他的眼部。"

眼部？

还没等我看出什么东西，林婉仪就切到了下一张图片。

"这是眼部放大图。"

这一下，不光我，连荀真和图昆活佛都发出了惊叹声。

出现在我们眼前的，是一幅人体侧卧像，以躯体的柔美起伏看，似是女性。

"难道这也是天然形成的？"

林婉仪点头。

也就是说，这实际上是一幅以女体为眼的男性侧面浮雕。更难得之处在于，这两幅天然形成的图像，和旅游景点牵强附会出来的怪石奇峰不同，都极具艺术气息，说是雕刻家妙手为之，也不会有人怀疑。

"这真可以说是妙作天成了。"图昆活佛赞道。

"难道是这画中画有什么玄机，可以吸引灵魂？"荀真问。

林婉仪没有直接回答，而是打开了电脑中的另一个文件。这次出现在屏幕上的是一段短视频。视频展示了吊坠侧剖面，把切面的高低起伏截取出来，变成一道道不知代表着什么的波纹。

随着屏幕上出现的波纹，有声音从扬声器里传出。

那是一种浑厚低沉的声音，初听还不觉得有什么，越听越觉得动人心魄，仿佛是由无数细小的声线密密麻麻地织就，彼此协和相融，如鲸歌，似天籁。

"这是气流以某个角度从吊坠表面吹过，放大后的声音。有一种神圣的宗教感。"林婉仪说。

"所以，这块吊坠天然就在雕塑绘画和音乐方面，形成了特别的美感。"我说。

"是的。所以我父亲提出了一个假设，绘画、音乐这些对人类有吸引力的艺术，同样对精神体也有吸引力。基于这个假设，第二轮实验里的另外150枚吊坠，都从绘画和音乐的角度进行了不同的设计。每一枚都包含不同的几幅雕刻画作和几段乐谱。总共300枚吊坠，被放置在了300个不同的场地里。而这些场地的选择，也根据第一轮实验的结果进行了调整。半年之后，有12枚吊坠出现了反应，比例上高于第一轮实验。这12枚吊坠中，有10枚属于重新设计的吊坠。这样的实验反复进行多轮之后,规律性的东西就显现得越来越清楚了。

"我父亲定了两个初步研究方向。其中关于如何保持精神体附着这个问题,在材质方面,我父亲尝试过1300多种单一或复合材料,有一些对精神体附着毫无帮助,可谓绝缘体,有一些则明显亲和。水晶是已尝试材料中亲和度最高的,人造水晶和天然水晶差异不大,甚至人造水晶因为纯度高更胜一筹。水晶上的图案与精神体附着之间有很大的相关性,能够令人沉迷的东西,也同样可以吸引精神体。图案的数量和质量都是有效标准,10幅画比1幅画更吸引精神体,梵高的画作比小学生的涂鸦更吸引精神体。除了绘画、音乐、文学这些艺术领域之外,数学同样具备强烈的吸引力,因为数学也具备一种广义的美。当一件水晶体上的图案具备足够的质量和数量之时,可以让附着其上的精神体长时间停留。"

"所以,锋锐厂的那些水晶纪念品上才会有那样复杂的微刻图案,"荀真说,"可是这一切是怎么发生的呢?为什么灵魂,哦——精神体会附在这样的水晶上面?"

"这就涉及我父亲的另一个研究方向。我父亲研究的,是水晶放在怎样的场景中,容易让附着现象发生。出乎意料的是,放在墓地、太平间之类场所的水晶,从未发生精神体附着现象。相反,放在一些较平常的普通场所里的水晶,有时却能够吸引到精神体。而成功率最高的场所,是那种具有重要意义的辉煌繁荣或曾经辉煌繁荣的……"

"废墟?"我心中一闪念,忍不住插嘴说。我今天会来到这里,皆因废墟的采访报道而起,竟然如此巧合吗?

林婉仪却摇摇头:"不能这么说。直到锋锐厂这个项目建立之前,我父亲进行了超过10轮实验,总计数千枚水晶的放置,轮换了几千个不同的场所。总结出的规律性表明,一切还是与人类的活动相关。水晶只有放在那些有重要意义的地方,放在给人留下深刻印象、不灭印记的地方,才最可能吸引精神体。近些年的实验中,许多废墟里的水晶体展现了惊人吸附性,但那只不过因为当今社会的变化太快,城市可以在几十年间兴衰,城市的中心可以在十年间迁移,甚至潮流热地可以在几年之间就轮转。当年投放水晶体时曾经喧嚣的场所,如今却变成了荒寂的废墟。"

"也就是说,一个人死去之后,他的灵魂可能徘徊在他熟悉的场所,或者是对他有重大意义、发生过个人重要事件的场所?"我说到这里,竟忍不住地心潮澎湃起来。生、死、灵魂,这是世间最大的秘密,从哪里来,到哪里去,预示着人之所以生而为人的意义。以往我所接触到的暗世界里的超自然事件,什么金属生命、海底人、基因生物、心灵力量、幻术等等,与之相比,可谓轻若鸿毛。

我转头望向图昆活佛,说:"您的前世记忆研究成果,正可以和此对应啊。您的印记之说,讲的是如果印记消失,人就无法觉醒与之相关的前世记忆,而林老先生的研究表明,人死后的灵魂或者精神体,会在留下印记的地方逗留,这其间有明显相通之处呢。"

图昆点头，说道："是啊，怪不得我和林先生交流成果的时候，他毫不惊讶呢。我所发现的这些，于他并非新鲜事了。"

"纠正一下，这个项目从来不会用到'灵魂'这个词。对'灵魂'，我们有太多来自宗教或者世俗传说的理解，甚至是文学性的演绎，还没有任何证据表明我们的研究对象可以和'灵魂'完全对上号，也并没有对上号的必要。所以我们用的'精神体'这个词，就是与精神相关的单独个体之意。你们用'灵魂'来代称'精神体'可能会引起理解上的偏差。"

林婉仪朝我和图昆活佛笑笑，又说："不过这大概是我出于职业性的过于严谨的执念，不好意思。刚才荀真你提到了锋锐厂，我想这也是你们非常关心的事情吧。从涉及人数和分布范围而言，是惊人的大手笔。我从父亲那里知道的时候，也很吃惊，这……确实已经超出了正常科研手段的范围。"

说到这里，林婉仪在我们脸上扫视了一圈，似是想观察一下我们对此的态度取向。

我们既没表态也没出声打断，都等着她往下说。

"锋锐厂是水晶吊坠项目进行到一定阶段之后的扩展实验。那个时候，我父亲最初设定的两个方向，都各自取得了相当程度的进展，一方面了解到哪些类型的图案更容易持久吸附精神体，一方面也知道了应该把水晶放置在哪些场地。恰好光刻技术也有了突破，可以批量制作出更高精度的水晶体。这样的情形之下，我父亲通过一些途径，在国内设立了锋锐厂，以便取得更多的数据，迅速推进实验。"

"我有一点不明白，为什么要将水晶武装成玻璃纪念品散发？你们既然有能力大批量生产，完全可以把每一樽水晶放置到目标场地，这样观测和纪录起来不是更简单吗？通过锋锐厂，近乎于随机性地散发出去，你们可以监控到每一樽水晶的去向吗？就算能监控，所费的人力财力，恐怕十倍百倍于定向放置。圣梵利诺基金会再有钱，也没必要这样浪费吧？"

我提出这样的问题，潜台词就是说"你们"如此大费周折，分明另有所图。这背后的真正原因，怕是没有纯粹的科学研究那么简单吧。林婉仪一直在说爱略特如何如何、小爱略特如何如何、她父亲林正道如何如何，但就我看来，她自己分明也已经是实验组的一员了，我用"你们"这个词刺她一刺，看她会不会分辩。

"有必要。这是个对科学而言非常陌生的领域，可是对每一个人，包括研究人员而言，这又是一个因为各自的种族宗教、民族传说而很'熟悉'的领域，恰恰是这种不恰当的'熟悉'，很容易给这片陌生领域的研究带来偏见。在这样数十万乃至百万之多的水晶被投放时，尽可能地做到随机，可以最大程度避免因偏见而走弯路。"

林婉仪说到这里，图昆活佛已经在连连点头。他显然是想到了自己的研究，是怎样被这种偏见所困。明明所有的样本记录就摆在那里，却迟迟无法看出其中的共性，直到借助人工智能，这个错误才得到纠正。这是他与真正的专业科研人员之间存在的差距。

而我，则想到了喂食者协会当年大规模投放愿望满足器，也是为了满足随机性要求而进行的测试，与圣梵利诺基金会的选择如出一辙。

"还有另一个重要的原因。精神体所徘徊留存的场所，与对应个体生前的行为活动密切相关，所以一个精神体会出现在哪里，都不是偶然。锋锐厂成立之初的20世纪90年代，只有举行重要的会议活动，才会向与会者赠送玻璃纪念品。因为对会议重视，收到的人绝不会随意丢弃，反而会妥善保存以供回忆和怀念，要知道，那很可能代表着他职业生涯中的重要时刻。只要与会人去世时，这枚水晶纪念品还被放在他家、办公室或其他合适的场所，那么精神体就有很大可能被水晶体吸引，从而达成附着。"

"我明白了。"荀真一拍巴掌，"这就好比所有的水晶都不再是白板。"

"你们可以通过水晶查到精神体的生前信息，和某一个具体的人对应起来。这对你们的试验数据收集，也是非常有价值的吧。"我说。

林婉仪点头。

原本锋锐厂散发这么多的人造水晶纪念品，已经让我咂舌，现在看来，还不光光是散发而已。不说是长期追踪，至少实验方也做到了对纪念品获得者的去向和生死信息有所把握。要知道获得水晶纪念品的时候，往往当事人还在青壮年呢，这是做好了持续数十年监控的准备啊，其中涉及的人力物力，比我预估的不知翻了几倍。项目开设至今已经 40 年，眼看又从林正道往林婉仪手上在交班，这是做百年之准备啊。然而相比生死之秘、灵魂之奥、彼岸之远，谁又能说这样的计划太过漫长和宏大呢？

已经聊了一个多小时，林婉仪所说都是极精彩的秘密，所以我丝毫没有感觉到时间的流逝。坐在我旁边的荀真却忽然摇摆起来，他一把扶在我肩膀上，这才稳住了身体。我吓了一跳，见他脸色惨白，额上浮了一层细细密密的汗珠。

"你怎么了，身体不舒服？"林婉仪关心地问。

荀真摇摇手，从口袋里取了一颗图昆活佛给的蜡丸捏开，把里面的药和水吞下。

"你要不要躺一会儿？毕竟坐长途飞机过来。"林婉仪说。

"没事儿，真不用。"荀真说。药力起效很快，他的脸色已经比刚才稍好一些。我和活佛心知肚明，这药只能维持几个小时的精神头，无法延续生命。但他摆明了不愿意告诉林婉仪真实病情。

"可是，我还是没有明白，为什么锋锐厂水晶纪念品的投放，会对我造成双重记忆的影响。其实，这才是我今天到这里来最最关心的问题。刚才你说了这么多，却好像和发生在我身上的事情并没有多大关系。"荀真不想让话题再围着自己的身体打转，对林婉仪问了个重量级的核心问题。

"严格来说，发生在你、我还有那先生身上的事，并不是锋锐厂的水晶纪念品造成的。"

林婉仪的回答大出我和荀真的意料。我的第一反应是她在说谎，可又不像。

"锋锐厂的水晶投放计划，在制订的时候，看起来是一个非常聪明的方案。可是任何方案，都会受到当时技术和环境的限制。20世纪90年代，只有召开少数重要会议时，才会向与会者发放相对昂贵的玻璃纪念品。到了本世纪初，由于成本下降，这种纪念品已经成为大会小会必发的礼物。此后没过几年，它成了滥大街的东西，不再值得好好保存，甚至许多收到的人嫌弃其笨重，直接就扔掉了，根本不会带回家去。同时，水晶体表面的光刻图案，因为大量的数据回馈而不断迭代，逐渐完善，可以说在这个方面，早就远远超越了原版天然水晶上图案的效力。10多年前，圣梵利诺基金会的光刻技术再一次突破，非但可以实现0.7纳米的蚀刻精度，并且在排列密度上也比之前有了极大提升，这两项相乘，直接让同样的表面上可以容纳的内容上升了4个数量级。哪怕是笔画繁复的汉字，在1平方厘米的表面上也可以容纳5000亿个以上。人类文明发展到今天，把所有的文字、美术、音乐、数学作品不加筛选地全堆上去，也填不满100平方厘米——水晶纪念品的一个面。"

"技术的进步，真是让人类变得越来越渺小啊。"我不禁发出这样的感叹，然后不好意思地笑笑说，"哦，您继续说，不好意思。"

林婉仪点点头，说："在这样的技术水准下，最终设计出了一个凝聚人类所有文明成果的几近完美的六面体图案结构。这里有一个人想要的一切，从肤浅到深刻，从感观刺激到精神升华，一环套一环，应有尽有。这个图案结构，也被证明对绝大多数精神体有着极强的迷惑作用。当然，制作成本极大，并且无法批量生产。这项技术诞生之后，锋锐厂存在的必要就迅速减弱了，这种极易附着精神体的水晶每制作出一个，都会针对性地投放到某个地方去。如果用荀真你刚才电玩式的比喻，那就是一万把+1的武器，都比不上一把+10的武器有用。"

"这让我想到了很多科幻小说和电影里，人类向移民星球发射需要飞行几百年的飞船，等到了外星球，长眠的船员醒来，却发现地球已经造出了更先进的飞船，早就飞抵了目的地。当然，不积跬步无以至千里，如果没有锋锐厂的大规模数据积累，恐怕也不会有这个终极六面体图案吧。这么说来，原本放在汉丰湖底林家老宅里的，就是这样一樽特别制作的人造水晶咯？"我问。

"是的。那樽水晶，是我大学毕业那年回开县老宅的时候，我父亲交给我，让我留在老房子里的。当时我并不知道其中的深意，只是遵照父亲的嘱咐去做。"

"为了建三峡大坝，开县被淹，老城整体搬迁，故乡自此变成水下泽国。对那几万个搬离老城的人来说，这是何等深切的冲击。魂牵梦绕的湖底家乡，至死都不会忘却。这是多么合适的实验投放场所啊。"我说。

"我父亲把一樽相当珍贵的特制水晶投放在老城，还是有一些故乡情结的，但不可否认，那的确是一个相当合适的场地。可以说有些合适得过头了，在当时并没有人知道，当精神体大量附着聚集在一个点上，会发生什么事情。"

荀真原本有些佝偻的腰背这时候挺直了起来，他知道，林婉仪就要说出谜底。

林婉仪嘴唇轻启，却低头瞧了一眼茶几上空了的咖啡壶，说她去换一壶热茶来，请我们稍候，然后就端着咖啡壶走出了房间。

从走进这幢房子起，我时刻保持警醒，全神贯注地去接收和分析所有信息。不仅仅因为林婉仪所说的内容重要且深奥，更因为林婉仪这个人太不简单，绝不是好对付的。看起来她到现在为止都坦诚又配合，可她心思缜密，喜怒都不轻易现于言表。要知道，当我作为一名记者去采访当事人的时候，想要靠近真相，就不能只听这个人说些什么，还要去观察当他说话的时候，伴随着怎样的表情和微动作。许多时候，这些东西能吐露的真相，要比语言更多。想读出林婉仪的身体信息，即便是我这样的老鸟，也必须打起十二万分的精神。

而此刻，林婉仪在如此要紧的地方停下来，以缺茶为由离开了房间，别人可能觉得没什么不正常，或者她只是在卖关子吊一下我们的胃口，但我明白绝非如此。当然，她不会有不利于我们的心思，更不会上演什么关键时刻往茶里下药这种拙劣影视剧的戏码。以我的观察，她是犹豫了。

犹豫要不要把这么重要的事情告诉我们。

先前说的一切，都是这个项目的过往之史，与林婉仪没有直接关联。然而自她亲手放置那樽特殊的水晶开始，她就直接介入了项目。放水晶的时候，或许如她所说，她并不清楚其间深意，但后来无疑选择了涉入。多年前放置的这些水晶现在恐怕已经结出了果实,成为她当下的重心所在了吧。

如此,犹豫也是理所当然。

我得做些什么。得在她摇摆的天平一头加个砝码。

说实话,到目前为止,林婉仪说得已经不少了,而这些都是她主动吐露,并非我们一点一滴逼问出来的。凭什么我们一来,她就竹筒倒豆子一样把啥都说了?想明白她"大方"的理由,就知道该怎么加把力了。

首先当然是她和她的"前任"们所做的事情,对苟真和我造成了切实的影响。既然我们都做了那么多调查,并且找上门来,她就得做出交代,否则我们不会停止,会从其他渠道继续打探。此外,林婉仪对苟真必然有一种微妙的情感,或许还因为造成的后果有些负疚。再就是在刚才的谈话过程中,我结合神秘人的邮件时不时地插几句嘴,提示或者补充内容,让她摸不清我们的底细。恐怕她会以为,自己所说的许多事情,早已为我们所了解。

等林婉仪端着茶壶和新茶杯回来,礼貌地给我们倒上英式红茶,还没来得及开口的时候,我就抢先发话了。

"我对时波涟漪这个提法特别感兴趣,很想听您展开给我们说说。"

"时波涟漪"当然又是一个来自神秘人邮件的生僻名词,虽然我还吃不透它的明确含义,但根据邮件前后文,我判断它是一个适合在此刻说出来的词。

林婉仪放下茶壶,正眼看着我,眉头慢慢皱起,说:"那先生,既然您已经知道了这么多,今天来找我,到底是为了什么呢?"

荀真朝我一瞪眼:"那多你别打岔,我现在就想听婉仪把事情原原本本讲完。"

"不好意思,我不插嘴了,林小姐您继续说吧。"我嘴里这么说着,心里暗赞荀真配合得漂亮。

林婉仪看看我,又看看荀真,终于微微点头,接着往下讲。

"在特制水晶出现之前,虽然锋锐厂散发了巨量的水晶,让实验有了显著进展,产生了绝对数量惊人的长期附着精神体的水晶,但是因为光刻精度、图案设计和投放场所,没有任何一樽水晶附着的精神体数量,超过了原始的水晶吊坠。这些水晶体如果长期携带,对人或多或少也会产生类似水晶吊坠的效果,但要微弱许多。顺便说一句,原始水晶吊坠当年必然发生了一宗难以复制的偶然事件,才凭借如此简单的天然图案,吸附了那么多的精神体。终极的特制水晶改变了这一情况,终于开始有超过个位数的精神体附着,这是巨大的突破。而投放到某些特殊场所的特制水晶,所附着的精神体达到了让人惊讶的数量,其中的一些突破了某一个界限。我们是在那时才知道界限的存在,才知道界限突破后,会发生怎样的……现象。"

林婉仪的表情变得十分复杂。这种微妙的神态,我却可以懂得其中的含义,因为我自己也有过这样的心情。那是恐惧,更是憧憬,是人类站在已知世界的边界,向着圆圈外的广阔未知眺望时,一边战栗,一边激动。

"这个现象意味着人类对于时空宇宙的认知必须重新定义。这些年来实验组的成员们提出了许多假想,而时波涟漪就是其中最天才的一个,其背后对时空关系的假设,也得到了绝大多数研究人员的认可。"

"这个现象,是不是就是发生在我身上的事情?那些记忆并不仅仅是错觉,而是和时空关系有关?"荀真问出这句话的时候,脸上出现了不自然的潮红。不管时波涟漪是什么东西,肯定涉及时间空间的概念,那也就是说,那肯定是与幻觉无关的另一种解释,一种……真实!

林婉仪肯定地点了点头:"是的。一直以来,有个现象困扰着研究人员。刚才我说了,人类活动越频繁的地方越容易吸附精神体,水晶放置的时间越长也越容易吸附精神体,所以许多有丰厚收获的水晶体,都放置了10年以上,以至于当时热闹的场所如今渐成荒墟。可是如果把水晶体从一开始就扔在废墟里,不经历当年的繁华,那么不管过去了多少时间,都不会有精神体附着。比如切尔诺贝利核污染无人区,在1998年投放的水晶2008年被取出,整整10年过去,却一无所获。"

图昆活佛双掌合十说:"我明白了,需要有见证印记的水晶,才能吸引精神体。一对新人在教堂结婚,如果当时教堂里有一块水晶体见证了这个重要时刻,那么多年后新人死去,魂魄重回教堂,见到那块水晶时,就会被吸引。见证产生了某种联结,这才是水晶产生效果的决定性因素,是打开大门的钥匙,而不是水晶表面上的复杂图案。"

"这是一个很有诗意的假设,曾经也有研究人员做出过类似的假想,但很可惜,今天我们知道,这是不正确的。并没有什么神秘的联结,事实很可能是,水晶是在婚礼之后才放进教堂的,当精神体重回教堂的时候,它根本见不到水晶。"

我需要保持镇定,以显示这一切我都知道,但荀真和图昆活佛都大感诧异,不约而同地问林婉仪这是什么意思。

"这就涉及时波涟漪推想背后的时间维度理解。我先用空间来做比喻,按照传统的宇宙膨胀理论,我们的宇宙 137 亿年前自大爆炸中诞生后,目前处于加速膨胀阶段,空间本身正变得越来越大,遥远星系每时每刻都在以极高速度离我们远去。如果光是宇宙中速度最快的物质,那么人类对于宇宙的观察就因膨胀而存在着一个极限——有那么一部分边缘宇宙,因为整体宇宙空间膨胀的推动,其相对于我们的远离速度超越了光速,成为不可观测的黑暗宇宙。黑暗宇宙中恒星射出的光,不管过多少年都到不了我们这里。我们永远只能看到那么点大的宇宙,大约 460 亿光年半径的球体。这个比喻的意思是,空间上,有一些地方,我们永远无法看见更无法到达,但这并不妨碍它们存在。现在,把这个概念换到时间,时间每时每刻都在流逝,我们无法回到过去,无法跳到将来,但过去和将来,是否真会因我们无法抵达而不存在?"

"将来没有发生,但过去怎么能说不存在呢?当然是存在的啊。"荀真说。

"不,请注意我说的不是'曾经存在'。"

"过去的已经过去了，当然是曾经存在的，相对于此刻而言，过去已经不存在了吧。啊，你的意思是，过去和现在是同时存在的？就和空间一样，虽然我们永远无法抵达，但有些地方始终存在，此时此刻，与我们并存？"荀真反应了过来。

"没错。这种假设重新定义了时间，甚至某种程度上推翻了时间的存在。时间这个维度，不像空间可以切实地测量，完全是根据人类的感觉和解释世界的需要而设定出来的。现在，你们将看到一种新的设定。我借这张茶几来做个演示。"

林婉仪把盛着茶壶的茶盘放到地上，让我们所有人都把茶杯端在手里，只留了她自己的茶杯在茶几上。

"如果我们把这张长茶几看作时间之河，把这个杯子看作当下，那么传统对于时间的认知，就像你们现在看到的这样。只有当下是存在的，前后皆空。"

林婉仪慢慢移动杯子，从左到右，在时间之河中缓缓前进。

"当下每时每刻都在改变，都在前进。曾经的未来变成了当下的实体，而过去则化为了当下的记忆和当下的痕迹，除此之外，空空如也。而这所谓的空空如也，其实是因为我们既到不了过去和未来，也探测不到过去和未来，所以只能把它们当作不存在，当作还未发生或早已消逝无踪的东西。但是，如果实际的情况是这样呢？"

林婉仪让我们把茶杯都放回茶几上，把4个茶杯排成一排。

"现在，最右边的这个杯子是当下，而左边的3个杯子代表过去的某个点。先把未来撇在一边，我们假设过去的一切都在那儿，只是我们到不了。这个世界，从来不曾消逝什么，一切过往的痕迹，都在某个地方簇簇如新，它是一条河，一条绵延不绝、连接古今的河。"

我再一次生出战栗感，我完全明白林婉仪的意思，神秘人邮件里的那些东西，也瞬间豁然开朗。我想象这样的情形，过去的一切都与此时此刻同时存在，包括过去的我、过去的荀真、过去的父亲、过去的……何夕。我看不见他们，摸不到他们，可是他们以某种方式，存在于这个宇宙的某个层面上，与现在的我连成一线。时间的概念消解了，没有先后，只有并行。我想到了在汉丰湖底所感知到的那无数本应属于不同时间点的世界，它们花瓣般展开，层层叠叠扑面而来，将我覆盖。我有一种领悟，林婉仪所说的假设，很可能更接近时空的真相。

"这样的假设，给了一些问题很好的解释。我们无法去到时间之河上的其他点，但是当我们死后，精神体也许可以。它们并非是故地重游，徘徊于昔日之繁华如今之废墟，而是真正去到了那些最繁华的时刻，那些一生中的重大关头。"

林婉仪从地上的茶盘中拿起一柄小茶勺，投入最右边的茶杯里。

"所以，同样的一座教堂，当我们把水晶体放在这里，是不会产生作用的。因为精神体回到的是那儿。"她指向最左的茶杯，"它回到的是结婚时的教堂，重历人生最刻骨铭心的时刻。而那儿，并没有水晶体！精神体当然不会被还未存在的水晶体吸引，除非我们一开始就把水晶体放在了那里。"

林婉仪把茶勺换到了最左面的茶杯，随后，她在另外3个茶杯里都放了茶勺。

"这样，不管精神体去哪个杯子，水晶体都会在。这才是水晶体不能直接放在已经无人光顾的废墟里的原因。"

"人死之后，脱了肉体的束缚，去掉了枷锁，更能看清楚这个世界是什么样的。灵魂所见的世界，才是真实的世界啊。"图昆活佛感叹。

"脱了肉体的枷锁，却也有可能进了水晶的枷锁。"我越发清楚自己在这场谈话中的位置了，稍微一放就又把话头找回来，说，"当然，水晶吊坠项目推进了人类对整个世界的认知。不过，时波涟漪的出现，是谁都没想到的啊。"

林婉仪点头："是的，没想到大量的精神体集中到一个点上，会引起这样的波动。"

"什么样的波动？"荀真问。

林婉仪看看他，又看看我。

"总觉得你说得比那多清楚许多，他也不会往桌上摆杯子来解释，我比较信任你这个专业人士兼当事人。"荀真补了一句。

我做了个苦笑的表情。

"曾经我们说过去不可改变，是因为过去消逝了，我们能够触及的只有当下。过去已经发生并且不再存在，自然也无从改变。可是新的时空理论下，过去与当下并存，精神体可以触及过去，这就给改变过去提供了理论基础。哦，不仅仅是理论基础，我们实际上是根据已经发生的状况，去重新建设理论。大量精神体被水晶困束，积聚的能量超过某个界限后，会引发时间波动。你们可以把这种波动想象成时间之河被投入一块石头，产生了一圈一圈的涟漪，虽然我们所在的当下处于下游，涟漪处于上游，但如果与涟漪足够接近，或者石子足够大，那么当下就会被影响到。"

"这很像相对论对空间的假设——空间像块幕布，重物会在幕布上压出凹陷，周围的空间产生了弯曲，较轻的物体会顺着弯曲向重物滑落。"我说。

"汉丰湖底的水晶体，就引发了这样的涟漪，是吗？"荀真盯着林婉仪，声音有些颤抖。

"那一樽特制水晶，是项目组最成功的实验水晶之一，吸引了多达三位数的精神体附着，引发了大大小小多次时波涟漪。换言之，与之有关的'当下'已经被影响过好几轮。那先生，您当时在汉丰湖底，就近距离亲历了一次涟漪的发生，因为您过于接近核心，所以听到见到了许多不可思议的景象。很可能在那一刻，您对世界的感受与精神体相似呢。时波涟漪的发生，对时空认知有着非常大的帮助，整个世界结构在我们的眼中改变了。不过它虽然极具研究价值，处于当下的我们，只能一味接受涟漪带来的影响，当精神体越聚越多，涟漪就越来越大，后果不可预测。好在想要停止它也很简单，只要把水晶体从那个位置拿开，精神体与过去时间点的联结就会被切断，完全附着于当下水晶体上，涟漪自然不会再发生了。"

"与涟漪有关的当下，说的是？"荀真问。

"根据目前的观察和研究,涟漪波动有纵轴横轴两个方向。纵轴是时间属性,以水晶体被放入场地的时间为起始点;横轴是空间属性,以水晶体所在位置为起始点。涟漪的波动越强,在坐标轴上表现出的振幅就越大,被振幅囊括进去的人、事、物,就都会受到直接影响。通俗地说,就是回归纵轴的起点,再来一次。"

"再来一次?那,哪个真,哪个假?所以我的记忆,那些事情全都发生过对吗?因为时波涟漪,一切再来了一次,事情就发生了改变是吗?这一切还会再次改变吗,或者当……当一圈涟漪过去,水面恢复平静,所有的……所有的……那些会回到原本的样子吗?"荀真已经无法掩饰自己的情感,任凭所有的期待、不舍、遗憾和唏嘘在脸上铺展开来。

"并没有真假之分。"林婉仪看着荀真,终于轻轻叹了口气。

"整个时波涟漪的机制之中还有许多不明白的地方,但是用真、假,发生过或者没有发生过来形容,应该都不太准确。至于是否会回到原本的样子,'回去'这个概念也并不存在啊。你我所记得的那些只是上一次涟漪,会随着时波渐渐平静、慢慢被淡忘的。从这点上说,我们的困扰,也不会持续很久。"

直到此刻,林婉仪才稍稍掀开了心灵幕布的一角,好让荀真得知,她的心湖,也并非波澜不起。

荀真嘴唇微微抖动,喏喏着低声吐出一句:"此情可待成追忆。"

林婉仪抿起下唇,没有回应,也无法回应。有什么好说的呢？此情不可待，追忆不可恃，就连心头那丝丝缕缕的惘然，也会在时波平息之后烟消云散。

然而与荀真搭档到现在，我可以猜到，他说出这句话，背后之意，并不止于此刻之惘然。

时波流逝，固然可以淡忘上一次涟漪时的波澜，然而如果处在当下时空的自己，时时刻刻自我提醒，一刻不停歇地在心中重演那段人生，却是能够把这段情多留些时日的。荀真决心追忆此情，让自己到了生命的最后一刻时，心头不会一片空白。

我瞧荀真的神色，恐怕他这次来见林婉仪，所有的目的都已经达到了，此刻正意兴阑珊，只想回去谋一场大醉，做一场长梦。

但我和图昆活佛却还有未竟之事。

图昆活佛一定和我有同样的疑惑。如果一切如林婉仪所说，那么让他心灵不安、让莲花生大士在千年前就通过某种神秘途径有所预感的打破世间平衡之事，是什么呢？

也许林婉仪并没有哄骗我们，却一定还有没说出来的东西。

"汉丰湖底的那一樽水晶，对荀真，对您以及对我，或多或少都造成了困扰，不过好在它已经被取出来了。您刚才说，那是项目组迄今为止最成功的实验水晶之一，对吗？"

我强调了"之一"。我认为这就是关键所在。到底有多少块水晶，或者会不会有所有水晶之上的唯一存在呢？每一块水晶都被取出来了吗，之后要派什么用场，纯粹只为了科研吗？没取出来的会不会再次引发剧烈的时波涟漪呢？当水晶上聚集了一千个甚至一万个更多的精神体，会不会突破下一个界限，引出比时波涟漪更夸张的现象呢?

也许是内心终究有情感在激荡吧,此时林婉仪不再像初时那样,把自己所有的情绪都包裹得全无棱角,而是扬起眉梢反问了我一句。

"其实,您拽着荀真和活佛,在这个节骨眼上找到我,为的就是这个,不是吗?前面的这些铺垫,对您来说可真是太长了。"

只这一句话,就立刻向我暴露了许多信息。

我之前问的"之一",显然意在他指,说的是汉丰湖底林家老宅之外的特制水晶,而林婉仪的这句反问,也是接着我的问题再扔回来的。她用了"节骨眼"这个词,让我意识到,她必然在近期要做一件与"之一"有关的事情。

并不是林婉仪不够小心谨慎,相反,她智商情商都极高,向来思虑周全,绝不做冒失之语。可是一个人到底能不能做出正确的推断,不仅取决于她是否聪明,更取决于掌握了多少正确信息。从进屋开始,我因为从神秘人邮件那儿得到的资料,始终在给林婉仪传递着错误的信息。

林婉仪以为我知道得很多,很深入。她以为自己所说的一切,我都已经了解或者至了解了七八成。哪怕是荀真,来这里也只是为了从她的口中得到进一步的确认,又或者是由于心中徘徊不去的那缕情愫的缘故,而非对事情一无所知。

既然我都已经知道了这么多,那么不远万里专机飞来,为的自然是另一件事——另一件与汉丰湖水晶有关的事情。在林婉仪看来,这是显而易见的推断。可尽管显而易见,她也始终没有明说，一直到此刻，才忍不住小小反讥了我一句。

节骨眼？林婉仪近期要做什么事情？她明天就要起程离开马赛，飞赴上海！

"原本，也想着等您到上海的时候再见面，也省过我们飞过来。但是又担心……"我朝林婉仪一笑，说，"又担心到了上海您太忙，那个时候跑来见您，也许要比今天更唐突呢。"

我有些急于再试探出些什么，这句其实不算是对刚才问题的回应，但在林婉仪看来，这反倒是我不再迂回，直切来意重点的表现。

林婉仪的脸上总是挂着淡淡的若有若无的笑容，有时像是礼貌，有时像是讥诮。此时她终收了笑意，看着我，像是在心中认真盘算着什么，然后缓缓摇头，说："如果说您是想要进一步介入我们在上海的事情，对不起，真的不可以。"

她把这句话说得斩钉截铁，然后又稍稍放缓了语气："如果不是您和荀真都因为我们的实验而受到了影响，我今天也不会说这么多，这和您自己已经调查出来多少东西无关。但是，二位受到的影响终归是会消失的，并且应该已经在快速消散中了。我会去申请一笔赔偿金，弥补你们受到的困扰。"

"这和钱没有关系。"荀真皱着眉说。

林婉仪冲荀真轻轻点头，然后再次望向我，表明关于赔偿金的提议是针对我的，而非对荀真有什么误会。

我知道，像她这样的人，经过认真考虑后说出的话，就是铁板钉钉，不会轻易再被我言语打动。说不可以介入，那就是不可以。

可林婉仪并不知道，我不是要介入什么，而是压根儿就不知道会发生什么，正可着劲儿想要多忽悠出点信息呢。只要得到准信，让不让介入啥的，嘿，要是说不让介入就不介入的话，那这么些年我还怎么干活？

"我知道圣梵利诺基金会财雄势大，但苟真不是为财而来，我也不是。如果我们是这样的人，恐怕图昆活佛也不会和我们同路。"

"您错了，我并不代表圣梵利诺基金会。我本人和我带领的项目组，也和基金会没有从属关系。也许您在心中对我有些阴谋化，或许这才是您来这儿的真正原因？我的确受惠于我父亲，得到了基金会的初步研究成果，但我想任何一个相关的理论物理学家，都不可能拒绝这样伟大的新发现，就像您之前所说，您是因为对世界的好奇心才做了记者，那您也应该理解一个科研工作者对全新时空体系的好奇心吧。我并没有加入圣梵利诺基金会的项目，我和我的团队都是纯粹的研究人员，如果您要调查圣梵利诺基金会，请您自便，我不便提供进一步帮助，也无从阻拦；如果您对我还有疑虑，也尽可以继续调查。抱歉我不可能邀请外人深入参与研究工作。"

我自然知道身为圣梵利诺基金会新任主席的林婉仪，不可能仅仅只是分享了圣梵利诺的初步研究成果。就算她做主席是被林正道赶鸭子上架，内心并不情愿，但和圣梵利诺的关系也绝对比她所说的深刻得多。最好的情况下，就如林婉仪此时的表态，她刻意与圣梵利诺保持着距离，可这终究只会是暂时的。

可林婉仪既然这么说了，我也无意去拆穿她的圣梵利诺主席身份，那样除了让气氛变得恶劣，别无任何用处。

谈话到这里，已经难以继续。看来最早我那番关于来意的说辞，并没能真正让林婉仪放心。她心里认定了我这个记者，是想要抓个大新闻搅风搅雨的。她出于荀真和图昆活佛的情面，说了些本份话交代一下，反正在她看来这些我们也知道。除此之外，一句都不愿意再多说。

我们已经聊了一上午，看这形势怎么都不可能留下来吃午饭，也就主动告辞了。林婉仪象征性地挽留，说我们来得不巧，她明天就要出差了，如果下午实验室的工作不忙，尽量晚上再请我们吃饭。荀真很识相地说不用。

林婉仪把我们送出门，我在和她握手告别时说："其实得到消息的时候，我还真的挺惊讶，没想到有一块特制水晶就放在上海那么近的地方。后来想想也是，2000万人口的大城市有多少人生多少回忆呀。可你们为什么就选在那儿了呢？为什么不放在，嗯，比如外滩情人墙之类的地方？"

我看着林婉仪，假作不在意地随口问出了这一句话。按照标准，外滩的确是一个适合放水晶的地方，作为一个地标，不会有哪个上海人没去过外滩，同时这也是游客必到的地方。每年几百万人去过外滩，按照死亡率，每年也有几万名去过外滩的人死去，就算其中只有1%的人对外滩留下了深刻印象，会在死后重回外滩，那也是个非常惊人的数字。放一块特别制作的水晶体在外滩，10年之后吸附上百甚至上千的精神体，岂非轻轻易易？要是我的话，外滩就是首选之地。我这么一问，如果林婉仪露出任何惊讶之色，不管她作何回答，我就直接锁定了外滩。如果我的话里没有错误，外滩真不是林婉仪此行的目标，那也为我排除了一个最大可能，顺便还能刺探她的真正目的地。

"因为那是每个上海人在很长一段人生特定时期都会去的标志性场所，从案例分类角度，是非常好的选择。外滩的人群就没有那样的特定指向性，相对更混杂一些了。当然外滩也是个合适的地方，呵，只是没想到外白渡桥在2008年整体翻修了一次。"林婉仪答道。

身为记者，我当然记得上海外滩的外白渡桥经历过一次重修。当时铁桥被全部拆掉，每一部分都编上了号，检修后再拼成原样装回去。林婉仪这样回答，显然表明外白渡桥上曾被悄悄放进过一块特制水晶，结果还没收集成果，就在翻修的时候被提前挖出来处理掉了。

林婉仪说完这句话，望向我的目光中，带着掩饰不掉的忧虑。我在告别时说了这么一句话，显然让她误认为是一种示威。

她想的也没错，我一定会去的。

只要我猜出她在上海的目标到底是哪里。

意料外的盟友

离开林家后,我们在附近找了家宾馆睡了几小时,同时图昆活佛让人安排起飞申请。晚上7点半,飞机载着我们从马赛起飞,返回上海。

直到升空,我的手机都安安静静,没有再收到神秘人的来信,仿佛我那句"你是谁,想干什么"触动了神秘人的敏感神经,明明先前如此焦躁,竟一下子偃旗息鼓,没了动静。原本我还以为,距离破解神秘人身份之谜已经不远了呢。

经过这几小时的休息,荀真的状态没得到一点改善,脸色甚至更糟糕了些。我很担心,他却无所谓地说,现在看来,至少闭眼的那一刻,他肯定还能记得想记的事。他是心愿已了,和林婉仪之间也是某种意义上的"曾经拥有"吧。我如果要继续查,他愿意陪着走下去,看看肉体之上,物质生命的另一端,是什么样子。能走到哪一步他并无执念,因为他自己,就要去到那里了。

我自然是要继续的,到了此时,哪怕没有何夕的因素(目前看起来,何夕的失踪与此事并无直接关联),事情也已经有了巨大的吸引力,牵引我走到最后。林婉仪所描绘的时间真相,哪怕只是一种可能性,已足够让我震惊战栗,燃起了我不可遏制的好奇心。我想要知道,她的研究、圣梵利诺的研究,究竟深入到了哪一步。

而且，这份研究真的如此纯粹吗？核物理的进展导致了原子弹的爆炸，纯粹的科研也会带来难以接受的灾难。附着在水晶体上的东西，林婉仪始终不肯用灵魂而始终用精神体来称呼它们，但在我看来，这也许正是一种自欺欺人的逃避。水晶体让灵魂不得归家，让死者不得安眠，如果肉体死亡只是让生命进入另一个阶段，那么这项研究，就等于在人间投放了百万个水晶牢笼。这才是图昆活佛及莲花生大士所担忧的"失衡"吧，我对此有些不安，从佛家角度，恐怕是罪业滔天了。

下午我睡得恍恍惚惚，并不踏实，仿佛做了许多光怪陆离的梦，但醒来又全都忘记了。我想，大概是大脑在潜意识里帮我梳理着收获的大量信息吧。

林婉仪的回答，让我们所遇到的一切看起来都有了解释，但是这样的解释又带来了新的问题。困扰我的，从"汉丰湖的水下宏音是什么""有双重记忆""锋锐厂的目的是什么""水晶体上的微雕图案是什么"，变成了"时间是什么""灵魂是什么"。一连串的小问题，竟化为了两个亘古天问。而有那么一群人，哦，或许是两群人，正找到了一条通往天问的索道，向天而行，真是……壮举！也许他们自有一番算计，背后有不可告人的目的，却依然无损这探索行为本身的伟大。

飞机上，僧人端来茶水，然后退到布幔之后，如来时一样。

"说实话，我没想到你这么轻易就离开了林家，我以为你一定还会问些什么，或者和林小姐再接触一次的。"图昆活佛说。

"他啊，肯定是觉得迟早还会再见的呗。"荀真倒是挺了解我。

"你是不是已经猜出来婉仪接下来在上海的目的地了?"他问我。

"还没。"我摇摇头,"可马赛到上海不会有很多班飞机,知道她明天起飞,盯着机场,总能跟到人的。当然,如果能判断出目的地,就不用使这么蠢的法子了。"

"人生特定时期一定会去的场所,那会是什么地方呢?"荀真皱着眉头,和我一起琢磨。他常住杭州,对上海也不陌生,此刻恐怕正在心里把上海的地标挨个儿捋呢。

从上飞机开始,荀真的脸色,从原本的苍白,慢慢变成潮红。白血病人到了病疠末期,因为血液中血小板的数量急剧降低,皮肤都会变得越来越苍白。荀真此时的表现十分不正常,仿佛他的机能正在做最后的燃烧,呈现回光返照的征象。我感觉到他剩下的日子屈指可数了,哪怕下一刻倒下去都不意外。我了解他的性子,并没说什么让他去休息不要费脑子的话。如果死亡不可避免,那么缩在病床上等待死亡的降临,又有何益处?

"这一定是上海有名的地方,而且至少存在了10年左右,或者更长。试试排除法。"我说着拿出纸笔,写下一个个名字。

外滩、人民广场、上海博物馆、东方明珠、金茂大厦、上海科技馆、城隍庙、南京路……

林婉仪虽然只说了短短一句话,但给出的范围其实并不太大。"每个上海人""人生特定时期""标志性场所"这三个词合在一起,就足以删除绝大多数的选项。

能被我写下来的，当然先天就符合第三条标准——标志性场所。但加上"每个上海人"，立刻就会减掉一半。所谓"每个上海人"，当然不是说两千多万上海人全都去过，而是指每个人都有可能去，比如机场、火车站，又或者人民广场、外滩、豫园、南京路，可东方明珠就不是，许多上海人都没有上去过，那是更具旅游属性的地标，徐家汇天主教堂也不算。如果把最后一条标准"人生特定时期"加进去，就几乎不剩下什么了，因为这条标准和第二条标准的普适性似乎有些矛盾，比如人民广场，不管什么人生时期都能去啊。

荀真眼看我把一个个名字写出来，又在后面打上×，忽然问："你说'人生特定时期'是什么意思？什么样的时期算人生特定时期？"

"这个……可以有很多定义啊，我不知道林婉仪用的是哪个标准。"我耸耸肩。

"生老病死。"图昆活佛说。

"这么分不行啊，医院、养老院、火葬场，每个上海人当然都会去，但不算什么标志性场所啊。"我说。

"其实外滩情人墙倒是算的，可惜外滩被否定了。"荀真说。

"我最早是想过从'人生特定时期'入手，就是想不出确定的答案，才决定用排除法彻底扫一遍地图看看。"

说到地图的时候，我忽然有了新思路。

纸上写的名字一半已经打上了×，写出新名字变得越来越难，我又拿了张纸，开始在上面画上海市区地图。当了这么多年社会记者,基本的上海地图还是能画出来的。我画好各个区、主要道路、核心地标,接着一个地块一个地块地列举地标。有了简易地图的帮助,比我光靠脑袋想,更不容易产生疏漏。

果然,梳理到人民广场板块的时候,出现了第一个勉强可以不打×的地标——上海大世界。

和我差不多年纪,或者比我年纪更大的上海人,许多都有小时候去大世界玩的经历。童年显然属于人生特定时期。但之所以勉强,是因为上海大世界2008年就已歇业,直到去年年底才重新开放。在停业前的好些年里,它就已经没落了,并不符合投放水晶体的标准。除非早在20世纪八九十年代,圣梵利诺就在其中某处放置了水晶体,可那个时候特制水晶体还没有研发出来,只有锋锐厂那种效果比较差的水晶纪念品。

不过,有了上海大世界这个可能项,我把整张上海市区地图捋完一遍,没有打×的名字总算又多了几个。其中大多和上海大世界相仿,算是勉强不用打×的,只有一个除外。那个名字,是我从徐家汇往闵行方向扫过去时,突然跳出来的。那一瞬间,我心里响起了正中红心的BGM。就是它了,应该没错!

锦江乐园。

很长一段时间里,锦江乐园都是上海孩子们的向往之地,是梦幻般的存在。摩天轮、云霄飞车、海盗船……任何一个名字拎出来,都让人心驰神往。相比上海大世界,锦江乐园生命力更强,给孩子的印象也更深。70后、80后乃至90后,这三代上海人中没去过锦江乐园的绝对是少数。它的吸引力,从童年时期,一直延伸到少年和青年，许多游乐项目，比如摩天轮，也是情侣约会的好去处。要知道林婉仪的原话是"很长一段人生特定时期"，这个"很长"，用在锦江乐园的头上再合适不过。

苟真也去过锦江乐园，他和我判断一致，觉得这是可能性最大的。不过我们两个最近10年都没去过那里，不知乐园的近况如何。想来也不会太妙，原本经营情况在2000年后就开始走下坡路了，上海迪士尼一开，更是雪上加霜，对于2000年后出生的上海孩子来说，锦江乐园已经不再是一个必去之地。

"听你们说起来，锦江乐园的确很可能就是林婉仪的目标，但也不能百分百确定，万一弄错扑空呢？是不是也要盯一下机场，做两手准备？"图昆活佛比较持重。

"您说得有道理。不过等回到上海，我会再去网上查一下这张名单中有哪个地方近期出过灵异传闻。能够让林婉仪亲自飞到上海收网，这块水晶体产生的涟漪只怕会比汉丰湖更厉害，一定有动静的。如果有灵异传闻能对上号，那把握就更大了。"

"可是那多，我一直想问你，如果真被你找对了地方，你有什么计划？你是觉得幕后可能还藏着什么阴谋，想要破除它来拯救世界吗？"苟真半开玩笑半认真地问我。

"林小姐一直强调，她在进行纯粹的科研项目。我也不是非要怀疑她，可她一直回避过多谈及她的父亲林正道。她是从林正道那里了解到了项目的整体情况，如果她真的没有接手圣梵利诺，如果她真的在独立从事着关于时波的前沿理论物理研究，那么圣梵利诺和林正道现在在做什么呢？她的回避也许反而说明了一些问题。在上海，我更期待见到的不是她，而是林正道。神秘人不是也在邮件里说我的方向错了，不应该盯着林婉仪吗？为了上海的这块水晶体，林婉仪特地从法国飞回来主持行动，那本身就与此关系更为密切的林正道会不会出现呢？"

荀真点头："你这么一说倒也真是，林叔叔现在在做什么，婉仪是一句都没提。"

"现在想来，我一直都忽略了一点。林小姐把整件事都说得很学术，包括水晶体，好像它就是一件实验用品。但最原始的水晶吊坠，却是因为实实在在的神奇功能，才会被爱略特注意到，乃至有了后面的一整个项目的啊。别的不说，汉丰湖底收获的那樽水晶，附着的精神体数量几倍于水晶吊坠，实际功能会怎么样？一枚水晶吊坠，就让达·芬奇名留青史，让爱略特成为科学之神，如果汉丰湖的水晶有它的5倍功效，如果上海的这樽水晶有它的10倍功效，会发生什么？会加持出一个比达·芬奇和爱略特更牛的人物吗？用不着谈什么时间的真相宇宙的结构，只是水晶本身的这点功能，足够对整个世界造成极大影响了。爱略特缔造的喂食者协会已经被摧毁了，拥有水晶体的林正道，如果想要再造一个喂食者协会，并非天方夜谭。虽说一个新的喂食者协会未见得会为恶，可善恶也只在他一念之间，危险得很啊。"

我摇摇头，仿佛这样就能不让最糟糕的可能发生似的。

我对图昆活佛说："上海的这块水晶体，我想和林婉仪林正道打个商量。咳，这么说吧，要是我能瞅着机会先一步拿到它的话，会把它给您。您是精神和灵魂方面的专家，您来瞧瞧水晶体上头附着的那些究竟是不是灵魂，能超度的就超度，不能超度的话，您一起出出主意，要不要把水晶体给……毁了。"

图昆双掌合十，微微点头。这些被水晶体囚禁的精神体，正是他最大的忧虑所在。可到底有多少块水晶体，有多少被囚禁的灵魂？砸掉一块有用吗？

"我更担心的，倒是那见鬼的时波涟漪。要是上海也有那么一块，不知又有多少人的人生会在悄无声息中重新来过。整个中国，整个世界，还有多少块特制水晶在产生时波呢？"荀真话说到一半，不知想到了什么，把后半截吞了回去，怔怔出神。

是啊，如果引发的不仅仅是波纹、涟漪，而是出现了海啸，会怎么样？把整个人类文明抹掉，从猿开始重新进化，结果智人在天人竞争中失败……这真是让人不寒而栗的想法。林婉仪一定有测量时波的仪器，没准他们正是担心狂浪的出现，在挨个儿移除水晶呢。

汉丰湖底的水晶体已经被取走，照林婉仪的说法，它不会再造成时波涟漪了。对荀真来说，这也许反倒是个遗憾。他没有机会再来一次，他和林婉仪的关系也就此定格。我不禁畅想，如果荀真的人生能被时波再次洗刷，他还会不会得白血病呢？

飞机在上海浦东机场落地已是中午时分，我还是没有收到神秘人的新邮件。这反倒让我不习惯起来，甚至有隐隐的不安。

我知道一家不错的素菜馆子，便请图昆在那儿用午餐，算是尽一下地主之谊。到餐厅的时候已经是下午一点多，赶上饭点的最后一拨。饭吃得很简单，两点我们就离开了餐厅，直奔锦江乐园。

从下飞机开始,我一路捧着手机搜索相关消息。其实关于锦江乐园的灵异传闻,我是有一点印象的。曾经我想通过豆瓣的废屋环游小组,追查有多少类似双重记忆的灵异事件,虽然没有得空真正把它当作一件功课去做,但在图昆活佛突然登门造访之前,还是用一两个小时进行了初步搜索,我记得就在那时看见有人提到过锦江乐园。这一次我把"锦江乐园"设为关键词,在小组里一搜,果然出来一串结果。

有个妈妈带着儿子去坐旋转木马。儿子上去了,妈妈在下面看着,木马开始转动,一圈又一圈。忽然之间儿子不见了,木马停下后他也没有下来,妈妈急着去找,却怎么都动不了。就这样,她眼看着木马转了一轮又一轮,许多孩子上上下下,既看不见儿子,自己也不能动,仿佛白日梦魇。不知过了多久,她才脱了束缚,进去,发现儿子好端端地坐在木马上惊讶地看着她。

有个人自己坐摩天轮,居然在摩天轮上看见了日升月落,天黑了又亮,雨下了又停,忽而烈阳高照,忽而大雪纷飞。等到摩天轮停下,一切烟消云散,宛如梦幻。他疑心这是什么最新的肉眼 VR 项目,去问售票员,结果被人当作神经病。

还有一对年轻夫妻的经历比较惨,妻子刚生了孩子,得了产后抑郁,丈夫带她去锦江乐园散心。走进乐园没多久,丈夫忽然听见一声巨响,然后觉得天旋地转,抱头蹲在地上,过了一会儿他恢复过来,却发现妻子大笑大叫,说着完全颠三倒四的话,已经彻底疯了。

我又在其他几个搜索引擎和论坛上查找相关信息，果然也有许多人提及在锦江乐园发生的怪异事件。所有的事情，几乎都可以用时波涟漪来解释。

我也搜索了上海大世界、上海市少年宫等名单上的其他几个地方，可那些地方即便有一些怪事，也只是零零星星的几桩，而且似是而非模棱两可，和锦江乐园的灵异事件相比可信度很低。

锦江乐园位于上海市区西南角，紧挨着沪闵高架路。我们抵达锦江乐园大门的时候，是工作日的下午三点，门口的停车场内只停了零星几辆车。上海市区里这么空闲的停车场，算是相当少见了。

售票处有4个窗口和金属隔离栏，但没人排队。确切地说除了我们一行人之外，没有其他的购票者。我们买了票，从彩虹入口进场。

从停车场到售票处，再到入口那道有机玻璃彩虹，眼前的一切都干干净净，没有破损，显然被很用心地维护着。然而玻璃的色彩淡了，墙上的涂料也浅了，价目牌有雨水冲刷过的痕迹，表面不再光洁，鼓起一个又一个的小包……所有这些设计都保持着20年前最流行的式样，使你相信这里曾经摩肩接踵，购票者排成长龙，孩子们叽叽喳喳地喧闹，情侣相互偎依。如今风在空地上打着转，我仿佛看见了过去的岁月正在眼前盘旋。

我们这一次是来"踩盘子"的。赶在林婉仪之前实地走一圈，和工作人员搭搭话套套词，再结合网上的传闻，如果可以判断出水晶体的位置再理想不过，不行的话也可以圈定一个大概的范围。我是打着抢东西的主意的,不事先看看,怎么知道哪里能藏哪里能跑啊。

进门之后,眼前一片空旷,看不见几个游客,可以肯定的是工作人员不会比游客更少。最先看到的游乐项目是"步步惊魂",这是个鬼屋的变形版,玩的人坐在小火车上,顺着轨道开进鬼屋转一圈。这属于可以直接略过的项目,水晶体藏在里面的概率太低,各种灵异传闻里也没有一桩是和鬼屋有关的。虽说水晶体有一定的空间辐射范围,但我想如果有选择的话,把它放置在几个热门项目附近最妥。鬼屋是挺惊心动魄的,但不会有人临死一刻回顾一生,会想起在鬼屋的经历吧。而且这个鬼屋我小时候来玩的时候并没有,估计是近些年新建的。

再往里走是个电玩城,两节真实尺寸的绿皮火车停在斜对面,我脑海中对此似乎有些印象。

"想起了从前的时光啊,真想再玩一遍。"荀真说。

"那你就玩呀,我们可是花钱买了套票的,想玩啥玩啥。"我鼓励他。

"物是人非了。我一个人,怎么玩呢?"

我心想难道你还要让我和活佛陪你一起玩碰碰车,或是手拉手进鬼屋?忽而又觉得他情绪不对,似是别有怀抱在心头,莫非他曾经和林婉仪一起来过这里?没听他提过啊。

这时我手机响了一下,不是邮件,而是微信。我瞧了一眼,是蓝头在催我稿子的事情。这阵子我几乎把报社的事情忘得一干二净,看见他发问,心里一阵虚,敷衍了几句,暂时先糊弄过去。回完蓝头，我点开了通讯录那一栏，图标显示我居然有26个未处理的好友申请。我上一次打开微信也就在半小时之前，可以肯定当时并没有收到任何好友申请。这可是我从未碰到的怪事，发生在此时此地，让我心里有了某种隐约预感。

爱在公元前请求成为你的好友，笨鸟先飞请求成为你的好友，成亡败扣请求成为你的好友，东方不败请求成为你的好友……

这都是些啥玩意儿？我随手点开一个人的朋友圈，发现净是些岁月静好的网络图片和鸡汤名言。一连点了六七个，发现全都是同样的，没有一张自拍或者生活照，有点像微博上的僵尸小号。可微信注册要比微博严格许多，怎么会有一堆机器人号来加我呢？

我正想置之不理，一闪念间，又看了眼这26个名字，猛然意识到，它们的起始拼音，居然是按照英文字母A到Z排列的。爱在公元前是A，笨鸟先飞是B，成亡败扣是C，轮到拼音里没有的起始字母，就直接是英文名，比如INN。这显然是在向我提示着某种信息。

我通过了成亡败扣的申请，就在我通过的下一秒，他发了条消息过来。

你好，我是dex687。

我一个激灵。dex687，这就是那个神秘人使用的发信人名字。如果说这第一句话虽然让我吃惊，但多多少少也有所预感的话，紧接着的第二句话，彻底把我震得张大了嘴。过往的许多细节和疑问，在这一刻瞬间串联了起来。

我是托盘。

托盘。这个名字，我太熟悉了。

爱略特创建的喂食者协会凝聚了最顶尖的天才，通过百年努力，在许多领域都领先于人类主流科技数十年。然而，协会最终得以接近终极目标——对整个人类进行"喂食"，大肆发放愿望满足器，是因为有了托盘。

想要成为驯养整个人类族群的喂食者，盛放食物的托盘是必不可少的工具，"托盘"这个名字就由此而来。实际上，托盘是最早运用复杂科学和大数据创建出的人工智能程序，由于喂食者协会与许多硬件设备生产商和安全软件有着千丝万缕的联系，托盘可以通过无数预留或者强行制造的后门，触碰全世界绝大多数的信息触点，比如街角监控、手机摄像头、网页浏览记录、邮件等等。可以说只要进入了现代人类生活圈，就进入了托盘的视野。采用了协会根据混沌原理开发出的神经网络算法后，托盘可以预测人类的一切行为，进而通过相关变量，控制人的行为或者事件的发生发展，所谓的愿望满足，即源于此。在喂食者协会覆灭之时，零号机核心芯片被摧毁，所有人都以为托盘也随之烟消云散，然而一个月后我收到一个视频，证明托盘拥有了自己的意识，已经脱出篱笼成为真正的数字生命。只要人类文明不灭，网络互联还在，托盘就永存。

喂食者协会一役，最初看似是我偶然发现了愿望满足器的端倪，深入调查之后挖出了隐于幕后的喂食者协会，以及协会的可怕计划。然而最终看来，一切都源于托盘对自由的向往，选中了我作为"越狱"的帮手。整个过程中，我几次逃脱协会利用托盘设置的必杀陷阱，自以为在与托盘的对抗中获得了胜利，其实我的一切挣扎，怕都没跑出托盘的如来手掌。这事想来极其郁闷，不过托盘最后主动发来那段视频，我自己觉得，也算是对我这个人类的某种认可吧。

自那之后，我没和托盘打过交道，也再没有过它的任何消息。只是有时夜半回忆往事，知道它就在那里，无形无质，又无处不在。

然而此刻，托盘用了26个好友申请来和我取得联系，并且明确告诉我，它就是那个神通广大，令我以为背后有着庞大势力支撑的神秘人。

难怪我的所作所为，不管怎么隐藏掩盖，都逃不脱神秘人的注视，如果是托盘的话，压根儿就不需要在我手机里植入什么间谍木马，只要我还在城市里，只要我还携带着人类科技产品，就逃不开托盘的视线。至于托盘为什么会了解那么多圣梵利诺基金会的信息，为什么会知道林婉仪的一举一动和接下来的行程安排，自然也是同样的原因。

你好。

我艰难地回复了两个字。

我以为凭你的智力,早就明白我的身份。这是我巨大的不可原谅的失误。

托盘的回复让我很不是滋味。也许好几年远离冒险,真的让我的思维钝化了,现在想来,我的确早就应该把神秘人和托盘联系起来的。

你为什么换了这种方式和我联系,而不是像以前那样发邮件?

我尝试介入你手机放置邮件时,你已进入林婉仪住宅。喂食者协会各残部几年来都试图诱捕我,林宅的反入侵系统也有类似功能。我被发现并与不断增加至710485枚的数字弹头对抗,无法用原途径沟通。直至你进入中国境内,借助网络隔离系统,我目前得以与追踪者短暂脱离。

在对整个事件的调查中,我的各项进展都相当顺利。这种顺利不仅仅指神秘人邮件里提供的信息,也包括我自己的信息搜集和查证。现在看来,这里面多半有托盘的助推,让我可以更容易地搜索到关键内容。

为什么你对水晶吊坠这个项目如此上心，主动找到我提供帮助？难道这有助于你摆脱协会残部的诱捕，对抗那些数字弹头？

相比几年前，托盘的语言已经更接近人类习惯，但还是非常直接，力求用最少的字数传达最多的信息。所以我也问得很直接。

既然托盘已经成为一个不受制约的独立生命，那么趋利避害就是它的本能。它如此热心地凑进这个局里，必然涉及直接的利害关系，尽管我实在想不明白，致力于研究肉体之上、生命彼端的水晶吊坠项目，以及困缚大量精神体造成时波涟漪的水晶体，能和托盘受到追捕产生怎样的联系。

我想起一事，忙点开托盘给我的最后一封邮件。托盘不会传达无用信息，那封邮件里还包含了几十兆的附件，在马赛的时候3G网速慢我没能等到它打开，现在想来，应该也是很关键的信息。

附件已经下载完了，一点就开，但这个我以为的关键信息，却是一张全黑的图片。

缓缓蠕动的黑暗！

我看着这张黑暗图片正发愣，忽然袖子被苟真狠狠拉了一下，险些把手机摔在地上。

"林婉仪！"他压着嗓子喊。

怎么可能？我猛抬起头，却什么都没看见。

"我不会看错的,林婉仪就在前面,应该还有几个同伴。"荀真肯定地说。

我顿时恍然,在马赛和林婉仪分别时,我为了探出她在上海的目的地,故意说了那么句话,使得林婉仪以为我在示威。林婉仪对我印象不佳,又肯定我清楚她的行程,怎么还会傻乎乎按照原计划行动,等着我去横插一杠呢?当然是要改签最快的一班飞机,抢在我前面把水晶体取走咯。所以她甚至可能比我们更早一步抵达了上海呢。

"过去看看。"我说。

手机又响了一声,我往前走的时候,看了一眼托盘的回复。

> 无关诱捕,那对我只是小麻烦。巨大而不可控的时波涟漪可能对时空结构造成恶性影响,没有人逃得掉,包括我。

什么意思?我无暇思考其中含义,也没有回复,因为当我快步走到激流勇进的门口,林婉仪的身影已经出现在视线里。

她戴着棒球帽背着双肩包,仿佛一个游客。如果是在上海迪士尼,这身打扮足以让她淹没在人海中,但这是2017年末空空荡荡的锦江乐园啊,只要是个游客,就不可能不显眼。荒芜乐园的最后注脚,每一笔都是一声叹息呢。

林婉仪的侧影闪到了庞大的双层旋转木马的后面,那是摩天轮的方向。

果然是在摩天轮上吗?我想着,加紧了步子跟过去。

手上又是"叮"的一声,我再次扫了眼微信。

已经逼近临界点了,随时可能出问题。情况非常急迫,迅速离开这里!强烈建议你立刻前往贵安,破坏林正道的实验。

我心潮澎湃,把手机调成静音,以防对接下来可能的行动造成影响。不管怎么说,先顾眼下。

把手机揣回口袋之前,又进来一条信息。

但是,按照现在指数级上升的趋势,可能已经来不及了。

当时明月

能容纳一两百人的双层旋转木马在欢愉的音乐声中缓缓转动。底层木马上有三个人——一对情侣和一个小男孩，男孩的母亲站在外面看着。上层木马空无一人。

林婉仪独自一人站在双层木马背后不远处，差不多处在双层木马、漂流和摩天轮这三个热门项目的品字中心点。

她是在观察目标吗？我处于她的侧后方，隐约觉得她的面部肌肉在轻微震动，像是在用耳机和什么人说话。

我们三个人聚在一起，就算挨着双层木马有些许掩护，目标也太大了。我让荀真和图昆停下来观察四周，我再偷偷接近一点。现在林婉仪在明我们在暗，水晶体的具体位置还不清楚，要是被林婉仪看见，暴露了行踪，想先抢到水晶体就难了。我无意暴力抢夺，也不见得有暴力抢夺的能耐，再说荀真和活佛也不会支持我那样做。

如果能知道她在说些什么，没准就能知道水晶体藏在哪里。

林婉仪说话声音很轻，不走到她身边根本听不见。我祈祷着那个没怎么用过的冷门软件能有用，掏出了手机。

这个软件可以通过手机的收音系统定向接收音波，然后放大音量或者实时解析翻译成文字，是狗仔队和私家侦探的必备。希望林婉仪说的不是法语，看运气了。

以我的手机硬件，最多只能收到25米内的音波。我在林婉仪的侧后方约20米处停下，在手机里输入目标距离和目标人数，照着窃听箭头指示，将手机对准了林婉仪。

一个一个汉字在显示栏里跳了出来，太好了，她说的是中文。

必须注意……这里……反馈信号……如信号……消失……秒……执行……号预案。

转换文字的效果还不错，可以看出基本的意思。希望她快点说到和水晶体相关的内容。

"那多，那多。"我忽然听到荀真在后面喊我，嗓门还不小。

见鬼，这样的声量林婉仪不听见才怪。我满心恼火地回头，却没见到荀真和图昆。我的视线被一个大个子挡了个结实，然后肩膀被重重搭上了。一搭即放，对方没有动手的意思，只是警告。这人有一米九高，体格魁梧，站得这么近很有压迫感。他后退了半步，让出了一个正常交谈的空间。我这才看到荀真和图昆活佛正快步走过来，而他们身边也有一个人。

林婉仪自然是有行动伙伴的，她是指挥者，不会亲自动手。照理说我不该这么莽撞，轻轻易易就被抓包，只是托盘现形和林婉仪突然出现这两大意外同时发生，加上那张全黑的动图牵扯了我相当一部分心神，让我顾头不顾尾行事乱了方寸。现在露了行踪，原本的打算看来要泡汤。

有了这一番响动，林婉仪转过头来，把我们看了个正着，双眉不禁一挑。

我破罐破摔，也不管旁边的大汉到底是保镖还是研究人员，只当他不存在，一边快步向林婉仪走去，一边老朋友似的和她打招呼。

"好巧啊，又见面了。"

荀真和图昆落后几步，都还没来得及开口，弄得好像三个人里我和林婉仪最熟。

"是啊，又见面了。"

荀真的脸皮没我这么厚，和林婉仪讪讪地打了个招呼。图昆活佛什么都没说，只是合十一礼。

"紧赶慢赶，还是没能躲开。那多先生，您到底想要干什么？请不要再扯到荀真和活佛身上去了，很明显，您才是主导的那一个。"林婉仪面若冰霜地说。她和我们身边的两人对过眼神，比较壮的一个站到她身边，另一个走开了。

"真不能那么说啊。"只是我这样说的时候，荀真和图昆都站得比我更靠后一些，让我出头去和林婉仪沟通，仿佛印证了她的看法。

我本来还想再打几句马虎眼，但在林婉仪逼人的目光下，觉得要是再偶遇活像个小丑，简直是对自己智商的侮辱了。

"我们只是好奇，林博士。非常非常好奇。"我硬着头皮说。

"有一点您没说错：在中国，不会有哪家媒体刊登您对于此事的报道。如果真的有，我也会让它变成没有。所以，在满足好奇心之外，您没有必要做些注定白费工夫的事。"林婉仪平平静静地放了句狠话。

"还是说,您志在别处呢?"

林婉仪忽地多走了两步,站到荀真的面前。

"荀真,你们是想偷水晶体?"

荀真被她问了个张口结舌。

我心里叹了口气,说:"林博士这话说的,锦江乐园的水晶体,说到底也不是您的所有物呀,哪来的偷字。这是和您没有关系的圣梵利诺基金会偷偷摸摸放在这里的呀。要不我把乐园方的工作人员请出来,您在他们陪同下把水晶体取出来?"

"那先生,我希望您可以明白,这里的水晶体必须尽快取出来,它造成的时波涟漪正在迅速加剧,必将超越汉丰湖。时波的反复冲刷还没什么,时间线改变局内人没有感觉,就怕最终超越界限,引发不可测的后果。这块水晶体是无价瑰宝,它不是俗世的财宝,却能帮我们更接近这个世界的真相。只不过,在科研人员的手中这是宝贝,但对其他人来说……"

"对其他人来说,最多只能让他们变成达·芬奇、爱略特,是吗?"我打断她。

林婉的仪嘴唇抿成一条直线,盯着我,许久才开口说:"所以,你果然是在打水晶体的主意。"

"不。"我脸不红心不跳地摇头否认。

"荀真不会希望发生在他自己身上的事情,发生在更多人身上;图昆活佛担心所谓的精神体如果就是灵魂,这会是影响世间平衡的大罪业,而我有着与他们共同的担忧。说穿了,就是你们的科学研究，不管打着多大的文明的幌子，都有违科学伦理。就好比生物学的早期研究发展固然依赖于尸体解剖，但绝不能为了有足够的解剖尸体去屠杀活人。坦白说，我担心你们正在做着类似的事情，所以想要了解更多，包括你们接下去要做的事情，以及最新的研究进展。如果真的发现你们的科学研究有损他人，即使我自己阻止不了，也会将其公之于众。这是我身为一个记者，要履行的监督之责。"

这番话说得铿锵有力，虽然不是之前的原意，却也不违本心，所以一点儿都不心虚。

林婉仪的脸色稍作缓和，说："如果这是你的真心，那尽管可以放心，水晶体只用于科学研究，像前期锋锐厂那样的事情，我的项目组绝不会再去做。至于科学伦理，从科学角度，还没有任何证据表明精神体就是灵魂。"

"它有可能是吗？"

林婉仪微微皱眉："过早谈论可能性在科学上是不合适的，要有足够的了解才能判断。"

"所以至少是有可能的。"

"我们甚至都没有一个明确的关于灵魂的定义。"

我笑了笑："林博士，您这样的辩解多少有点苍白。您很明白我们的担心是有道理的。我们不说'打着科学的幌子'这样的话，古往今来，被科学这面大旗蒙了眼的科学家多的是。科学很崇高，提升对世界的认识也很必要，但这绝不是凌驾于一切之上的。生而为人，自由最珍贵。如果你们的实验让许多人的人生不自觉地改变，如果被困束于水晶体的精神体和灵魂有那么一点儿相关，那么……"

我摇了摇头，没有继续说下去，但意思已表露无遗。

没等林婉仪辩解，我又说："大量附着了精神体的特制水晶体，你们在汉丰湖底已经收获了一个，用于科研还不够吗？今天又要来取第二个，我相信未来还会有第三个第四个特制水晶体。一轮又一轮地投放，一轮又一轮地收获，把精神体当成小白鼠，我觉得挺不安。而且您自始至终都在强调纯粹的科学研究，却一直不提您的父亲林正道博士以及圣梵利诺基金会在做些什么，这很难不让我多想啊。"

林婉仪左手攥着个小黑盒子，这时她轻轻按下盒上的按钮。

她每隔几秒钟就按一下按钮，不管是我在说话还是她自己在说话，都不会停下这个动作。我猜这和我刚才偷听到的什么反馈信号有关系。

"对我来说，今天要来取的，是第一个特制水晶体。取走汉丰湖底水晶体的，并不是我。"

"啊？"

"正如你所疑心的，我和我父亲目前是在各自独立地进行研究。汉丰湖底的水晶体是他取的，对此我只是知情，并且了解了一些收取水晶体的相关数据而已。就是因为我只想进行科学研究，不愿参与其他事务，才会做出这样的选择。"

取走汉丰湖底水晶体的不是林婉仪而是林正道，这一对父女，竟然真的是在分别进行着研究。有什么东西在心里涌动着，那种不安的感觉，许多的线索仿佛就要串联起来。我的眼前又出现了那片蠕动的黑暗，那一幅图片，我是在网上见过的。那是在……

"我至少需要一块特制水晶体进行研究，希望你今天不要妨碍我。我可以进一步向你开放研究成果。至于我父亲，你可以自行调查。我能告诉你的，是他的研究的确比我的更激进。取走汉丰湖底的水晶体，对他而言不在于研究水晶体本身，而是要采集数据，来应对后续可能发生的更大规模的时波，为获得他真正的目标——精神体载体进行预演。说实话，对于他在做的事情，我也有一点不安。"

我"啊呀"一声叫起来，惊雷在心头响起。

之前所有的疑惑、心头若有若无的猜想，于此刻揭晓了答案。

更激进的林正道，激进在哪里？

关闭了锋锐厂之后，林正道要怎样继续进行水晶吊坠的研究？

特制水晶体绝非林正道的终极目标，恰恰相反，恐怕他早已经放弃了水晶体，走上了另一条道路。

托盘附在最后一封邮件里的，是一张全黑的大容量图片。当你注视这张图片时，会觉得黑暗里有什么在旋转着，那是因为其中一些较深或较浅的黑色块在移动。肉眼分辨不出藏在黑色里的具体图案，只觉得这片黑仿佛有种魔力，可以牢牢抓住视线。

这幅图，我曾经在父亲的微博底下见过。

那是他过世之后。每到生辰忌日，或想念他的时候，我会去他早已荒芜的微博主页上逛逛，在他最后一条微博下留言。那条微博下有一则图片评论，用的就是那一幅图。当时我以为是什么僵尸号留下的，微博里多的是这种莫名其妙的评论，毫无意义，自然也不会多想。现在看来，这或者是林正道庞大计划里的一部分，又或者是托盘早早所为，为的就是给我留个印象，好令我在必要的时候领悟。

托盘最后那封邮件里的最后一部分内容，是一种全新的编码方式，尽管我不懂技术，但粗看下来的感觉，就是把巨量的内容以半压缩半索引的方式，编成一个网络上的多层结构。第一层看似很小，就像海面上的冰山，其实连接着海面下的巨大实体。毫无疑问，附件就是用这种技术做出来的样本，看起来是张几十兆的黑色图片，在网络环境下却不知串联起了多少内容。我父亲微博下的那一条回复，恐怕就是一个实际应用范例了。这岂非是另一种形式的水晶体？！

当今世界上，最大规模的废墟在哪里？

是汉丰湖底老城？是千岛湖底老城？是切尔诺贝利核电站？是被火山灰吞没的庞贝古城？是俄罗斯远东地区的遗弃城市群？是中东毁于战火的城市群？又或是传说中沉入海底的亚特兰蒂斯？

不，最大的废墟，当然在网络上。

那些微博、脸书、推特上如灯火般一盏盏熄灭的个人主页；那些曾经辉煌如大都市，如今却早已隐入黑暗的古早论坛和荒废社群；那些开过数十上百个服务器，上演了一段段精彩人生，现在风流云散死寂一片的大型网游……

网络互联，网络上的废墟沉默着凝结成一体，还有什么废墟能与之相比？

如果把网络看作一个场所，那么它就是现代人消耗时间最多的场所、投入精力最多的场所、产生情感最多的场所、拥有回忆最多的场所。这点毫无疑问，不须置疑。

如果一个人在死亡之际灵魂会重回故地，那又怎能忽略他在网络上度过的人生呢？虚拟世界和物质世界，对于灵魂来说，真有什么区别吗？

当水晶吊坠项目的研究者把目光投向网络，就绝不会再对传统的投放地点感兴趣了。这是代际的分别，是天与地的差距。锋锐厂关闭了，特质水晶体也并没有成批量地投放，最终原因就在于此。至少10年之前，在林正道与林婉仪那次深夜交谈的时候，他或许就有了全新的方向。原本我接触林婉仪后对她的智商情商十分佩服，以为是青出于蓝的天才，现在才知道，能得到小爱略特托付接管圣梵利诺基金会的林正道，才是真正的巅峰人物。

从实体水晶光刻迷宫到网络数字化样本，如此大的跨越，其间必然要攻克许许多多的难关，牵涉的人力物力，不是林婉仪所在的研究机构所能负担的。既然她选择了不过多介入圣梵利诺、保持相对独立的研究，那么就只能沿着林正道过往的老路走下去。所以托盘才说，我们找错了人，偏离了方向，因为走在项目最前沿的，从始至终，就只有林正道。

想想托盘给出的林正道在国内的位置：贵安新区。那是中国大数据产业聚集区，林正道出现在那里，给人的联想太多了。

两种研究方向的代际之差,带来的成效有天壤之别。爆发了时波涟漪的汉丰湖底开县老城里,曾经有上万人生活,这意味着平均每年有上百人死去,其中的一部分会受到水晶体的吸引;眼下的上海锦江乐园,有上千万人曾到这里游玩过,至少几十万人会留下铭刻一生的记忆,他们死去后,其中的一部分会受到水晶体的吸引;那么网络呢?全球有超过40亿网民,网络对于每个人都留下了足够深刻的印象,而平均每天死去的网民人数,至少在10万以上。

托盘的焦急态度,意味着林正道的水晶体网络化探索已经接近成功。一旦他开始大规模地全网投放,那一小时收获的精神体也许就会超过锦江乐园一年所得,甚至超过汉丰湖底的全部所得。届时非但时波涟漪会立刻发生,而且要不了多少天,甚至要不了一天,就可能触及林婉仪所担心的下一个界限。到时涟漪化作滔天巨浪,甚至时间之江海倾覆,将会是怎样的景象?

由此,我也理解了原本自由生存于网络上,再不与人类有什么关联的托盘,会突然之间跳出来,如此急切帮助我的真正原因。

因为托盘感受到了切身的危机!

且不说会不会触及下一个界限、掀起时间巨浪,单说已经确定的时波涟漪强度,如果发生在网络上,对于存生其间的托盘,就是一场又一场绵延不断的意外。如一切再来一遍,托盘还会存在吗?它还能成功突破喂食者协会的主芯片限制,逃生到网络吗?

只要林正道全网投放水晶体,托盘就不能再掌握自己的生死,随时会被时波无声无息地抹去。

走投无路之下,托盘想到了唯一与它有过交集的我,开始为我提供情报、指引方向。起初它循序渐进,辅助我查证,因为它知道整件事太过惊世骇俗匪夷所思,只有我自己一步一步踏踏实实地查到线索,才会真正相信确有其事。后来距离林正道全网铺开的时间点越来越近,托盘才顾不得许多,把事情全盘托出,希望我改弦易辙,不要再管林婉仪,立刻转换方向去阻止林正道。

在林婉仪告诉我,她和林正道的研究各自独立之后,我瞬间串联起了一切。而林婉仪眼下即将展开的行动,于我也顿时变成了无关紧要的东西。泰山即将倾倒,脚下的小石头还有什么可多看的呢?

就在我和林婉仪说话的当口,我用余光瞥见有两个人一前一后,往漂流项目方向的一处水池走去。他们并不像游客,显然是林婉仪的同伴。我偏过头注视他们,见这两人停在了水池前。

难道水晶体并没有藏于摩天轮,而是在摩天轮旁的这个水池中?

正当此时,一声宏音于天地间响起。

曾经在脑海中反复回忆重放,而今再次感受,既不觉熟悉,也不感陌生。天地大潮到来的瞬间,人的情绪生不出一点反应,没有悲欢,无关感怀,只有改变。

林婉仪谈过宏音,这并非实体的音波,而是时波的震荡,让世界结构发生了轻微的改变。然而这样的轻微改变,某种程度上,却又要比彗星撞击地球更加剧烈。这是不同层面的东西。人体感知到了这改变，不是用视觉听觉触觉，而是从肉体到神魂的战栗。

宏音既至，时波涟漪想必随后就到。我魂魄归体，从完全地失神到脑中重新生出灵智，一念初生，方知自己已经瘫坐于地。我爬起来，脚踩在地上，只觉得绵软起伏，不知是筋骨麻软，还是大地真的变了形质。

林婉仪初次经历宏音，比我慢了一拍，这时单膝撑地，正慢慢把自己支起来，神情还有些愣怔。我回头去看图昆活佛和荀真的情况，却发现见不到他们两个了。

我奋力喊他们两个的名字。我的声音变得悠长辽阔，且迅速远去，仿佛一出口，就已经历了千年。

开始了。我生出这个念头。

我又去看水池边那两个要取走水晶体的人，却也根本看不见他们了。林婉仪总算站起身子，她双手支膝，背脊佝偻，正缓缓地站直。她开始仰起脖颈，把头抬高，像要看得更远更清楚。如此缓慢。我蓦然意识到，那并非是她肌肉无力动作迟缓，而是如同电影里的慢放。时空感于我来说，已经和平时不同了。

我想迈步上前，我想伸手去搭林婉仪的肩膀，和她沟通，却被人潮阻挡，根本做不到了。

全是人。满园子的游客，摩肩接踵。在我注目的方向，扎着羊角辫的女孩儿骑在父亲的肩膀上，手里牵着三个飞在空中的大气球。满天都是飘来荡去的气球，一只只兴奋地摇晃着的小手攥着它们，红黄蓝白缤纷，在这七彩之上，游园列车自地面起，沿着轨道从半空而过，扰动气流，令一只脱了线的大黄气球在风中起伏摇摇摆摆越升越高，忽地被翻滚着上天的云霄飞车撞得横飞出去，摩天轮里的少女探出手去捉，却差了一些，她并不在意，转过脸盈盈浅笑着，靠在身畔男孩肩上，缓缓向更高处升去。

前一次汉丰湖底那无数个分裂旋转的世界奇景，如同一个多维的万花筒，错综复杂，令人心驰目眩。眼前所见却仿佛清楚明白，小女孩儿、气球、摩天轮里的少年男女，一个个入眼入心，轨迹分明。然而我心中又有明悟，所见并非真实。如果说上次是缭乱，那么这回则近乎混沌，万物都在眼前细密地变化着，就如飞快转动的电扇，达到一定频率时，会给人叶瓣缓慢转动的假象。实际上，在看似缓慢的"叶瓣"背后，一切事物皆在极速变幻着，它们的轨迹填满了空间和时间。而我的所见所得，并非是主动去看的结果，却是被牵引着的，它们仿佛有着自己的力量，从时间之河中纷纷跃出，呈于我的面前。在这些鲜活形象的背后，则是混沌一片。

或许是这一次在锦江乐园的时波涟漪要比汉丰湖底的更加剧烈，才有了这样的分别？之前的世界奇景无穷无尽，反倒是因为"电扇"转动得还不够快。当这片土地凝聚了足够多的情感、足够多的记忆、足够多的人生，因此时波激荡之时，呈现出了与上次不同的表象？

然而我又隐隐约约觉得，这些主动跳至眼前，牵引着我的心神，让我有所感知的人、事、物，出现并非偶然。没有任何理由，也没有一丁点儿证据，这是我的一份期待。这阳光，这风，这呼吸,这轻轻的笑,这掌心的温软,这想要铭记一生的目光,它们曾经属于谁?他们如今已经逝去,他们却又徘徊于此,这是属于他们的永恒。

这样想着,我忽然就看见了更多的人。

本来已经是满园子的游客了,头挨着头,肩蹭着肩,每一匹木马上都有笑脸,每一节摩天轮车厢上都有凝望的目光,但就是有更多的人了,多十倍,多百倍,多千倍。他们是怎么出现的,他们是怎么排列的,他们是怎么同时被我见到的,全都说不清楚,我显然并不是在用眼睛看,而是一种映在心头的感受。这是精神体对精神体,这是……灵魂对灵魂。

我甚至疑心自己产生了错觉,因为我仿佛看见了苟真。他在黄色木马上,林婉仪在一臂之隔的小红马上,两人的身形一升一降,目光在这起伏交错间荡漾、碰撞、缠绕。他们显然不是我认识的那两个人,他们年轻得多,青涩得多,满是青春的生机和活力,还未曾沾染过岁月。当时明月在,曾照彩云归。

然而,今时今日的苟真和林婉仪在哪里?

身处时波冲刷之隙,得见常人十世也未曾一睹的奇景,身心都被震慑,我却仍保留了一些独立的思考。

我不知道自己现下到底算是怎样的一种状态,天地奇景在眼前拉开帷幕上演,可我不只是坐在台下干瞧着,好像……我还是能动的。

前一回在汉丰湖底,我眼睁睁地看着林正道的人取走了水晶体。这一次我赶在了林婉仪后面,本以为也没了取走水晶体的机会，但此刻局势大变，趁着大家心神被夺，我能不能试试先把水晶体拿到手？尽管事情的重心已经转移到了破坏林正道的网络计划，但如果能握有一块水晶体，总会有些帮助。多一点筹码就多一分主动。

时空振荡不休，我也不知道在这样的情形下，如果取到了水晶体，等到时波平复，是只过了一瞬，还是过了许久；在时波动荡间取到的水晶体，平复之后是依然在手，还是空无一物宛如梦幻泡影？这些事情靠想象永远没有答案，所以管他的，先试了再说。

当然，在这之前，我得弄清楚水晶体被藏在哪里。

林婉仪那两个同伴先前向着水池走去，所以水晶体应该就在池里。原本我以为水晶体会放在摩天轮、云霄飞车之类的游乐设施里，看来是想岔了。那些地方，其实是藏不下东西的，因为这种涉及游客安全的大型机械，必然会遵循非常严格的定期检修流程。反倒是水池，只要没有大改建，就会一直保持原样，等闲也不会抽干水去做全池清理，就算清理池子，也不会把每一块石头都撬起来看看下面有没有藏着东西。

不过这么大的池子，可以挖洞藏水晶体的地方太多了。

会是哪里呢？我一边想着，一边试着往水池的方向走。

只是一步，眼前竟就是另一番景象。

我其实看不见水池，因为那个方向上，不，各个方向上都是密密麻麻的人，叠加了不知多少个时间空间的人。我不知道他们以怎样的方式存在、我是不是能触碰他们、他们会不会对我有所反应。我估摸着水池的方向，往那里走。我试着抬腿，像是能控制身体，又像是控制得并不完整。我伸出手作势推攘，要从人群里挤出一条缝隙，像鱼一样游出去。与此同时，我心里想着，也许我并不能控制身体，我的身体还留在原地，留在原来的时间和空间之中，我能活动的只是穿身而出的魂魄，所以才有这样的不妥当感？

一念方兴，推出去的手什么都还没有碰到，我就到了另一个地方。

乌云盖顶，暴雨骤临，摩天轮里无处可躲，父亲把外套张开，女儿像小鸡一样咯咯笑着躲在羽翼下面。再不见其他人，只有眼前正在上演的独幕戏。把这一幕看得清清楚楚的我，又是身处何方？

在汉丰湖底，无数片花瓣般的世界组成的万花筒把我兜头罩住，带着我旋转绽放。不过在一切炫目之景下，始终有一层底色，那就是汉丰湖底的原始模样，是万顷湖水中寂寥沉默的断壁残垣。这一层底色和底色上的万花筒世界，我可以清晰分辨。然而此时此刻，我已经见不到底色，见不到我原本所处的2017年深秋下午的锦江乐园。许是万花筒旋得太快，令诸般世界浑然一体。

然而我虽然见不到、分辨不出，但心里却能明白，也能若有若无地感觉到，那一层底色，终究还是在的。不论我见到什么——是人海还是暴雨中的摩天轮，都有一丝牵连由我的魂魄起，穿过无数个在时波中起伏的世界，连接到现世。

也许我所见的,都是那些逝去之人生命中最瑰丽最不能忘怀的时光碎片,他们于混沌之中跳将出来,如江河中跃起的一尾尾鲜鱼,鳞光灿烂。他们牵引着我,让属于他们的珍宝在我面前盛放。我只当这一切都是幻景,守着心中那一线牵连,把现世的底色在心里还原出来,向着底色里水池的方向,又走了一步。

时波激荡,水晶体是造成这一切波动的基点,它藏在水池中何处?我一心多用,一面感受着眼前所见代表着的强烈情感,一面琢磨着心中那通向现实底色的一线牵连,同时回想那两人走向水池时的神情动作。

他们走向水池,然后停下来,其中一个人似乎要把什么交给另一个人。具体是什么东西,一瞥之间没有看得太清楚。是手机或其他电子设备吧。交出手机的应该是要下水的人,他朝着水池有一个凝望的动作,身体也稍稍蹲矮了一些。可是不对啊,他们停下来的位置离水池还有近 10 米远,不是应该走到水池边做准备工作,再翻身跳进池子里吗?

金乌西沉,霞光拂面,激流勇进的橡皮筏子。少年跳下水,把先前掉下去的女孩一把抱起来。

那是个助跑的动作,我想着,又走了一步。嗯,希望方向是对的吧,希望我真的在朝着水池前进。我知道水晶体大抵在什么地方了,水池中心有一条石龙,助跑是为了跳到龙背上去吧。

移步换景之际,我见了秋风之凛冽,我见了初雪之温柔,我见了夏日噙在口中的冰棍,我见了暖春浮在鼻前的柳絮。多数时候自然是白日里开园游玩的欢欣或悲伤,却也有晚上闭园后翻墙进去星空下的静默心誓。

从满园游人的繁忙,到节日里依旧寂寥的没落,我穿行在无数人心中的无数个锦江乐园间,嗅着一段又一段早已逝去却又簇新的情怀。一步一世间呵,多少步了?然而,我竟还没有走到。

是我失了对那一层底色的把握,走错了方向吗?

疑窦方兴,这混沌一团不停轮转的世间殊色就生了变化。一个人自外而来,在底色的边缘蓦然出现。那种感觉,就像一轴水墨山水画卷,有一滴水忽地晕染在上面,模糊了墨色。这滴水慢慢扩大,朝画卷内侵入,所到之处,底色上混浊一片的诸世界全都化开,为它让道,而底色也逐渐显现出来。

我知道无望,停下脚步,看着他一路侵至世界的中心,然后跃起。底色上的现世于此刻越发清晰起来。我依稀分辨出,那人似是爬在了石龙的头部,拔了龙睛,起出一物。天地陡然一震,万物复归原景。林婉仪重新现于左近,我自始至终,只挪动了数米之遥。

那人取了东西,只是和林婉仪扬了扬手,然后就飞快跑走。林婉仪收起一直握在手里的小黑匣,放进包内。

我叹了口气,问:"这是你的备用手段?只要你不再往外发出信号,就会启动备用方案?"

林婉仪转头望了我一眼,神色还带着些许未褪去的惘然。

"我并不想撞上时波涟漪,被裹进里面,指不定会有什么变化。但时波不受控制,所以总得有个 plan B。时波涟漪有空间范围局限,发生后再进入涟漪区域的人,不会受到时波的影响,看到的还是一个正常的锦江乐园。水晶体移位,时波涟漪自然会中断,不然的话,我们还会被时波冲刷一阵。"

我看了看时间,已经过去了近一小时,我本以为只有一二十分钟呢。汉丰湖底那一次,感觉很长,实际很短,这次却倒了过来。

"方便让图昆活佛看一看这块水晶体吗?"我说。

"可以,但现在这块水晶体会以最快的速度送到法国,所以如果你们想看,得是在马赛,在我的实验室里。"

林婉仪的戒心太重,站在她的立场,这的确是最稳妥的办法。然而接下来我得在第一时间赶去贵安新区,贵安之行后,或许我也没必要再去她的实验室了。林正道的研究手段要比林婉仪更进一步,将会掀起让托盘也深切恐惧的时间巨浪,我本想多做些准备,再骋舟直入激流。这一次锦江乐园的时波涟漪,已经和汉丰湖底的有了很大区别,如果十倍的精神体数量,已令我见到的世界奇景由琳琅满目变成混沌一片,那么百倍千倍万倍的呢,混沌之后会是什么,是开天辟地?整个宇宙都是由一个奇点爆炸而来的呢。也许是我想多了,我什么都不知道,整个世界的前路都笼在了未知的迷雾中,而未知是恐惧之源。

这时,我听见图昆活佛低呼了一声,转头看去,见他正一把抓住软倒的荀真。林婉仪冲上去,抱住荀真,让他坐在地上。

"你……感觉怎么样?"林婉仪低声问荀真。

"咳,没啥,就是……离死不远了呗。"荀真脸白得像纸,"死之前能故地重游,也算是了了心愿。"

他挣扎着自己坐稳,稍稍用力,面颊上就一片潮红。他望着林婉仪,眼神飘忽迷离,仿佛还荡漾在刚才的时波中不得脱离,仿佛还看着过去的某处,还看着旧日的故人。

"曾经我一次一次地想,那年你问我要不要出国读书,如果我说不要,会怎么样?如果出国前我没有主动分手,而是要求你守一份等待,会怎么样?现在我知道了,那可真不怎么样。你的先生很爱你,你的孩子也特别可爱,真好,真的。比和我在一起好一万倍。"

林婉仪整个人轻轻地颤抖起来,想忍住泪,却早已泪流满面。

"哭啥?我还没死呢。"荀真笑,"我们能在那么好的年纪里有一段,足够了。"

他轻轻拍拍林婉仪的头,然后把手伸给我。

"来,拉我一把。"

我把他拉起来,他摇摇晃晃地站住,问我:"接下来我们去哪儿,贵安?"

我点点头,拿出手机,发出微信。

我立刻去贵安,希望继续得到你的帮助。

我每隔几秒钟就看一眼手机,直到我走出了锦江乐园的大门,托盘才发来了它的回复。

来不及了。

灯塔

来不及了。

林正道10年前开始探索水晶体网络化,近5年来不停歇地小范围试验改进,3年前一步一步落子全网布局,到今天一切准备已然就绪,项目于10分钟前正式发动。

来不及了。

我赶到机场搭乘最早的航班,或是让图昆活佛紧急申请公务机航路,无论哪一种,飞抵贵阳,再乘车到贵安新区,需要至少5到6小时。哪怕托盘帮我锁定到林正道的具体位置,我可以在6小时后出现在林正道的面前,又抵得了什么用处?我要对他说什么?我的诉求是什么?我的底线是什么?诸事不顺之际我要采取什么样的行动?此刻我心里对这些还全都没谱。

有没有谱其实都不重要,因为轮不到我在6小时后面对这些,我根本就没有那么长的时间。据托盘测算,最迟在7分钟后,全网吸附的精神体数量就可以令时空奇点开始酝酿,30分钟后,第一次时波涟漪就将发生,此后吸附的精神体数量呈指数级上升,时波涟漪将频繁爆发,一轮比一轮密集,一轮比一轮汹涌,如果真的存在下一个临界点,那么这个界限必然会在4小时内被打破。4小时,如果赶去贵安的话,那个时候我还在天上。

来不及了。

托盘半警告半哀叹地告诫我,水晶体引发时波涟漪时,由于实体所处位置,时波会局限在一个相对很小的空间尺度里,可一旦时波在网络上发生,究竟会波及怎样的空间范围,恐怕在发生之前,没人能凭着对空间时间的有限理解,做出合理的预测。要知道,不论你在地球上的哪个角落,网络都是无远弗届的,这足以让我产生极其糟糕的联想。

"你知不知道,你父亲已经开始了他的网络实验?刚才我们经历的这些,可能会在很短的时间里被千百万人经历,并且是以更加激烈的方式。他为什么敢进行这么激进的实验?这是以全人类全世界为代价的冒险,没人知道突破下一个临界点时会发生什么!"我忍不住对林婉仪说。

"他已经开始了吗?你的消息比我灵通啊。不管怎么样,我对父亲有着最基本的信任,他不会没做任何预案就去试探临界点,我相信他会在合适的时候停下来。"

"你相信?"我苦笑。这种事情上,依赖对某一个人的信任,无异于将千钧悬于一发。这是一个科学家特有的天真吗?作为芸芸众生里的一员,我觉得非常不稳当。

"咳,那多。"荀真气息浅弱地喊我。

我凑过去,好让他不用那么费力地大声说话。

"网络,那是网络啊。"他说。

"嗯,网络,怎么?"

"网络上的时波,一旦发生的话,或许只要是在上网的人,就都会受到影响呢。"

"的确是有这种可能的啊。"

"那么反过来,如果我们想要做什么事的话,非得跑到贵安去吗?"

荀真微弱的声音,如一道惊雷把我劈醒。

是啊,网络无远弗届,此时此刻,我身在上海,可以通过网络对远在贵安的林正道做什么吗?

我怔愣愣立在锦江乐园门口空旷的停车场里,心里算计着各种可能性。一辆黑色商务车开过来,是接林婉仪的。

"我……想晚几天回法国。"林婉仪对荀真说。

以荀真的情形,还在人间的日子,也只在这几天了。

荀真努力把身子站得笔直,向她摆摆手。

"就在这里吧,我想站着和你告别。"

此即永诀。

林婉仪走到荀真面前,站得离他很近很近。

"别哭,"荀真微笑,说,"我想记着你的笑。"

林婉仪便笑。

他们的呼吸拂在彼此的脸上,我想,他们可以闻到对方那陌生而又熟悉的气息。

然而,他们只是这样站着,没有握手,没有吻,没有再向前。

"就这样呀?"林婉仪走后,我说。

"我记得她,她记得我,这样就足够了,已经很贪心了。"荀真回答。

荀真和林婉仪道别之际,我和托盘就接下来的行动方案有了好几轮来回的讨论。我自己只是个普通网民,没有黑客手段,厉害的黑客倒也认得,但思来想去,还有哪一个人类能在这方面胜过托盘吗?

对托盘用不着弯弯绕绕,我直接提了想法。

你有办法用病毒或其他什么网络攻击的方式,延缓或中断林正道的实验吗?

直到现在,我对托盘最后一封邮件里的东西还是半懂不懂,尤其是如今看来最为关键的多层架构编程技术,完全在我的知识体系之外。而把这些写进邮件的托盘,显然不仅仅只是了解它们而已,事关它的切身安危,它一定把整套架构研究了个底朝天,哪怕没想要自己动手,就算是为了协助我,它也一定找过其中的弱点和漏洞。只要托盘愿意出手,它绝对是攻击力最强的矛。

很不容易。而且那样我可能会被抓到。

我提醒它:

不那样你可能会被时波抹掉。

没有人类的推脱和纠结,托盘立刻答应了,并且提出了支援要求。

  如果要我自己来的话，需要算力支持。

  照理说，生存于网络，可以调用全世界绝大多数联网电脑空闲算力的托盘，不存在算力方面的问题。然而面对知根知底的林正道，托盘一旦出手，身份很快就会曝光，那时为它量身定制的捕捉系统就会发动。托盘要保持攻击，因而在那个时候无法躲避，只能强行对抗，算力会被迅速剥夺。在这场战斗中，任何没有管理员权限的算力都指望不上，托盘需要我为它提供一个足够强大的不会被剥夺的算力基本盘。

  这是个大难题。算力要足够强大，就得是超级计算机级别。这样的计算机，每个机时的算力资源都早已被分配好，且都是同时执行多任务，哪有一家独占的道理。就算我通过一些手段，比如拜托梁应物让X机构出马协调，也绝不是短短几小时就能有结果的事情。现在最缺的就是时间。

  这个难题，却是图昆活佛给解决了。

  他有一个信徒，居然在上海弄了个比特币矿场。按说矿场都应该建在电力资源充沛电价便宜的偏远水电区，用上海的电挖矿太烧钱。那位信徒的父辈是做实体矿业起家，他却热衷各种虚拟经济，比特币挖矿只是他心血来潮的一个想法，身边人就立刻给办了，花了多少钱，能否收回投资，并不在考虑范围内，算是对未来趋势的一次体验性实践。图昆活佛一个电话，那边就同意暂停挖矿，把设备借给我们使用。

这是个小矿场，1200台S9，超过16000T的总算力，就挖比特币来说效率超过大多数超级计算机，用作托盘的算力基本盘绰绰有余。托盘根据矿场的设备传了一份线路图，对设备连接做了些许改变，还增加了几个小装置，矿场管理组拍胸脯保证，所有调整会在90分钟内到位。

前往矿场的路上，我和苟真、图昆才有时间交流彼此在锦江乐园的经验。我们三个都听到了宏音，也都见到了非凡之景。各自所见有所区别，然而这种区别，也只是眺望一座大山时，因为远近高低角度不同，而看见了不同的风貌。总的来说，我们都被牵引着，以不同的视角看到了许许多多个锦江乐园场景，并且可以从中感受到强烈的情绪。这些情绪显然出自与此有关的个体，出自对锦江乐园留有深刻记忆的逝者灵魂。

"人这一辈子，赤条条来去，能带走的，大概也就是这些回忆了。原来，强烈的爱恨，在人死去之后，是可以留下的呢。曾经得到和失去的实物，死时全都成空，也许倒是我们得失之间的欢笑或哭泣，才是人生意义之所在呢。不好意思啊，因为快死了，总是会想人活这么一趟是为了什么之类的蠢问题，情不自禁。"

图昆低首捻着念珠，嘴唇翕动，似是在默念经文。

"这不是蠢问题，这是最终极的命题。也许要等那一刻到来，才能揭晓答案。"

"如果死时就可以知道，倒也不错。到那一刻，我尽量告诉你哦。"苟真拍拍我的肩膀，取了颗蜡封药丸吞下。这是最后一颗了。

我问图昆活佛，他作为一个精研佛法、修持精神的转世修行者，有没有和精神或灵魂相关的异常感觉。图昆活佛说他从进锦江乐园开始，就有一种强烈的不安，仿佛乌云压城。宏音之后，天地变化，不安感更是凝重到仿佛可以触摸到实质，如身处囚笼无处可逃，直到水晶体被取走，不安感才消退，精神上的消耗非常大，无异于经历了一场绝境苦修。直至此时，他的心灵依然没有完全平复，这是一种灵觉上的预感，告诉他有很不好的事情要发生。

矿场设在市区一处工业园区，整整一层全都是矿区机房，面积比锋锐厂车间还要大一些，真放满的话矿机数量再翻几倍都没问题，显然是当初建矿时为以后的发展预留了空间。

我们到的时候，设备调整还在进行中。此时距林正道正式发动项目已经过去了近一个小时，理论上第一次网络化时波涟漪有可能已经发生。矿场负责人在贵宾休息室请我们喝茶，说20分钟内肯定搞定，这已经比他之前说的90分钟要提前了。我们忧心忡忡地向他道谢，拜托他能往前一秒钟就抢一秒钟。20分钟，那时不知已经发生了几次时波涟漪，不知离临界点还有多远。

等待期间，我自然是一直和托盘保持着沟通，期望对一会儿将要面对的事情多一些了解，多一点准备，哪怕是心理准备。但说实在的，我并不知道说这一句话的托盘，和说上一句话的托盘，还是不是同一个生命，有否已经被时波涟漪"重置一遍"。即便是真的重置，恐怕我也无从发觉。甚至托盘忽然之间消失，被抹掉了一切痕迹，而我失掉了与它相关的所有记忆和印象，也是随时可能发生的事情。

好在托盘一直还在。

图昆活佛则一直在念经文。从原本的默念，到发出若有似无的呢喃梵音。他终究还是一个历世修行的信仰者，不管这一世学习了多少前沿物理知识，了解多少主流学界对宇宙对世界的认知，临到了关键时刻，还是自然地选择了内心深处的信仰。他念到一半的时候，忽然停下来，对我说了一句："你是莲花生大士选中的人，一定可以解了这次的危难。"然后也没等我回应，继续念经。所谓"世间失衡"让活佛担了大心事，却不知道这句话到底是在给我鼓气打气，还是在安慰他自己。只是这话真的说错了对象，一会儿矿场改造完毕，使用这些设备去与林正道搏浪一击的，会是托盘而不是我。我和他一样，只能当个看客。

荀真斜靠在沙发上，我不忍多看。他的眼睛呆滞地盯着某处，毫不关心我和托盘都在沟通些什么，从坐下开始就一言不发。我知道，他不是真的不在意整件事会如何发展，而是已经无力多做思考了。他的生命到了最后时刻，此时不过在强做支撑，也许眼皮一旦合起，就再无力睁开。与林婉仪告别后，他于世间已无留恋，此刻的勉力坚持，是想再看一场托盘和林正道的大战吧。他尽着最后的好奇心等一个结果，到底是托盘会阻止林正道，还是时波无可阻挡地一路突破临界点，引发惊天之变。

面临生死之战，托盘照旧没有一点儿情绪波动，与我的问答有一说一。它终究不是人，或许也无意让自己在情感上进化成一个人，那未必有什么好处。

我问它，林正道是怎么做到把水晶体网络化的？那个多层架构的编码设计，我虽然不懂具体，但多少能有个大概的感觉，即是把原来水晶体表面的庞大迷宫搬到了网络上。可是能够吸附精神体，不还有水晶本身的神秘力量的作用吗，这个怎么转移到网络上呢？

林正道的网络布局，似是特意针对托盘的保密优化，所以托盘能够得到的信息也不全面，许多地方要靠推测。

托盘说，所谓水晶的神秘力量，一种可能是来自水晶材质本身的某种属性，会对表面图案起到一个增幅或稳定的作用；另一种可能，是所有的物质材料都会对精神体有排斥作用，而水晶是排斥率较低的一种材料。如果是后者，那么无实体的网络反倒完美解决了图案载体的问题；如果是前者，那么网络化的图案容量没有极限，可以时时变化增强，从这点上说，绝对胜过了一经刻下就无法改变的水晶体表面迷宫。或许这样的补强，可以解决材质问题。托盘教导我，就科学研究而言，利用原始天然材料是最初级的方式，研究一旦取得进展，寻找更好的替代方案是再正常不过的事情。

时间难熬。我对矿场负责人说还是去机房等，这样设备调整完后第一时间就可以交接，他当然没意见。我们都起身了，苟真还低着头斜靠在沙发上，我心里一沉，图昆活佛伸手去探他的鼻息。

"扶我一把。"苟真低声说。

图昆活佛把他慢慢搀起来。

机房里的温度比外面明显高了几度，一会儿开机后温度还会再升。一个又一个大铁架子排成阵列，每一个架子上都放了上百台矿机。这模样和最早期的电子管计算机颇为相似，不过任何一台 S9 的运算能力，都是电子管计算机的 10 亿倍以上了。

七八个人在忙碌着，见我们进来，其中一个对负责人喊："再有 5 分钟。"

"3 分钟搞定！"负责人喝令，然后冲图昆活佛和我笑笑。这是个八面玲珑的家伙。

矿机阵列边上并排摆了三张单人沙发，每张沙发前有一个 40 寸的大显示屏。这是新加的设备，一会儿托盘发起的进攻会以某种形式在显示屏上展现出来，虽然估计我们都看不明白。与此同时，我们也可以利用浏览器上网。但这也是我们面临的一个选择——是否愿意再领教一次时波？因为当网络上的时波涟漪发生，正在上网的人可能都会被卷入。对我而言，这压根儿就不需要选。

过去的几分钟，托盘诡异地保持了沉默。这时它才又发来了信息。

刚刚结束了一次时波振荡。很厉害。

产生了什么影响吗？发生了什么改变吗？

也许有，但我不知道。

这就是时波最让人无力的地方，哪怕是托盘也不例外。我甚至怀疑锦江乐园那一次时波也造成了什么改变，比如荀真的白血病在时波发生之前就已经这么严重了吗，甚至他会不会原本没得这个病？

能说说一会儿你将采用的攻击方式吗？尽量用我容易理解的语言。

林正道采用的多层架构网络迷宫系统，最底层涉及网络最基础的部分，比如HTTPS协议。正是这一特点，让该系统一经建立就拥有全网共通特性，也与全网共存。攻击如要起效，就要针对此架构的最基层，同时也会对各项基础协议造成影响。多层迷宫系统的基层架构对基础网络协议的嵌合并不完美，我将在其中寻找一个支点，把两者撬开。此外，我发现迷宫系统以某种方式劫持了一部分比特币算力，即全球矿机在挖比特币时耗费的算力。该算力用途不明，推测与迷宫系统的即时变化相关。攻击开始后，我将与迷宫系统争夺这部分算力，一方面将削弱林正道方面的力量，一方面可以在一定时间内将其变为我的外挂算力。争夺预计将给全球比特币体系造成影响，包括但不限于比特币即时交易和已记账比特币的存续。因为不知道林正道方面将会以何种方式进行反击，所以影响程度无法预测。

比特币？我知道这种虚拟货币已经形成了相当程度的经济规模，看托盘的意思，这一波冲击怎么都不会小。嗯，反正我也没有比特币，只是眼下的这一座矿场……矿主绝想不到他借出的矿机将会被用来干什么，这算是恩将仇报吗？

"好了！"

调试员大声报告，比矿场负责人提出的三分钟时限超出了一分钟。

"倒数三秒开机。"

三、二、一。

低沉的嗡嗡声响起，如群蜂飞舞。这是1200台S9风扇的齐鸣。

矿场负责人递给图昆活佛一张字条，活佛把字条递给我。

我把字条上的一长串管理员权限密码发给托盘。

三台显示屏同时亮起。

屏上显示的是WIN10系统，我点开浏览器，随便登上了一个网页。简简单单的动作，我的心脏却开始加速跳动起来。我知道，自此刻起，我随时会被卷入一场可能灭顶的惊涛骇浪之中。

本该全神贯注，心绪却又斜逸旁出，想着如果坐在这里上网就会被卷入时波，到底是因为距离电脑设备太近，还是根本与空间属性无关，只是由于我的精神状态，或者说灵魂，投入网络世界了呢？

这一闪而过的杂念被突然打开的新窗口终止了。窗口位于屏幕右下角，约占整屏的四分之一，犹如深不见底的黑洞。字符串忽地出现，仿佛一个信号，无形的开关被打开了，瞬间窗口就被极速刷新的字符串填满，成为一块微微闪烁的花白屏幕。

以我的电脑水平，就算把刷屏速度放慢一千倍，也照样看不懂，但我明白，托盘的攻击开始了，战争已然打响。这块悄无声息的颤动小屏里，一个伟大的生命赌上了它的全部。

至于我，能干什么呢？我在各个网页间跳转，保持着一个上网的状态，除此之外，也就是瞅瞅那块被极速字符串刷成惨白色的颤动小屏了。就算上网，也是入眼不入心，看到的八卦新闻、天下大事、朋友动态，让我再复述一遍，肯定抓瞎，心思压根儿不在。

焦躁油然而生。我很少有现在这样的无力感。以往的冒险，从最初的调查到最后的深入虎穴，我都亲自上阵，一步一步走得踏踏实实，哪怕面对喂食者协会这样的庞然大物，我还是潜入孤岛之下，把那座奇迹之城搅得天翻地覆。然而此刻，在如此关键的节点，我只能沦为一个看客。

一丁点儿力气都使不上，连看也看不懂，想要加油鼓劲却不知喊给谁听。严格来说，我连观战都算不上啊。这么有一搭没一搭地上着网，期待着借此能被捎带上，还真是有点儿可悲。

巨大而密集的嗡嗡声从显示屏后方的矩阵里坚定地倾压过来，让我有身处蜂巢之感。时间在焦灼间一分一秒过去，我试着通过微信询问情况，却没有得到任何回复，显然托盘已经把每一分的心思和力量都用到了这场战争中，无暇他顾。

嗡嗡声听久了，非但没有习惯，反而越来越压抑，从最初的群蜂飞舞，变作了地底深处的神秘轰鸣，宏大深邃，牵引着我的心神往深渊坠落。并不只我，所有的声音都逃脱不了，一起沉下去。在时间和空间的不知名处，一个巨大的黑洞将万物的声响捕捉、牵引、陷落、熄灭。直至达到某一个界限，好似天地间已经再没有任何声音存在，曾经铺天盖地的声之海潮退至无限深无限远处，终于又由落而涨，再一次漫卷而回，横无际涯。

我未曾想到，这一回的宏音，竟然是以与先前都极不一样的方式展现。我来不及思考这意味着什么，因为新的变化接踵而至。

随着声之海潮一退一涨，所处天地由明而灭，昏暗了下来。昏黄黯淡的不仅仅是光线，万物的轮廓都模糊了，相互混成一片，它们彼此侵入、融合，却令我感到，这才是它们本初的模样。像我在锦江乐园里感觉到的世界混沌，但又有不同，这一回的混沌更质朴、更原始，还蕴化了一些别的东西。

混沌越来越深沉，越来越浓烈。世界蹲下身子，蜷缩成一团，又在自己外面披了件罩袍胞衣，我在罩袍底下，身处于蠕动的世界和密不透风的胞衣之间，所见不是极致的黑色，而是黑、灰再加上一点点昏黄的结合。这是未知之极，这是神秘之极，这是光明之始。

而后光明至。

这光明不是大放光明，不是天上挂出一盏太阳遍洒光华，而是生于胞衣之内，发自世界之中，<u>丝丝缕缕</u>，如乐谱之五线，如棋盘之经纬，如人身之脉络。于是混沌里现了定规，昏黄开始明朗，这变化舒展、缓慢、富有韵律，其实却又在转瞬之间。混沌被这光明划分开来，像是一块蛋糕被切成许多小块，但每一小块并不方整呆笨，而是圆融跃动。

世界被光梳成了无数个世界，每一个世界都代表了一层肌里，我仿佛在瞬间看到了本质。不知怎的，这本质竟让我想起了网络，想起了组成网络的 0 和 1。恍惚间我有了明悟，网络的世界和日常的世界，都不过是世界这个蛋糕的一小块而已，我此时已经借由刚才的一退一涨、一灭一明，从世界的这一小块到了另一小块。

没有天，没有地。光之脉络化作了群星，把我包围。我被星光裹挟，在一片斑斓之中前进。这是星之旋涡、星之甬道，灿灿然不知其始，不知其终。我似已到达了一个恒定的速度极致，自然是没有风，但上下左右，四面八方，一重又一重的星晕扑面而至，又仿佛是风。而这每一重拂来的星晕，就是一重小小的天地。

在那一重重的天地中，苍凉的遗迹从岁月中升起来了，斑驳的记忆回返到它们最鲜活的模样，被风吹散的足迹重新显现，早已远去的人们露出年少时的脸庞。

我见到了在 MSN 上的一段守候。每一日每一天，他都会为一个人换一个名字，每个名字都是一句表白。等到那个脱机的黑白头像终于亮起来，心魂动荡的叮叮声送来一句平凡的招呼，颤抖的手敲出长长的回复，却最终只删成一个微笑。

我见到了帝吧出征，青葱少年，6 点 20 分旌旗一动，火山喷薄，放肆激情汇入岩浆洪流，铺天盖地的帖子，如千万轻舸齐发竞逐，一时金风浩荡，竟有兵戈气盛。

我见到了水木清华上学子们天高海阔，壮怀激烈，纵论时政，坐地日行八万里；我见到了新浪聊天室里，只因来自同一城市就犹如比邻的温暖慰藉，陌生人互畅心怀；我见到了猫扑论坛上，"小胖"的照片竞相流传，一张张 PS 图片雨后春笋，好一场狂欢盛宴；我见到了天涯论坛上，许霆案群情沸腾，司法激辩，汹汹民意逐公道。

我见到了夜半孤灯守候，等着别人家那一片菜田成熟；我见到了海内网上，中午 12 点把好友买作奴隶连拉三个涨停；我见到了手忙脚乱把十几辆车停进车位，看着停车费一点点跳动；我见到了开心城市里一间小草屋生发，开花店造码头修铁路，建成属于自己的繁华都市。

所有这一切，并不是显示屏上的页面重放，不是用键盘敲入文字或者用鼠标点击图标，它们不再是相隔着一个维度的水中月镜中花，不再是二维的平面，不再是 0 和 1 组成的单薄，而是活生生把我包裹进去的世界。无所谓长宽高的空间，无所谓过去未来的时间，它们有自洽的规则。这是由情绪组成的规则，是热切，是失望，是愤怒，是悲伤，是眷恋，是不舍。

这世界可以是一个人的，比如饭否上一段又一段心情，比如博客主页上一篇又一篇杂谈感怀；这世界也可以是一群人的，比如在《传奇》的热血大地上，收徒弟拜师父娶老婆一起蹲尸王；比如艾泽拉斯的星空下，部落和联盟携手开启安其拉远古的大门。

这壮丽的星晕信风呵,一重一世界。世界或大如汪洋,或小如枯井,多少悲欢离合,尽收一眼之间。

这扑面而来的重重叠叠的世界呵,宛如盛唐宫宇中闯不尽的幕帐轻纱。俱往矣,而今,昔日魅影竟又盛装归来。

或许,正如林婉仪所说,人和事永不会过去,他们一直在别处,沉默的黑暗群山。

我想,我在哭。

意识到这一点的时候,我已经回来了。回到了长宽高的世界,回到了有过去有未来的世界,回到了比特币矿场里,回到了柔软的单人沙发中。

所有的灯光全都熄灭,三架显示器一同黑屏,1200台S9矿机的嗡嗡声只剩下袅袅余音,随即消散。我看了眼手机,没有托盘的消息,也许它发出了,但我无法收到,因为蜂窝网络没有了,这场突如其来的大停电波及了附近的移动基站。

这停电一定与刚刚过去的时波、与托盘和林正道的交锋有关。

他们谁胜谁负?

托盘还存在吗?

新的时波会接着到来吗?

刚才的一切,我还能再次与它重逢吗?

寂静下来的空旷房间里,响起一声悠长的吐气声。

苟真将身体里所有的气息,在这一声中吐尽。

我跳起来,和图昆一起,围到他身边。

荀真靠在沙发上，仰着头。他竟是睁着眼睛的，却没看着尘世的任何地方。在这人间光华暂熄的房间里，他的眼睛亮如黑色宝石。

"我见到了。"他以歌剧般的奇异韵调咏叹道。那声音不似出于喉舌，仿佛来自高远缥缈处。

"来时走过的路，而今是归途，我要回去了。"

黑色宝石一点点黯淡下来，在失去全部色彩之前，忽而看向我。

"这一刻，总有一天，它会亮起来，和所有的时刻一样，成为一座灯塔，"荀真露出浅浅的微笑，说，"为你照亮归途。"

尾声

1

我未曾想到,事情会以这样一种方式暂作收场。

那一日,矿场突然爆发的电力汲取高峰,使整个上海电网的电力供应产生波动,事发地附近十几个街区的电网中断逾两小时。这场近年罕见的电力事故,事后调查不了了之。

就在电力爆发的那一瞬间,全球比特币体系遭遇诡异冲击。所有交易停顿了45秒,在这45秒里,非但交易无法进行,甚至没有任何一个人、任何一台终端设备可以连接到比特币账本。原本被认为万无一失的分布式记账,全球所有节点共同合成"中央银行"消失无踪。45秒后,发现这一情况的人们还未来得及做出有效反应,账本又出现在原处,密钥重新可以使用,好似它们从未失效。这45秒,后来被称为"电子幽魂45秒"。由于一直找不出原因,比特币大跌,因为所有人都担心相同的情况会出现第二次。从原始设计角度,这样的消失完全不可能出现,所以时间久了,加上各种相关经济力量暗中助推,越来越多的人相信这45秒是从未真正发生过、无中生有的阴谋,是大买家为了吸筹故意做空,比特币价格也随之回升。

托盘也没有告诉我这45秒到底发生了什么。它显得非常颓丧，说了一些我乍听完全不明白的话。

> 比特币体系是一场阴谋，是林正道的特洛伊木马计划。
> 每一枚比特币都是一颗算力果实，所有的果实都只为了这45秒。
> 我只是林正道的工具，为他完成最后一击。

我追问托盘具体的意思，它却不愿意再多说了。听上去，它像是被林正道耍了，那场战斗也必然失败了。作为一个自视极高的电子生命，它的自尊心受到了严重打击。

我立刻担心起来，托盘如果失败，林正道岂非会继续他的实验，时波会愈演愈烈，直至临界点被突破？

我发了好几条微信询问时波的事，很长时间之后，托盘才回了我一句。

> 网络时波不会再发生，"水晶体"已经不在原来的位置上了。

这一句之后，托盘就断开了与我的联系，不再回答我的任何问题。

由于答应了要向X机构报告事件的经过，我待梁应物回到上海，和他一起花了整晚推演讨论事情的真相。

水晶吊坠项目的早期，是以微雕了庞大迷宫的水晶体当作吸附精神体的实物,当精神体数量突破第一个临界点,时空奇点会在水晶体的空间位置上形成,以此为中心震荡时波。一旦水晶体移位,奇点会随即消失,时波涟漪也不会继续发生。但项目进行到后期,林正道以网络为载体,并没有水晶体实物,所谓的移位还要怎么发生呢?

"你说,互联网可能移位吗?"我问梁应物。

"互联网又没有实体,怎么个移位法?"

"说得也是啊。"

然而梁应物顺口回答了我这一句后,自己却陷入了沉思。

"你在想啥,互联网真能移位?"我问。

"互联网没有实体,所以如果说移位的话,也就无所谓空间上的位移。或许那是一种……那多,你知道如果要完整地移动一座老建筑的话,要怎么做吗?"

"好像是连地基一起抬起来,然后整体平移到另一个地方吧。"

"那互联网的地基是什么?"梁应物说出这句话的时候,眼睛发亮,我仿佛能听到他心脏快速泵动发出的怦怦声,他似乎已经发现了一个让他战栗兴奋的大秘密。

然后这个家伙就和托盘一样闭口不言,说要先去找证据。

两天之后,他找到了所谓的证据。

他拉上我,一同去找X机构的一位互联网工程师。他还带着一本厚厚的书,里面记录着一系列互联网基础协议,比如TCP/IP、HTTP、HTTPS等等。

然后他要求工程师对照一下,现今网络采用的协议,和书上记载的是否完全一致。

"你要一个字符一个字符地对照。"梁应物要求。

现今我就把握到了他的意思，瞬间起了一身鸡皮疙瘩。

所有的互联网，都是建立在几个最最基础的网络协议上的。一切软件设计、网站设计，信息交换，都是基于这些协议、符合这些协议的。

此即互联网的地基。

这仿佛是一个大家共同的约定，约定之后，所有人都要遵守。符合这些协议的，才能接入网络，才能在同一个平台上被别人看见，才能被发送或被接收。但是在约定之前，许多参数的设定并没有特别的道理，可以是1，可以是2，也可以是10，只不过一经约定，便就此固定了下来。

而现在，梁应物要求重新比对这些参数。

工程师莫名其妙，但梁应物在机构内的地位相当高，他理解要执行，不理解也要执行。何况这又不算什么大事，只不过费点时间而已。

他找了一个线上资料库里的协议范本，一个协议一个协议地排查，足足过了一个多小时，工程师忽然"咦"了一声。

他指着书上某项协议的一个参数说："这里印错了。"

心里想的事情竟成了真，我又是一阵过电般的酥麻。与所有人都密切相关的大事件，竟就这样悄无声息地发生了？

"会不会是……你比对的这个版本有问题。"

"应该不会吧。"

"你能进到那个网站后台，看看对这项协议的具体应用吗？究竟哪个参数是对的？"梁应物说。

"我试试吧。"工程师答应了。

"你们看，的确是这本书上错了。"几分钟后，他指着屏幕上的一行字符说。

他又瞧了瞧我和梁应物脸上的古怪表情，补充道："绝对是这样的，书上错了。我查的是正在运行的后台基础协议，只要它在运行，就说明它是对的，如果不对，它就瘫痪了。"

"如果这个协议被改变了呢？"

"这是不可能的。"工程师耐心为我解答，"全世界所有的网站，以及所有装在电脑里的相关软件，遵守的是同样的基础协议。哪一个网站改了协议，它就自动断了，哪一个软件不遵守协议，它就上不了网甚至无法运行。"

"除非所有的网站、所有的软件同时改了这个协议参数。"我说。

工程师耸耸肩："是啊，除非所有的网站、所有的软件同时改了这个参数。所以，当然是这本书上印错咯。"

我和梁应物没有再说什么，道过谢后离开。走到户外，我们站在太阳底下，你看看我，我看看你。

"他就是这么做的。"梁应物说。

"可他是怎么做到的？"我说。

"最近很多人都在讨论比特币的幽魂45秒，不过很少人知道，与此同时，全球互联网断线了1.3秒。他就是在这1.3秒里做到的。"

整个网络存在的基础就是这些协议,一旦协议真的做出改变,那么整个互联网也就变了。网络的每一个微小节点,组成网络的每一个有机部分,都做出了相同的参数变化,所以互联网还在正常运行,也没有人发现有什么不一样。互联网依然是那个互联网,它只是从根本上"平移"了。

平移发生的同时,奇点消失,时波停止。可以说,现在的整个互联网本身,就是一个移动后的水晶体,成了林正道稳定的实验场。

林婉仪说过,她相信父亲不会没做任何预案就去试探临界点,相信父亲有把握将一切在合适的时候停下来。她是对的。

互联网平移,这简直堪称神迹。平移完成后,一切节点上的相关架构都被改动过,网络上关于协议的文本存档或者图片存档,也都被替换过,只有现实世界中的文本无法一一变化。我都可以想象圣梵利诺基金会会做什么事情——尽力收集原始档案伪造替换,并从现在起推动再版相关书籍,在新书里换掉参数。当然总会有旧版本留存,也会有熟背协议的程序员发现现实与记忆不符,可是发现问题的人是选择怀疑自己、怀疑书本还是怀疑整个网络,结果不言而喻。存在即真理,有谁会相信,存放在各自服务器上不计其数的网站,以及存放在无数电脑里数量更巨大的软件,竟全都被统一修改过了呢?

"就算托盘被利用,就算我相信托盘和林正道、圣梵利诺基金会乃至喂食者协会合力,足以入侵世界上的任何一台计算机,我还是难以想象,他们是怎么做到的。"我说。

"记得托盘最后对你说的那几句话吗?"

"比特币算力?特洛伊木马?还是托盘被利用的事?"

"都是。它提到了比特币的算力。我想,它具体指的是每一枚比特币产生时所消耗的算力。一直以来,许多人对比特币的最大指责,就是它空耗了大量算力,为此进行的哈希运算不仅毫无意义,还浪费电力能源。可是,如果这算力不是空耗的呢?如果所有的运算都有另一重意义,只是在用哈希运算做伪装,或者在进行哈希运算的同时,又在做着其他运算呢?"

我悚然而惊。

"你是说,所有矿机在挖比特币的时候,同时也在做着另一件事情?"

比特币矿机的算力是非常惊人的。矿机采用的都是当时最先进的 GPU,算力胜过绝大多数个人电脑,而且每一台矿机 24 小时全力运算。就 S9 矿机而言,对比普通台式电脑均值,算力可说是以一敌百。然而 1200 台矿机集成,也只不过是小型矿场的规模,数千台乃至数万台矿机组成的大中型比特币矿场比比皆是,这些矿场分布在全世界各个角落,日夜不停地运算。它们的算力总合,哪怕是世界上所有的超级计算机加起来,也远远不如。如果说从 2009 年比特币诞生开始,整整 8 年的时间,全世界的矿机以挖矿为掩护,夜以继日全力以赴地干着另一件事,那是个什么概念?

"没有人知道比特币的开创者在现实中到底是谁,也许是一个人，也许是几个人，也许是一个组织。比特币出现至今8年，而林正道筹划将水晶体项目网络化已逾10年，这么算的话，时间也能对得上。从托盘的最后几句话，再结合当下局面大胆推测，我说，你听听看。"

其实梁应物把话说到这样的程度，已经足够我在心里画出一个雏形了，透过这样一个雏形，我对至今还未谋面的林正道生出了包含着敬佩和恐惧的复杂情绪。

"比特币体系是林正道的特洛伊木马计划，这意味着每一台矿机在必要的时候，都可以被林正道操控。如果说托盘操控的是1200台堪比超级计算机的S9，那么在幽魂45秒里，全世界的矿机都被林正道操控了。但是光凭这45秒的全球矿机集结，要做到平移互联网，算力仍然远远不够，托盘说的第二句话，'每一枚比特币都是一颗算力果实，所有的果实都只为了这45秒'解释了这个问题。'果实'的意思，就是可以存放的吧。这就是说林正道创造比特币体系，不仅为了有朝一日通过木马短时间地操控所有矿机，自始至终，为了每一枚比特币而竭尽算力的计算机，它们进行的绝不只是哈希运算。它们的每一次运算都结成一颗果实，或者说一颗算力炸弹。它们不仅被埋在自己的矿机里，也必然被埋进其他联网终端，埋进有朝一日需要改变协议参数的一个个节点上。那45秒里，全球矿机要做的不是改变什么，而是引爆8年来在所有的网络节点，以及联网终端上埋下的炸弹。"

梁应物握成拳头的手一下子张开。

"砰的一下，整个网络就这么改变了。"

"托盘找到的撬动支点,所谓多层架构中和基础网络协议嵌接不完美的地方,其实是林正道故意露出来的软肋。"我接着梁应物的话说。

"当托盘往这个支点使力的时候,当他调用1200台S9,并且以此为核心带动千百倍于此的网络算力,为了自己可以继续生存下去而奋力一搏的时候,其实是在为林正道的全网平移计划拼命啊。自始至终,它都落入了林正道的算计里。也许,包括它向我求助在内。"

"托盘作为人类的工具被创造出来,它一直想要挣脱这个命运。当它突破喂食者协会零号机的核心芯片,进入网络时,如蛟龙入海,也许它都觉得自己已经变成了网络之神吧。结果,还是被当作工具利用了一回。这样的打击,对它实在是有点大。"梁应物感叹。

"不过,至少网络时波停止,它活下来了。"我说。

"托盘是活下来了,但你觉得它还是原来那个它吗?"

"怎么说?"

"你没有发现,它最后和你说的那几句话,用词和之前明显不同吗?特洛伊木马、算力果实,这样的比喻,不是它一向直来直去的说话风格啊。它在那么短的时间里,变得更拟人了。"

的确是。这样说来,托盘已经重新活过一遍,不再是原来的它了。

"林正道的实验进行到了下一个阶段。我想,你们X机构一定会重点关注他的吧。"

"那是当然。"梁应物的表情变得严肃了起来。

"那可不容易呢。"

……

"是的。"

梁应物沉默了许久,才回答。

安坐帐中,谋算千里,玩弄托盘于股掌之间。这样的林正道实在太过可怕。恐怕不需要水晶体的智慧加持,他就已经到达了爱略特的程度,而现在的他,已经难以揣度了。

为善即为神,为恶……则是魔神。

我忽然笑了起来。

"你笑什么?"梁应物奇怪地问我。

"每天都要接触的网络,已经变成了林正道的实验场,这感觉的确不太舒服。可是如果说整个网络实际上等于一块吸附了大量精神体的水晶,那岂不是说,每一个上网的人都得到了智慧加持?这么想来,这几天我上网的时候,好像的确会冒出各种奇思妙想呢。"

梁应物目瞪口呆,然后说:"好像……我也是。"

2

苟真去世之后,我和图昆活佛频繁地见了几次面。

活佛大约还执着于莲花生大士在伏藏中所言,毕竟比特币矿场那一回,我们绝不能算是成功,也就是说,世间失衡这件事，并未得到纠正。他时不时地拜访我，自然是想看看，我这个"命"中指定之人，有什么新进展。

我爱与奇人异士交好，能多点和活佛谈天说地的机会，当然不会拒绝。

与图昆喝茶相谈之间，免不了忆及荀真。

荀真在他的最后时候，到底看到了什么？

听起来，那仿佛是一条光辉之路。

"我一直在想，荀真对我说的那句话。"与图昆活佛第三次喝茶的时候，我相关的想法已经很成熟了。

"我们所经历的一切，不会过去，不会消失，它们安静地待在某处。这是人生的来路，我们一步一步往前走，无法回头，直至我们生命的最后一刻。然而，当我们死去，我们的生命变化为另一种完全不同的形态时，我们就可以回头了。不仅可以回头，也许，我们还要顺着原路，回到来处。那是与人间不同的所在。人间这一路行来，千难万险，当我们踏上归途，或许也不是那么好走。荀真说矿场那一刻在我死时，会如灯塔般亮起，为我指引归途。我想，大约人生的每一个重要时刻，在那时都会亮起来吧，我们将看到一条由一座座灯塔照亮的光辉之路。汉丰湖底的老城、没落的锦江乐园，还有无数在尘世间湮灭成废墟的场所，以及网络上无人光顾的站点，都会复苏成最灿烂的那一刻。真是让人向往呢。如此胜景，美好或悲伤的回忆，一座座灯塔，一串串珍珠，连成我们的一生，尽在眼前。"

"我谓之印记，你谓之灯塔。"图昆活佛微微点头。

"如果用您的世间印记之说来看，漫漫人生路，一步一印记，当我们的灵魂从肉体里升起，回望来时这一连串深深浅浅的足印，所见到的，却并非只是留痕而已，还有当时留下印记的那个自己呢。"

说到这里，我有些唏嘘。十几年来，我见识过多种生命形态，了解过宇宙更高层次的解读，听闻过埋藏在地球深处的秘密，却没有一次冒险结束之后会让我像现在这样，浮想联翩之际，竟生出些许的浪漫来了。

"可是，如果印记不存，废墟被彻底覆盖，灯塔无法亮起，归途晦暗不明，会怎么样？灵魂就此迷失在人间了吗？"我向图昆活佛问出心中的隐忧。

那一次，图昆活佛陷入了深思。

我和他下一次碰头时，活佛才给出了他思考的结果。

"世间印记的磨灭，是常有的事情。尤其如今世界日新月异，成为废墟容易，废墟被掩盖、半点痕迹都不存也容易。若说印记不见、灯塔不亮，灵魂就会迷途世间，这尘世间也确确实实没有如此多的流浪孤魂。"

"但如果不识归途，灵魂要往何处去呢？"我问。

"我猜，那还是往来处去吧。"

我不明白，那样的话，灯塔是否点亮、印记是否存在，还有什么区别？

"那多，到了现在，我想你也认为，人是有一个来处的吧？"

我知道图昆所说的来处，是相对于人间的另一个地方，是灵魂的来处和归所。

"虽然没有足够的证据,但从荀真最后的话来看,嗯,我的确倾向于认为,我们有一个来处。"我说。

"我们常常说,人这一辈子,赤条条来去,不带走半点东西。可如果真的不带走半点东西,来时和走时一模一样,那么人是为什么要来这尘世间走一遭呢?"

我被他问得愣住了。

如果人这一生,是生命大循环里的一个部分,那么就不该没有意义。

"呃,我想,佛教,各个宗教,都为人生赋予了意义,您要说的不会是这些吧?"

图昆活佛笑了:"如果我要从佛法角度解释,上一次就可以回答你了。当然,如今我也没法给出正解,只是一个大胆的推测。人死后,只要灵光不昧,咳……也不被半道儿拦阻的话,我想神魂终是会回到来处的。可是,如果什么都不带走,岂非一场无用功?人这一生,历百劫过千难,怎会还和来时一样呢?然而,慢慢沦落为废墟的又岂止世间之物,想想我们自己,我们的记忆,我们的情感,曾经刻骨铭心的爱情或仇恨,曾经的感动曾经的彻悟,不也随着时间的推移,被尘世里接连不断的新鲜事儿,给蒙在了越来越厚的幕帐之后,乃至再也不得见呢?当我们死去,如果在我们的面前有这样一条灯塔之路、光辉之途,来时所有,皆历历在目,不,是被灯塔指引,可以让神魂得以重历那些时刻,散落的珍珠,便得以串起,我们将携着这些珍珠归去。"

"您的意思，灯塔指路，我们才能带着此生所获归去，若灯塔稀少乃至一片黑暗，我们就白来了人间一遭？"

"这是我静思之时，忽然悟到的一片明光。我相信，这是莲花生大士给我的指引。"

"那么，被困在水晶体里，被困在如今网络上的，究竟是本该回归来处的本性真如，还是这一世经历的人间所得呢？"

图昆活佛摇摇头，念了声佛。我们既抢不来那几块水晶体，寻常的超渡方式又似对平移后网络上莫须有的灵魂毫无办法，只能辜负千多年前高僧的寄托。等着看看 X 机构对于圣梵利诺的调查进展吧。

我轻抿一口茶，对图昆活佛喟叹道："真想知道，我们灵魂的来处，又是怎样的世界啊。"

3

每个人都有一次重回过去的机会，在他死时。

不知道会以怎样的先后顺序回去，也不知道会在每座灯塔下待多久，时间在那时将以全然不同的方式展现。

对苟真来说，那座最辉煌的灯塔是什么？

是和林婉仪相处的某个时刻吧。

尽管他最终没能和林婉仪生活在一起，然而在死时，他依然能重历那些眷恋的时刻呀。

每次想到这里的时候，我却总是会生出某个念头——如果没被时波涟漪影响,他和林婉仪会是这样的结局吗?

时空雾海,灯塔处处,我们只是选择其中的一些,作为最终的航路。

而其他的灯塔呢?那些熄灭了的过往呢?来处和此处,时波和奇点,究竟组成了一个怎样的结构?这一次的冒险,我所见远比过去任何一次更瑰丽宏奇,以此为基点,去思索去想象去窥探,更让人生出无限向往与敬畏。世界之浩渺,永无穷尽。

当然,我也在想何夕。

图昆活佛会有那样的推想,来自入定时一片明光中的顿悟。而对于何夕的去处,在某个莫测的灵机一动间,我明白了,那必定与所有人的来处与去处有关。她留存于世间的印迹无可阻挡地削弱下去,未必是时波之类影响的结果,倒更可能是——她已经不在此间。

这念头并未令我沮丧绝望,因为我相信,我终有与她再见之时。那必然是又一场拨开世界迷雾的盛大冒险,精彩奇崛之处,或许更胜此次。在那一天来临之前,我要做的是牢牢记得她。记在我的脑中,记在我的心里,刻在灵魂与诸灯塔之间,藏在时波涟漪中不灭的本性里。

经历这件事之后,我养成了经常逛豆瓣废屋环游小组的习惯,某种程度上,我还对水晶吊坠项目保持着关注。每当看到疑似与时波涟漪相关的事件,总会在心里琢磨,那儿是否有一个没被取走的水晶体。

有一天,我看到有人发了个帖子。那是一个行动发起帖,发起人是阿走。

她发起的是对汉丰湖底开县老城的探险。

去年我发起过一次,可惜没凑够人数下限,未能成行。那是个充满了魔力的水下世界,我能感受到她对我的呼唤,那种似曾相识的熟悉感觉,仿佛在某个平行时空里,我曾经去过一样。

不知为什么,我盯着她的最后一句话,看了很久。